아픔, 통증, 그리고 당신

아픔, 통증, 그리고 당신

초판 1쇄 찍은 날 § 2008년 5월 30일
초판 1쇄 펴낸 날 § 2008년 6월 10일

지은이 § 이미연
펴낸이 § 서경석

편집장 § 문혜영
편집책임 § 이종민
편집 § 한지윤

펴낸곳 § 도서출판 청어람
등록번호 § 제1081-1-89호
등록일자 § 1999. 5. 31
어람번호 § 제5-0198호

주소 § 경기도 부천시 원미구 심곡1동 350-1 남성B/D 3F (우) 420-011
전화 § 032-656-4452 팩스 § 032-656-4453
http://www.chungeoram.com
E-mail § eoram99@chollian.net

© 이미연, 2008

ISBN 978-89-251-1338-8 03810

아픔, 통증, 그리고

당신

아픔, 통증, 그리고 당신
－이미연 지음

목　차

프롤로그

조그만 것이 뭘 안다고 눈이 마주치니 또렷하게 쳐다본다. 이쪽이 계속 쳐다보자 곧 흥미를 잃었지만 까맣고 동그란 망막은, 조그맣고 탱글한 턱은, 한시도 가만있지 않았다. 주철은 눈동자가 까맣고, 머리카락도 까맣고 수북한 아기를 보며 고개를 갸웃했다.

"정서장애 아냐? 아니면 행동장애라든지. 왜 조금도 가만있질 못해?"

등짝에서 철썩 소리가 났다. 주철은 정말 너무 아파서 숨이 턱 멎었다.

"할 소리가 있고 안 할 소리가 있는 법이에요. 이렇게 예쁜 아기한테 뭐가 어쩌고 어째? 자기 애한테 똑같은 소리 하면 좋대? 자기도 애 아빠면서 어쩜 애를 이렇게 몰라?"

간호사가 이제 됐냐는 듯 아이를 살짝 들어 보였다. 이안이 바로 시무룩해져 고개를 끄덕였다. 이제 곧 아기 목욕할 시간이라고 했다.

주철은 진심으로 걱정해서 한 말이었다. 강아지도 저보다는 낫겠다. 어째서 눈을 한동안 마주치지 못하는 거지? 아기의 똘망한 눈을 계속 보고 싶었다. 거의 솜털과 다름없는 눈썹에 감싸인 까만 눈동자는 반짝반짝 빛이 났고, 세상의 모든 축복을 담뿍 담고 있었다.

"좀 더 일찍 올 걸. 목욕을 두 시부터 하다니."

주철은 한 시에 산후조리원에 도착했다. 이재가 '아기 보러 갈래?'라기에 예의상 얼굴만 비치고 돌아갈 생각이었다. 하지만…… 사로잡혀 버렸다. 이재가 언제 돌아가고 이안이 그 자리에 서 있는지도 모른 채 그저 넋을 놓고 보고 있었다. 주철이 처음 왔을 때 아기는 잠들어 있었다. 이재가 그래서 조금 있다가 다시 오자고 했던 것 같다. 주철은 설렁 대답하고 그냥 그 자리에 굳어 있었다.

아기가 꿈질꿈질하더니 살짝 눈꺼풀을 열었다. 주철은 숨을 죽였다. 주철은 아이의 침대가 놓인 벽에 바짝 붙어 손가락으로 콩콩 유리벽을 찍었다. 아기가 그 소리에 힘입기라도 한 듯 살짝 뜬 눈을 깜박거렸다. 가슴이 부풀었다. 주철은 안의 간호사들의 경고 어린 시선도 무시하고 벽에 찰싹 달라붙었다. 드디어 아기가 다른 쪽 눈을 뜨고 그 까만 눈망울을 드러냈다.

그리고 지금까지 아기와 함께 있었다. 간호사가 아기가 깬 걸 보더니 조심스레 아기를 안아 손짓을 하더니 다른 쪽 벽으로 향했다. 주철은 간호사를 따라갔다. 아기 침대가 놓이지 않은 쪽 벽에 도착하니 아기와 주철의 사이는 고작 20cm 정도였다. 주철은 손을 뻗었다. 투명한 벽에 가로막혔지만 그래도 충분했다. 아기는 꼬물꼬물, 꼼질꼼질 정체를 알 수 없는 의지로 바르작거리더니 주철과 눈을 딱 맞추었다.

넋이 나갈 뻔했다.

서현수, 복도 많은 자식.

주철은 단호하게 말할 수 있었다. 주철은 아기, 애, 어린이, 소년과 소녀, 여하튼 젖비린내 나는 애송이는 몽땅 다 싫었다. 사회적 이목이 있고 자기애도 있어 되도록 싫은 내색은 안 하지만 애들을 보면 어쩔 수 없다. 저거 언제 커서 부모 속 안 썩이고 제 몫을 다 할까 그 생각부터 들었다.

예지 때는 조금 달랐다. 전 부인이 안고 있던 예지를 봤을 땐 그저 세상이 꽁꽁 얼어붙었다. 정말 아빠가 되었다. 나의 핏줄이 나로 인해 이 세상에 태어났다. 초라할 정도로 작고, 못생겼으면서, 곧 나를 '아빠'라고 부를 아이가. 주철은 울었다. 우는 이유를 몰라 당황해서 병실을 빠져나갔지만 눈물은 그치지 않았다. 그리고 품에 안았던 아기는…… 정말 작았다. 그리고 생각 이상으로 묵직했다. 생명의 무게이다. 익히 알고 있었으면서, 지긋지긋하게 공부해 왔으면서, 이 순간의 감동에 대해선 전혀 예상하지 못했었다.

내 아이란 것은 그저 사랑하지 않으면 안 되는 존재였던 거다.

하지만 이 아이는 내 아이도 아닌데 주철은 그저 푹 빠져 버렸다. 아이란 것이 이렇게 울지도 않고, 보채지도 않고, 그저 새 세상을 접해 신기한 듯 눈을 반짝이는 존재였던가? 하루라도 빨리 자기가 발 디딜 세상을 알고 싶고, 숨 쉴 공간을 알고 싶고, 그 모든 걸 사랑해 버릴 기세로 바라보는 것이?

숨통이 트인 듯 그제야 한숨이 나왔다. 몰랐다, 내 아이도 아닌 남의 아이에게 감동을 받을 수 있다는 걸. 아이란 게, 그저 태어나만 줘도 사랑스럽다는 걸.

"안 들어가요?"

이안이 저만치서 기다리고 있었다. 차분하면서 시원해 보이는 흐린 그레이 원피스에 흰 벨트를 두르고 흰 힐을 신은 이안은 눈이 부셨다. 머리카락을 짧게 확 치는 바람에 시원하게 드러난 목덜미 역시 희었다. 주철은 이안의 존재를 재확인해야 했다. 저건 서현수의 처제다, 이재의 동생이다, 내 손에 거머쥘 수 없는 존재다…….

"들어가."

이안은 두 번 돌아보지도 않고 이재의 방에 들어갔다. 주철은 방 안으로 들어가 가지런히 한쪽 구석에 놓인 흰 힐을 물끄러미 보았다. 발이 작은 것 같았다. 주철은 이안의 신발과 조금 떨어진 곳에 신을 벗어두었다.

병실에는 언제 왔는지 이재의 부모님이 앉아 있었다. 이안과 함께 온 것 같았다. 이재의 어머니는 한 달에 두어 번 꼴로 마주쳤지만 이재의 아버지는 처음 뵀었다. 이재가 주철을 소개하니 이재 아버지가 환하게 웃으며 맞아주었다. 웃는 모습에 이안이 비쳤다. 이안은 항상 어머니를 쏙 빼다 박았다고 생각했는데 웃는 낯은 아버님과 꼭 닮았다. 이재 어머니는 주철을 보곤 표정이 살짝 굳어졌다. 주철은 속으로 풋 웃어버렸다. 이재와 이안의 어머니다웠다. 꽃보다 곱고 눈물 나도록 사랑하는 두 딸 근처에 주철 같은 바이러스가 얼씬거리는 걸 반겨하지 않는 것이다.

"언니, 내일 퇴원이지?"

이안이 언니 옆에 답삭 앉았다.

"응."

"형부가 좋아하지."

"응."

이안이 이재의 뺨을 살짝 꼬집었다. 이재는 그러고도 좋다고 헤실헤실 웃었다.

"우리 용이 너무 예쁘더라. 다른 애들은 비교도 안 돼. 아기라고 다 예쁜 게 아니더라. 어떤 애는 눈이 이렇게 부어서 눈을 뜬 건지 감은 건지 모르겠던데? 눈두덩이 움찔움찔거려서 뜬 거구나 했다니까."

이안의 너스레에 이재가 활짝 웃었다. 7월 말, 한여름으로 치닫고 있었지만 일부러 에어컨은 켜지 않았다. 방은 후끈했지만 견딜 만했고, 시설이 잘되어 있어 창문을 열면 제법 쾌적했다.

주철이 정승처럼 서 있었다. 이재는 자기 옆자리를 툭툭 두드렸다. 주철은 가까이 다가와 맞은편의 소파에 앉았다. 이재는 산후조리원에 삼 주간 머물렀지만 주철이 찾아온 건 처음이었다. 주철은 아기를 낳고 아직 병원에 머물렀을 때만 잠깐 들렀었다. 그래서 아기를 본 것도 처음이었다.

"우리 용이 예쁘지."

주철이라면 '애는 다 저렇게 생겼어'라고 하고도 남을 인이었다. 이재는 유쾌하게 웃을 준비를 했다.

"응."

이재는 잠깐 말을 잊었다. 주철이 한 번에 순순히 수긍한 걸 처음 보았다. 이재는 습관적으로 배를 문질렀다. 아기를 낳은 지 삼 주나 지났어도 용이에게 할 말이 생길 때면 저도 모르게 배에 손을 올리는 습관이 남아 있었다.

'용아, 네가 얼마나 큰일을 한 건지 알아? 저 삼촌은 좀 까다로운 사람이거든.'

"예지가 이제 일곱 살? 우리 용이 잘 봐주려나?"

주철이 슬쩍 어깨를 들썩였다.

"항상 동생 타령했으니까."

주철이 정말 이상했다. 예지 이야기를 꺼내도 덤덤했다. 그러고 보니 요즘은 한 달에 세 번씩 꼬박꼬박 예지랑 스물네 시간을 보낸다고 했다. 임신 기간 동안 주철이 자주 놀러와서 그저 심심해서려니 했는데, 후에 현수가 그랬다.

"애 보내고 나서 맘 둘 데가 없나 봐."

"예지? 지금 예지 보내고 온 거야?"

행동거지는 여느 때와 다를 바 없어 이재는 솔직히 눈치 채지 못했었다. 이재가 노산이라 걱정이라며 자주 와주는 거라고 했을 때, 진담이 버무려진 농담이라고 생각했었다. 하지만 그것도 있고, 예지를 보내고 주체할 수 없는 마음을 다스리러 온 것도 있는 것이다.

그래서 주철이 놀러온 날이면 특히 더 용이와 대화를 나누게 했다. 주철은 애 아빠도 아닌데 뭘 쑥스럽게 이런 짓을 하냐며 거절했지만 '용이가 들어' 소리에 수그러들었다. 그것도 일종의 '용이 효과'였다.

주철은 조심스레 배에 손을 올려놓았다가 머뭇머뭇 '잘 있냐?' 하고 물었다. 너무나 주철스러워서 웃어버렸지만 눈물도 났다. 주철이 갓 결혼해 아기를 가졌을 땐 인턴 과정을 밟느라 전 부인 곁에 있어주지 못했다고 했다. 그래서 애는 전 부인이 혼자 낳고, 혼자 키운 거나 다름없다고 했었다. 뱃속의 아기와 대화하는 건 주철에게 있어서도 생경한 경험인 것이다.

"이름은 뭐라고 할 거야? 태명을 계속 부를 순 없잖아."

"선배랑 생각해 둔 게 있어."

"뭔데?"

"재현이, 유재현."

재현은 엄마의 '재'와 아빠의 '현'을 따서 만들었다. 현수는 이재의 '이'를 꼭 쓰고 싶어했지만 어떻게 해도 엄마의 이름에서 따온 게 티가 나 어른들이 꺼려했다. 게다가 하필이면 현수가 꽂힌 이름이 '수이'였다. 하지만 '수이'는 정말 아니었다!

현수는 특이하게도 '햇살 현(晛)'을 사용하고 있어 '재현'은 '햇살을 가꾸다'란 뜻을 가지게 되었다.

이재가 뜻을 말하니 이안은 무척 좋아했다. 어쩐지 밝고 건강한 아이로 자랄 것 같다고. 주철도 고개를 끄덕였다. '너희답다'는 말도 해주었다.

주철이 가보겠다고 일어났다. 이재는 반사적으로 이안의 등을 밀었다.

"가서 배웅 좀 하고 와."

"내가?"

"난 좀 쉬고 싶네."

"괜찮아?"

현수가 이재의 말에 한걸음에 다가왔다. 이재는 속으로 웃음을 삼켰다. 이 사람 앞에선 이제 꾀병도 못 부리겠다. 이재는 살짝 피곤한 게 사실이었지만 부담 갈 정도는 아니었다.

현수가 이재 곁에 붙은 사이 주철이 꾸벅 인사하고 휙 나가 버렸다. 이안은 이재의 눈짓에 할 수 없이 주철을 쫓아 나갔다. 현수는 몇 번이나 괜찮냐고 묻고, 엄마는 걱정이 하나 가득인 채 이안이 나간 곳을 눈으로 쫓았다.

 제 1 장

그녀, 이안에게는 신경 쓰이는 한 남자가 있었다.

"예의 바른 언니 때문에 고생이 많군."

말이 참 밉상인 남자. 이유는 모르지만 전 부인과 갈라서고, 이 역시도 이유는 모르지만 애와 떨어진 채 사는 남자. 요즘은 좀 만난다고 하더라만.

"난 여기 있을 거예요. 알아서 가요."

남자는 싱글 웃더니 뚜벅뚜벅 멀어진다. 언니가 있는 곳으로 돌아가도 된다. 언니는 왜 이렇게 일찍 왔냐고 타박하진 않을 것이다. 하지만 걸음은 절로 남자를 따라가고 있다.

남자가 힐끗 돌아보았다. 뺨이 살금 간지러웠지만 아랑곳하

지 않았다. 한 마디만 더 미운 소리 해봐라, 그럼 그 길로
콱……!

조리원의 입구에서 신분증을 돌려받고 남자는 지갑에 신분증
을 꽂았다. 얇은 두께의 세련된 지갑이었다. 열린 지갑 사이로
언뜻 생경한 사진이 스쳤다. 남자가 다시 지갑을 바지 뒷주머니
에 넣었다.

엘리베이터를 기다리면서도 남자는 뭔가 아는 사람처럼 입
다물고 있었다. 이안은 돌아갈 핑계가 없었다. 엘리베이터는 차
근차근 오층을 향해 올라왔다.

남자가 문득 엘리베이터의 닫힌 입구를 보며 입을 열었다.

"저녁……."

덜컹 멈춘 엘리베이터처럼 심장이 덜컹였다. 남자는 곧 침묵
했다. 문이 열렸다. 남자는 주저없이 엘리베이터에 올랐다. 이
안은 문이 닫힐 때까지 남자를 쳐다보았다. 그러나 남자의 눈빛
을 읽을 수 없었다. 곧 두터운 철문이 두 공간을 단절시켰다.

이안은 천천히 조리원으로 돌아왔다. 접수대의 두 간호사가
조용조용 대화를 나누고 있었다. 잔잔한 음악이 흘러나오지만
워낙 조용한 공간이라 두 사람의 목소리가 또렷하게 들려왔다.

"한 시간을 서 있었다고?"

"누가 보면 친부인 줄 알았을 거야."

"목욕할 시간이라 겨우 떨어졌다니, 정말 친부가 아닐까?"

"애가 너무 애 아빠랑 똑같이 생겨서 그건 아닐걸."

이재의 방에 들어가니 엄마가 이상한 시선을 던졌다. 이안은 고개를 갸웃하고 이재 곁에 앉았다.

"언니 친구 언제 왔어?"

"한 시쯤? 벌써 두 시네. 왜?"

"왔다가 바로 가는 건 줄 알았지."

이재가 용 꿈꿔서 이안이 농담 삼아 '용이라고 해야겠다'고 했더니, 정말 태명을 '용이'로 지어버린 이재는 그러냐고 넘겼다. 이안은 두 시가 거의 다 되어서 도착했다. 주철도 있을 거라는 말에 살짝 마음이 언짢아지긴 했지만 용이를 생각해 참았다.

사각의 유리케이스 안에서 아기를 뚫어져라 바라보는 남자를 보았을 때 당연히 주철이 아닌 줄 알았다. 주변을 두리번거리다가 언니한테 말도 없이 간 거야? 싶었는데, 돌아보니 주철이었다. 완전히 용이에게 사로잡혀선 이안이 곁에 다가가도 눈치 채지 못했다. 남자에게선 이미 익숙해진 소독약 냄새가 묻어났다. 이안은 간호사가 이안을 발견하고 살짝 몸을 돌려준 덕분에 용이와 눈을 마주칠 수 있었다.

용이가 태어난 후로 몇 번이나 보았지만 정말 핏줄이란 무시무시했다. 눈 부분은 형부의 모습 그대로였다. 얼굴 윤곽이나 코 정도는 이재를 닮은 것 같은데 전체적으로 보면 형부 아들이란 티가 확 났다. 게다가 갓난쟁이면서 어찌나 잘생겼는지 용이를 보러 올 때마다 이웃 산모들이 죄 잘생겼다고 칭찬을 아끼지 않았다. 농담 반 진담 반으로 사돈 맺자는 산모들도 꽤 있었다.

이재야 웃으며 고맙다고 하지만 이안은 그런 산모의 아기들을 꼼꼼히 훑어보았다. 그리고 팔짱을 낀 채 의기양양하게 콧방귀를 끼었다. '어디서 감히!'

아빠까지 용이를 보고 난 다음에야 세 식구는 이재와 현수의 배웅을 받으며 산후조리원을 떠날 수 있었다. 간단하게 끼니를 해결하자는 이안의 제안에 엄마는 돈 들어서 싫다 했지만 아빠가 오랜만에 세 식구가 나온 것, 맛있는 것 먹자고 엄마를 설득했다. 아빠한테 약한 엄마는 곧 마음을 바꾸었다.

세 식구는 이안이 잘 가는 갈비집에 갔다. 갈비 삼 인분에 맥주를 시켰을 때였다. 엄마는 일반 식당 같은 갈비집을 보고 이안에게 소리 죽여 물었다.

"너 정말 여기 자주 와?"

"응. 여기 반찬도 그렇고 고기도 그렇고 진짜 맛있어. 왜?"

"너도 참."

엄마의 눈초리에 이안은 자기 모습을 슥 훑었다. 차분한 그레이 톤의 원피스에 산뜻한 흰 에나멜 벨트를 맨 채 가족 단위가 그득한 갈비집에 들어오니 꽤 튀었나 보다. 이안은 그냥 싱글 웃고 넘겼다.

"네 형부 친구 말이다, 무슨 의사라고?"

아빠가 관심을 보였다. 막 구워진 갈비를 두 점 집어 배추쌈에 싸는 중이었다. 이안은 아무렇지도 않게 쌈장을 척하니 바르고 입을 크게 벌려 쌈을 삼켰다.

"내과랬나."

"대학병원에서 일한다지? 바쁠 텐데도 와주는구나."

"가정이 없어서 그러지. 혼자 온 게 보기 안 좋더라."

엄마가 일침을 놓았다. 아빠는 사위의 의사 친구라서 마냥 자랑스러운 것 같은데 엄마의 시각은 좀 다른 것 같았다. 이안은 한쪽으로 포개 모은 다리가 저릿해 주먹으로 콩콩 무릎을 쳤다.

"엄마는 영 아닌가 봐?"

"이재한테 갈 때마다 있어서 그래. 아무리 친한 친구라지만 남의 신혼집에 너무 염치없이 왔다 갔다 하더라."

이안도 그 점은 동감이었다. 하지만 엄마가 영 탐탁지 않아 하니 괜스레 한마디 덧붙이고 싶었다.

"언니가 챙겨주니까 좋아서 그래. 가끔 보면 언니가 부르더라고."

"이재는 참."

이안은 그저 웃는 게 장땡이라고 웃기 바빴다. 엄마는 이재가 임신한 동안 정말 틈틈이 이재네 집을 찾아갔다. 대부분 이안도 동행했기 때문에 잘 알았다. 주말마다 거의 찾아갔던 것 같았다. 그럴 때마다 두 번에 한 번 꼴로 주철이 있었다. 이안은 신경을 곤두세운 채 주철을 대했지만 주철은 가끔 툭, 툭, 밉상 짓을 하는 것을 제외하곤 대체로 얌전했다. 첫 만남 때처럼 이안을 들쑤시지 않았다. 그래도 이안은 경계를 늦춘 적이 없었다.

이안과 엄마가 나타나면 주철은 금세 자리에서 일어났다. 이재가 더 붙잡아도 사양하기 일쑤였다. 엄마 입장에서는 한 달에 두어 번은 만나는 동안 주철이 한 번이라도 살갑게 인사하거나 반긴 적이 없고, 항상 주철이 먼저 와 있는 것을 보니 마뜩찮기도 했을 것이다. 주철은 정말 의사 아니었음 어떻게 살았나 싶을 정도로 사회성이 결여된 남자였다. 제멋대로라고 할까, 막돼먹었다고 할까. 이안도 엄마가 꺼려하는 부분을 충분히 이해할 수 있었다.

이해는 할 수 있지만 자꾸 마음에 걸렸다.

아빠는 이안이 추천한 갈비가 맛있다고 무척이나 칭찬을 하셨다. 손자를 봐서 뿌듯한 마음에 맛있는 음식까지 먹으니 행복하신가 보다. 이안은 아빠를 대신해 운전대를 잡았다. 아빠는 술이 정말 약해서 가볍게 마신 맥주 한 잔에도 얼굴이 붉게 달아올라 있었다.

집에 돌아오고도 엄마는 거실에 앉아 생각에 골몰해 있었다. 씻고 옷 갈아입고 나온 이안은 엄마 옆에 앉아 엄마를 답삭 껴안았다. 엄마는 습관적으로 이안의 등을 토닥였다.

"우리 안 여사님, 또 뭐가 걱정이실까?"

등을 쓸어주는 엄마의 손이 멈췄다. 이안은 살짝 몸을 일으켰다. 엄마의 얼굴에 드리운 근심은 농담으로 넘기기엔 좀 무거웠다.

"응?"

"이혼한 친구가 옆에 있어서 좋을 게 있을까?"

언니네 부부가 걱정되었나 보다. 이안은 마음이 좀 더 까칠해졌다.

"이제 막 자리 잡은 애들 옆에 이혼한 친구가 뻔질나게 드나드는 게 걸리네."

"엄마, 이혼한 친구가 아니라 친구가 이혼한 거야. 그리고 언니 알잖아. 남이 힘든 거 잘 못 보는 거."

이재는 항상 이안이 엄마를 닮았다고 말하지만 이안이 보기에 엄마 성격을 쏙 뺀 건 언니 쪽이었다. 이재나 엄마나 남이 곤란한 걸 보고 넘기지 못했다. 단지 이재 쪽이 잔걱정이 없는 편이고 엄마 쪽이 잔걱정과 근심이 너무 많다는 차이 정도만 있었다.

"나쁜 영향은 안 주겠지?"

"언니를 믿어. 전엔 내가 그렇게 형부가 좋아? 그러니까 바로 응, 이러더라. 와, 난 세상사람 다 변해도 우리 언니만큼은 안 변할 줄 알았어."

"이재가 정말 그래?"

"응. 결혼하겠다고 인사하러 왔을 때도 안 그러더니 살면서 더 정 붙었나 봐."

"네 언니랑 형부가 천생연분인가 보다."

"거봐. 그런 사람들이 친구가 이혼한 거 가지고 흔들리겠어? 오히려 경각심을 높이겠지. 저렇게 헤어지면 안 되겠다 하고. 나쁜 영향은 끼치지 않을 거야. 언니를 믿어, 엄마."

"그래, 그래."

엄마의 근심은 모두 덜어지진 않았겠지만 엄마는 우선 그렇게 대답했다. 엄마가 안방으로 돌아가며 안 자냐고 물었다. 이안은 물 한 잔 마시고 자겠다며 엄마를 먼저 들여보냈다.

이안 전용의 커다란 컵에 물을 가득히 담으며 이안은 잠시 고민에 빠졌다. 근데 내가 왜 그 인간 편을 든 거지? 그 인간이 언니 근처에 안 오면 나도 좋은데.

아마 엄마가 걱정한다 해도 그 인간 행태를 바꿀 순 없다는 걸 알기 때문일 것이다. 생각해 보라, 이재가 임신한 내내 엄마와 들락거렸지만 그 남자가 없던 적은 손에 꼽을 정도였다. 엄마가 노골적으로 못마땅한 걸 표하는 분이 아니라고 해도 남자 정도의 눈치라면 진작 엄마의 심간을 파악했을 것이다. 그래도 꾸역꾸역 오지 않았던가. 남 눈치 보며 사는 인간이 아니란 것쯤은 알았지만 이 정도면 지존급이었다. 어른이 싫어해도 자기만 좋으면 하겠다 이거 아닌가.

새삼 남자 생각을 하니 배알이 꼴렸다. 하여간 이렇게 해도 밉고, 저렇게 해도 미운 인간이었다.

하지만 그의 지갑 속에서 생경한 사진을 발견했을 땐 가슴이 묵직해졌다. 아이 사진이었다. 언뜻 봐도 예쁜 아이였었다. 과시용이나 전시용으로 들고 다니는 사진이 아니었다. 그렇게까지 남의 시선에 구애받는 사람이 아니었으니까. 단지 아이가 예쁜 것이다. 보고 싶은 것이다. 마음이 아렸다. 내색하지 않는 사람이라 몰랐던 것뿐이지 그는 정말로 아이를 사랑하는 것이다.

남자의 아이와 남자의 상처에 골몰하다 그가 하려던 말을 놓쳤다. 사실 그가 말을 걸 거라곤 예상하지도 못했었다. 뭘 말하고 싶었던 걸까? '저녁'이라고 들은 것 같은데. 저녁을 뭐? 저녁에 약속 있냐고? 저녁까지 있을 거냐고? 아니면 설마 저녁 같이 먹자고? 이안은 남자의 냉랭한 얼굴을 떠올렸다. 그 얼굴로 저녁 초대를? 웃긴데 우습진 않았다.

방으로 들어온 이안은 꾸물꾸물 이불 안으로 들어갔다. 별것 아닌 한마디로 사람 피곤하게 하는 재주가 있는 남자다. 결국 말하지 않았다는 건 중요한 용건이 아니었단 뜻일 거다. 자기가 생각해도 말이 안 되는 말이었다거나.

그러니까 그런 판단은 내가 한다고. 무슨 말을 하려던 건지 끝까지 말하면 좀 좋아? 하여간 방심할 수 없는 남자다. 이안은 눈을 질끈 감았다.

주철은 오랜만에 유성이 있는 바를 찾았다. 다른 손님을 상대하던 유성은 주철을 보더니 반갑게 맞아주었다. 현수와 자주 오는 곳이었지만 주철이 혼자 올 땐 유성이 곧잘 말상대가 되어주었다. 현수와 이재 커플로 골머리를 앓을 때도 유성이 말상대가 되어주었었다.

"보고는 해야 할 것 같아서."

유성이 소녀처럼 웃었다. 현수와 이재 이야기라는 걸 곧 알아차린 것이다.

"잘되셨나 봐요."

"응. 오늘 두 사람 애도 보고 왔어."

"예쁘던가요?"

"감동적이더군. 신기했어. 생긴 건 현수 놈하고 똑같은데 이재도 보여."

"어느 아이든 마찬가지일 거예요. 엄마, 아빠의 자식인걸요."

재현이도 아빠 얼굴에 엄마 미소를 닮은 아이가 될까? 제 이모가 그랬던 것처럼.

유성은 거듭 축하한다고 했다. 주철은 고마움을 표하며 유성이 따라준 잔을 치켜올렸다.

"내 애한테도 내 모습이 보일까? 정자밖에 제공하지 않은 아빠인데."

"가끔, 자신을 너무 몰아붙이세요."

"안타까워?"

"네."

"위로해 줄 마음이 생겨?"

"하지만 저로는 만족하지 못하실 것 같네요."

주철은 한숨처럼 웃음을 뱉었다. 유성은 눈썰미가 좋았다. 유성은 주철이 시답잖은 농담에 버무린 진심과 빈말을 구분할 줄 알았다. 그래서 이곳을 더 찾게 되는 것이고, 그래서 지난 몇 달간 이곳을 찾지 않은 것이다.

"누군가 생기셨어요?"

유성은 주철이 이혼남에 애 아빠이고, 왜 이혼했는지와 그 후의 상황을 알고 있었다. 주철이 주절주절 말한 적은 없지만 현수와 몇 번 자리를 같이하면서 유성도 자연히 알게 되었다. 유성이 안다 해도 주철은 상관없었다. 누가 알든 누가 모르든, 자신이 진짜 나쁜 놈이라는 데는 변함이 없으니까.

"아니."

아니라고 답하고 입을 다물었다. 유성은 조용히 빈 잔을 채워주었다. 어두운 공간 안, 유성이 촛불을 밝혔다. 파라핀과 심지가 타오르는 향이 확 퍼졌다. 불꽃이 명멸해 갔다. 살가운 기세로 산소를 불사르며 타올랐다. 주철은 네모난 보랏빛 초 위에 잔을 빙글빙글 돌렸다.

"아니어야 해."

유성은 대꾸하지도, 다른 곳으로 가지도 않았다. 주철은 바에 팔을 괴고 느슨하게 앉았다.

"자꾸 신경이 쓰여. 자꾸, 눈에 밟혀. 건들지 말라고 경고를 받아서인 것 같아."

"누가요?"

"현수 자식."

"이재 씨인가요?"

"아니. 동생."

술에 취했나 보다. 유성이 묻는 말에 족족 대답하고 있었다.

그래도, 상관없었다. 들을 귀는 하나뿐이지만 이야기를 퍼뜨릴 입은 아무 데도 없었다.

"이재 동생, 이재를 끔찍이 생각하는 동생."

"예쁜가요?"

주철은 쿡, 웃었다.

"애야."

"몇 살인데요?"

"스물여덟?"

"안 어려요. 여자 나이 스물여덟은 충분히 성숙한 나이에요."

"어려. 많이 어려."

그리고 어려야만 했다. 건드리지도 못하게, 근처에도 가지 못하게.

"차라리, 미성년이었으면 좋겠어."

주철이 싫어하는 미성년자였다면 처음부터 거들떠보지도 않았을 터다.

"좋아하는 건 아냐. 그런 까랑까랑한 여자 싫어. 좋아하는 것도 아닌데 자꾸 신경이 쓰인다면, 이게 뭘까?"

"미움일 수도 있어요."

유성도 가끔 웃기지도 않는 농담을 하나 보다. 주철은 픽 웃어버렸다. 유성도 따라 웃었다. 주철은 다시 한 번 잔을 높이 치켜들었다. 유성이 자기 잔에 술을 부어 주철의 잔에 챙강 부딪쳤다.

"우리의 미움을 위해."

"미움을 위해."

유성은 잔을 쭉 비우는 주철을 보고 조그맣게 덧붙였다.

"그리고 슬픈 시작을 위해."

"누구?"

문 열리는 소리가 들려, 주철은 당연히 집 주인이리라 예상했다. 하지만 그의 시야에 선뜻 잡힌 사람은, 그 자리에 꼼짝없이 굳어져 누구냐고 묻는 여자는 집 주인이 아니었다.

화려한 미인이었다. 생김생김도 화려하지만 옷맵시가 뛰어나 그 세련됨이 여자를 더욱 돋보이게 했다. 가느다란 머리카락은 윤기있게 흘러 어깨에 고여 있었다. 한 번쯤 쓸어보고 싶은 짙은 밤색 머리카락이었다. 여자의 투명하고 하얀 피부에 잘 어울렸다. 커다랗게 뜨여진 밝은 갈색의 눈동자처럼, 입술 안쪽에 은밀한 그림자를 드리운 부드러운 입술처럼.

가슴이 타 들어갔다.

짧은 한순간이었다. 호흡이 멈췄다. 그렇게 여자가, 이안이 거기에 있었다.

당시에는 이재의 동생이라는 걸 몰랐다. 이재와는 닮은 구석이 없었다. 이재에게 여동생이 있다는 것도 몰랐다. 주철이 현수와 이재의 집을 드나드는 동안 이재의 형제라며 마주친 사람은 아무도 없었다. 그리고 여자에게서 이성을 느낀 순간 주철은 날카로워졌다.

 누군지 알고 남자로서 충동을 느끼는 것이냐? 저 여자가 누구인지 알고? 혹시라도 현수 놈의 옛 여자일 수도 있다. 현수는 제 여자들한테 습관적으로 현관의 비밀번호를 알려주었다. 한 번 알려줘야 여자들이 귀찮게 안 한다는 이유였다. 그렇지, 보통 여자들이라면 사귀는 남자가 현관 비밀번호를 떡하니 알려주는데, 이 남자가 나와의 미래를 염두에 두고 있다고 생각하고 말지. 그럼 현수 일이 늦게 끝나서 약속에 늦어도, 주말에도 출근해야 한다고 해도 참을 것이다. 어쨌든 이 남자는 현관의 비밀번호를 알려줄 만큼 자기를 '배우자로 고려한다'고 생각하기 때문에. 그렇게 여자들이 기대하고 집착하기 시작하면 현수는 질려갔다. 그리곤 자기가 한 짓도 생각 못하고 왜 만나는 여자들마다 결혼 타령을 하는지 모르겠다고 투덜거렸다. 주철이 그럼 현관 비밀번호를 알려주지 마라, 충고하면 오히려 눈살을 찌푸리고 '그게 더 귀찮아'라던 놈이었다. 그 사단이 언젠가 일어날 줄 알았다.

 현수와 이재가 서로의 마음을 알게 됐다면 모를까, 아직도 낯놓고 기역도 못 읽는 상황에서 현수의 옛 여자의 출현은 치명적이 될 것이다. 현수는 주철에게 형제나 다름없는 친구였다. 그녀석 딴에는 잘산다고 생각할지 모르지만 곁에서 보는 입장에선 불안하기 짝이 없었다. 여자에게 쉽게 현관 비밀번호를 알려주는 것부터 시작해 이상한 데서 허술했다. 지금도 남들은 다 아는 자기감정 하나 깨닫지 못하고 있었다. 누가 봐도 이재를 사랑하는 게 훤한데 본인만 모르다니, 그것도 재주였다. 솔직히 죽이 됐든 밥이 됐든 제 마누라 아닌가. 주철 생각에야 남들은 결혼이 골인점이라지만 현수와 이재는 결혼이 출발점이니, 빼도 박도 못하는 상황을 십분 살려 이재를 홀랑 넘어오게 하면 될 일이었지만, 현수 놈은 뭐가 그렇게 겁이 나는지 여전히 제 감정 하나 못 전하고 있었다. 이재도 그렇다. 계약결혼이든 연애결혼이든 결혼은 결혼 아닌가. 이 남자 내 남자라고 세상에 선포한 일 아닌가. 그럼 남자가 도망갈 수 없는 울타리가 쳐진 상황에서 제 욕심 채우면 좀 좋으냔 말이다. 둘 다 제 상황을 이용할 줄도 모르면서 속 끓이는 꼴을 보자니 갑갑해 한동안 현수와 이재 집을 찾지 않았었다. 그런 상황에서 현수의 옛 여자의 출현이라니. 이재는 잘났다고 현수를 옛 여자에게 양보하겠고, 현수는 이재가 자길 순순히 포기하는 태도를 보고 역시 사랑받지 못하고 있다고 자포자기할 것이다. 최악이었다. 현수의 옛 여자는 독이 되면 되었지 개똥만큼의 값어치도 못할 것이다. 썩 내쫓아야 한다.

"내가 하고 싶은 말인데. 현수 자식이 이제 와 새삼 여자를 만들었을 린 없고, 현수 취향도 아니고. 어떻게 이 집 비밀번호를 알았는지 모르겠지만 대충 꺼져."

넌 현수한테 아무것도 아니다, 일말의 자존심이 남아 있다면 대충 사라져라. 주철이 경고했지만 여자는 적반하장으로 나왔다. 경찰서에 신고를 하는 것이다. 주철은 여자의 **뻔뻔함**에 이가 갈렸다. 단번에 여자의 핸드폰을 **빼앗았다**.

"나이도 어리니 감각 신경성 난청도 아닐 텐데. 귀지나 좀 파, 얼굴에 뭐 찍어 바를 시간 있으면."

주철은 의사였다. 하지만 아이러니하게도 효율적으로 인간을 상처 입히는 방법을 더욱 잘 알고 있었다. 사람의 마음이란 거, 현수가 만나고 다녔던 허영심덩어리들이라면 더더욱, 주철은 쉽게 농락할 수 있었다.

"치열 교정이나 하시죠. 발음이 자꾸 새서 못 알아듣겠는데요."

여자는 또박또박 대꾸했었다. 지금 생각해도 기가 찼다. 공격을 받아 주춤거리는 게 아니라 오히려 반격을 해오다니. 주철이 예상치 못했던 패턴이었다.

"말로 해선 못 알아듣나 본데, 당장 꺼지라고."

다시 한 번 경고했다. 이건 마지막 경고였다.

"내가 할 소리. 여긴 댁 같은 남자가 있어도 좋을 곳이 아니거든?"

여자의 갈색빛 눈동자가 매서워졌다. 주철은 말로 통할 상대 아니라고 판단했다.

그는 여자의 팔을 홱 잡아끌었다. 말이 통하지 않음 직접 쫓아내면 될 일이었다. 가까이 다가간 여자에게선 빌어먹게도 향긋한 꽃내음이 났다. 10월, 이 계절엔 결코 있을 수 없는 꽃내음이. 그건 여자의 화려한 외모로는 연상이 되지 않는 수수한 프리지어 향이었다. 말초신경을 가닥가닥 자극하는 달콤하디달콤한 향. 여자를 쥔 손에 절로 힘이 주어졌다.

"이거 놔요! 대체 이게 무슨 짓이야!"

"말귀가 안 통하는 것들한테는 매가 약이지."

주철은 사람 마음을 상하게 하는 데 도사였지만 어디까지나 그는 의사였다. 사람의 육체를 고치는 전문이지 망가뜨리는 전문이 아니었다. 그보다 나약한 존재를 보호할 마음도 없지만 약하다고 무시하고 짓밟을 마음도 없었다. 특히 여자를 때리는 것에는 더더욱 취미 없었다. 하지만 이 정도 위협은 가해야 귓구멍이 열릴 여자였다.

현관에 도착했다. 주철이 문을 열기도 전 먼저 현관이 열렸다. 두 사람은 일시 정지했다.

이재였다.

"빌어먹을……."

괜히 지체했다. 여자에게서 꽃향기가 나느니 어쩌느니, 머리카락이 탐스럽느니 어쩌느니 할 게 아니라 보는 즉시 내쫓았어야 했다. 그의 실수였다. 이 세상에서 가장 보이지 말아야 할 사람에게 이 여자를 보이고 말았다.

현수와 이재는 현수의 사정상 계약결혼을 했다. 한데 현수라는 자식은 여느 때의 현수답지 않게 이재라면 절절매고, 정작 만나본 이재라는 여자는 어디서 이런 돌연변이가 태어났나 싶게 특이했다. 이재는 스스로를 여자라고 인식하지 않았다. 그래서 사람을 '사람'으로 대하지 남자와 여자라는 성으로 구분해 보지 않았다. 성별을 구별하지 않으니 남자를 봐도 덤덤하고 감정적인 면으로도 어딘가 결핍된 게 아닐까 싶을 정도로 심심했다. 이런 여자 뭐가 좋다고 절절매는지, 현수 꼴이 하도 우스워 이재 곁에 붙어 다녀봤다. 그러다 이재도 사실은 현수를 좋아하고 있는 걸 알게 됐다. 아무리 남자도 사람, 여자도 사람 타령을 하는 이재라도 현수만큼은 남자로 보였던 것 같았다. 두 사람이 서로를 좋아하고 서로라고 하면 애틋해서 죽으려고 하면서도 서로만은 서로의 감정을 눈치 채지 못했다. 그게 우습기도 하고 신기하기도 해서 지켜보았지만 얼마 전엔 너무 갑갑해 분통을 터뜨리기도 했다.

그 이후의 두 사람이 마음에 걸려 두 사람의 집에 와봤더니 느닷없이 현수의 전 애인이 등장했다. 현수가 총각 시절부터 살아왔던 집에 낯선 여자가 현관 비밀번호를 알아내 나타난 것을, 현수의 전 애인이라고밖에는 생각할 수 없었다. 안 그래도 서로의 감정을 밝히지 못해 지지부진한 관계를 이어오는 사람들 앞에 분란의 씨앗을 던지고 싶지 않았다. 미리 제거했어야 했는데, 미리 여자를 내쫓았어야 했는데.

제일 먼저 현수와 이재를 떠올렸어야 했다. 가장 소중한 두 사람을 떠올렸어야 했다. 하나, 여자를 본 순간 가장 먼저 떠오른 건 '충동'이었다. 손을 뻗고 싶다는 충동, 따스한 살결을 만

지고 싶다는 충동, 가느다란 몸에 파고들고 싶다는 충동.

그 차이가 지금 이재와 이 여자를 마주치게 했다. 주철은 당장 여자를 끌어당겼다. 여자의 숨소리조차 이재에게 들리지 않도록. 여자의 몸이 굳어졌다. 주철은 아는 척하는 이재에게 조금은 쑥스러운 듯, 조금은 미안한 듯, 태연한 미소를 그렸다.

"미안, 먼저 간다. 여자가 지랄해서."

조금 후면 주철이 낯선 여자를 현수와 이재의 집까지 데려왔다는 데 놀라겠지만 지금 당장은 무마가 될 것이다. 주철은 그해 초에 이혼했다. 벌써부터 다른 여자를 만난다고, 이재는 몰라도 현수만큼은 생각하지 않을 것이다. 현수는 둘째 치고 지금은 이재만 속이면 되었다. 현수 뒤처리를 대신 해주는 것이라 이재를 납득시키는 건 현수에게 맡길 참이었다.

"미안하네, 애가 지랄해서."

응? 주철은 이재가 싱글 웃는 걸 봐도 사태 파악이 되지 않았다. 순간적으로 팔에 힘이 빠지자 품의 여자가 그를 확 밀쳤다. 주철은 엉겁결에 뒤로 물러났다. 여자는 주철이 다시 어찌할 틈도 없이 이재를 향했다.

젠장, 저걸!

"언니!"

"언니?"

"응, 언니."

주철은 이재 앞에 두 팔 벌려 가로막는 여자를 멍하니 쳐다보

앉다. 여자는 있는 대로 독이 오르고 머리며 옷차림이 헝클어진
채였는데도 이재를 그에게서 보호하고 있었다.

"언니, 아는 사람이야? 저 미친 새끼 대체 뭐야!"

"저 사람, 내 친구. 그리고 네 형부 친구."

여자가 드디어 팔을 내렸다. 주철을 매섭게 노려보는 시선은
여전했지만 주철의 화답하는 시선도 만만찮을 거였다.

"친구 좀 가려 사귀랬지."

"하!"

이재가 소리 높여 웃었다. 편안하고 자연스러운 웃음이었다.
이재의 뭔가가 변했다. 주철은 눈을 빛냈다.

"집에 들어오니까 집주인인 양 떡하니 버티고 있더라니까?
게다가 아까 나한테 뭐랬는지 알아? 진짜 어처구니가 없어. 정
말 저런 인간을 친구라고 두는 거야?"

여자의 짜증 가득한 목소리가 불만을 토로했다. 주철은 상큼
하게 대꾸했다.

"현수 자식한테 목매는 골빈 계집애들 중 하나인 줄 알았지.
하지만 아니겠네."

여자는 더도 덜도 말고 딱 찢어 죽이고 싶다 할 만큼 주철을
노려보았다. 주철의 관심은 이미 이재에게 옮겨간 다음이었다.

"잘된 거지, 너랑 현수?"

"응."

여자는 분이 차고 넘쳐 길길이 날뛰면서도 더는 어쩌지 못했

다. 어지간히 언니한테 약한가 보다. 여기 이재한테 벌벌 떠는 인간 하나 더 있었네. 주철은 거실로 돌아가 코트를 집어 들었다. 현수와 이재가 서로의 마음을 확인했다면 그가 할 일은 없었다. 한동안 연락이 뜸한 사이 결국 마음을 밝혔나 보다. 다행이었다. 더 걱정할 일은 없겠다.

문득 이재 앞을 가로막던 여자가 떠올랐다. 언니라면 벌벌 떨고 언니 말 한마디에 껌벅 죽으면서 언니에게 매달리진 않았다. 오히려 이재를 지키려고 이재 앞을 버티고 섰었다. 그 순간의 감정을 뭐라고 할까. 이재 너, 좋은 동생을 뒀구나? 아니, 그보다 시샘에 가까웠던 것 같은데……. 저런 사랑을 받아서 좋겠다, 정도? 주철은 실없이 웃었다. 무슨 생각을 하는 거냐, 곽주철.

코트를 들고 돌아오다 다시 두 여자와 부딪쳤다. 이재는 주철이 코트를 집어 든 걸 보더니 의아해했다.

"가게? 저녁 해먹을 건데 조금만 기다려. 먹고 가."

"너 이제 밥도 하냐?"

"내가 하겠어? 잘하는 사람이 하지."

정말로 서현수가 요리를 한다고? 주철은 정말 '졌다'는 생각뿐이었다. 나중에 현수나 불러서 잔뜩 놀려먹어야겠다. '죽을 때까지 네 손으로 만든 밥은 안 먹는다더니?' 주철은 싱글거리며 초대를 사양하려 했다.

"됐어, 언니. 가겠다는데 내버려 둬."

아항.

주철은 코트를 내려놓았다.

"그래 볼까? 현수 자식 밥 한번 먹어보는 게 소원이었거든."

뿌득, 여자의 이 가는 소리에 주철은 몰래 미소를 삼켰다. 어쩐지 즐거웠다. 슬금슬금 웃음이 피어나왔다. 이렇게 웃음이 샘솟은 게 얼마 만인가 싶었다.

그 순간의 충동에 넘어가지 말 걸 그랬다. 이안이 보기와 달리 언니 일이라면 쉽게 발끈하고, 쉽게 파르르 반응하는 걸 모른 척할 걸 그랬다.

그랬다면 이 시작이 조금은 덜 슬프지 않았을까.

주철은 유성의 배웅을 받으며 바를 나왔다. 정신이 번쩍 나게 차가운 바람이 분다면 얼마나 좋을까. 폭풍이 덮치지 않은 8월의 밤은 무덥기만 했다.

이안은, 이안은…… 주철은 멍하니 하늘을 올려다보았다. 별하나 보이지 않았다. 언제였던가, 어렸을 땐 밤하늘을 올려다보면 송곳으로 뽕뽕 구멍을 뚫어놓은 것처럼 조그만 별이 반짝이고 있었다. 지금은 보이지 않았다. 네온사인의 현란한 빛깔이 별빛을 삼켜 버렸다. 별빛이 사라진 밤하늘은 희끄무레했다. 하늘을 올려다보아도 더는 마음이 탁 풀리질 않았다.

이 마음이 뭘까.

이 마음이 뭐기에 거머리처럼 진득하게 달라붙어 떨어지질 않을까.

　단 하나 알 수 있는 건 이안은 안 된다는 것. 어른어른 이재와 현수 얼굴이 스쳐 갔다. 더는 자기 욕심 하나로 소중한 사람들을 상처 입힐 수 없었다. 그러고 싶지 않았다. 참으면 된다. 삭이면 된다. 지우면 된다. 할 수 있었다. 해야만 했다. 이제 다신 소중한 사람을 잃고 싶지 않았다.

제 2 장

"아빠, 뭐 해?"

아이의 똘망똘망한 눈동자가 좋았다. 어렸을 땐 새카맣던 눈동자가 커갈수록 점점 옅은 갈색으로 변했다. 주철은 커다란 손으로 예지의 머리를 쓰다듬었다. 이젠 많이 익숙해졌다.

"생각."

"무슨 생각?"

아이의 성장은 진심으로 놀라웠다. 이 아이가 갓 태어나 온몸이 새빨갛도록 울어댄 게 엊그제 같았다. '아빠' 한 마디를 못해 '아바바' 거리던 것도 바로 엊그제 같은데, 지금은 어엿이 '대화'란 걸 하고 있었다. 놀라운 일도 아닌가. 한글이며 영어 알파

벳도 다 떼고 요즘은 중국어도 배운다고 했다. 내년이면 어엿한 초등학생이었다. 이 아이가 이렇게 크도록 난 뭘 했던가. 생각나지 않았다. 이 아이에겐 정말로 해준 게 없었다.

"이것저것."

아이는 아빠의 답에 만족하지 못했다. 영리한 눈동자가 살포시 찌푸려들었다. 주철은 그 표정마저 예뻐 부드러운 머리를 슥슥 쓸어주었다.

두 사람은 주철의 아파트 안 놀이터에 나와 있었다. 혼자서도 잘 놀던 예지가 아빠가 생각났는지 쪼르륵 달려왔다. 예지는 참 신기했다. 곁에 제대로 있어준 적 없는 아빠인데 그래도 곧잘 '아빠, 아빠' 하며 주철을 따랐다. 사랑하지 않기가 어려운 아이였다. 너무도 어여쁜 아이였다. 이 아이가 내 아이였다.

헤어지고 나서야 예지의 빈자리를 깨달았다면, 웃을까? 예지가 없어진 다음에야 당연히 집에 돌아오면 볼 수 있다 생각하던 예지가 집을 떠난 다음에야, 마음을 그득 채운 공허를 알아차렸다. 이 공허가 언젠가 이 아이의 눈에 비칠까 봐 아이를 멀리하기도 했다. 지금도 두려움은 그득한데, 이 시간을 피할 수 없었다.

"그냥 아빠라서 같이 있고 싶은 거예요. 핏줄이란 게 그렇잖아요."

언젠가 예지가 다 자라 눈높이가 같아질 때면 묻고 싶었다.

'이런 아빠라도 함께 있고 싶었니?'

또다시 그 여자를 생각했다. 예지는 혼자 노는 데 질렸는지 집에 가자고 했다. 집에 가는 내내 친구 진아가 어떻고, 유치원 선생님이 어떻고, 재잘재잘 떠들었다. 반은 엉키는 발음에, 반은 모르는 내용이라 솔직히 고역이었지만 열심히 귀를 기울였다. 예지는 아빠가 가끔 '응, 응' 하고 대꾸하는 걸로도 충분히 만족한 듯했다. 계속 떠드는 게 그 증거일 것이다.

집에 도착하니 아파트 로비 앞에 익숙한 인영이 눈에 들어왔다. 아이가 눈을 반짝이며 잽싸게 아빠 손을 놓고 달려간다.

"엄마!"

여자는 바로 몸을 수그려 아이를 맞이했다. 저돌적으로 달려간 아이는 엄마가 받아주리라 믿고 폴짝 몸을 날렸다. 아이 엄마는 휘청거리면서도 아이를 꼭 받았다.

"아휴, 흙투성이. 놀이터 갔다 왔구나. 아빠랑 재밌었어요?"

"응! 아빠가 이거 줬어."

아이의 손은 은색 체인으로 반짝였다. 미아방지용 팔찌였다. 간호사들이 언젠가 그 팔찌 덕에 잃어버렸던 애를 찾았다고 떠들었던 적이 있었다. 그 길로 맞추긴 했지만 언제 건네줘야 할지 몰라 지금껏 간직하고만 있었다. 그러다 간신히 아이의 팔에 채워주니 아이는 차갑고 무겁다고 칭얼대면서도 금세 적응했다. 그러더니 엄마를 보고는 자랑스레 자랑을 했다.

혜정이 팔찌를 한동안 물끄러미 바라보았다. 그리곤 곧 아이의 손을 꼭 쥐었다. 주철의 가슴에 익숙한 통증이 스쳤다.

"고마워요."

주철은 엉거주춤하게 앉아 서툴게 아이의 몸에 묻은 흙을 털었다. 애엄마가 말하기 전까진 미처 몰랐었다. 역시 애한텐 엄마가 필요한 거다. 혜정과 함께 살며 가장 잘한 일은 애를 혜정에게 맡겼다는 것이다.

"인사하러 간다고 했는데, 흙투성이라 미안."

혜정은 오늘따라 곱게 화장을 하고 정숙한 정장을 입은 모습이었다. 오 년을 함께한 부부였는데 이런 혜정의 모습은 처음이었다. 마치 새색시 같았다. 뺨에는 혜정 스스로도 어쩔 수 없는 홍조가 피어올랐다.

"괜찮아요. 어차피 집에 들러서 옷 갈아입히려고 했어요."

혜정은 역시나 거짓말에 서툴렀다. 이미 준비를 완전히 갖추고 나왔으면서 뭘 또 새삼 집에 들르겠다는 건지. 하지만 이번에도 주철은 혜정의 거짓말에 속아주었다.

"그럼 다행이고. 예지야, 다다음주에 또 보자."

"다다음주?"

"응. 약속."

약속이란 말에 아이가 새끼손가락을 들었다. 주철은 새끼손가락을 얽었다. 주철이 일어섰다. 혜정이 살짝 아이의 팔을 당겼다.

"가볼게요."

"응."

예지는 아빠에게 열심히 손을 흔들다가 차에 오르고선 잠잠해졌다. 처음에 헤어질 때는 칭얼거렸었다. 애엄마가 아이를 떼어내기 힘이 들 정도였다. 그래서 더 안 만났다. 칭얼대며 아빠 품을 파고드는 아이는 마치 이번에 헤어지면 다신 못 만난다고 생각하는 것 같았다. 아이를 와락 잡아챌 뻔했다. 좀 더 있다 가라고, 아이가 잠들 때까지라도 기다리라고. 하지만 주철은 아이를 떼어냈다. 다음을 기약하지 않고 던지듯 애엄마한테 아이를 건넨 다음 아이 가는 모습을 배웅하지도 않았다.

부정(父情)은 없었다. 잔정이 있는 타입도 아니었다. 내 아이라고 특별히 더 소중히 여긴 적도 없었다. 아이에게는 쌀쌀맞거나 무심했던 기억밖에 없었다. 그런데도 아이는 아빠라고, 제 아빠라고, 주철에게 매달렸다. 주철과 헤어지는 걸 힘겨워했다. 주철의 품에서 떨어지지 않으려고 자그만 손으로 힘껏 아빠에게 매달렸다.

화가 났다. 내가 해준 게 뭐가 있다고 내게 매달리는 거야? 널 자식으로서 예뻐한 적도 없고, 애들 자체도 좋아해 본 적 없어. 그런 내가 뭐가 좋다고, 대체 뭐가 좋다고…….

언제였던가. 아직은 아이를 배웅하지 않았던 때. 주철은 아이 엄마와 아이를 현관까지도 배웅하지 않았다. 주철은 거실 한복판에 남아 있었다. 아빠와 헤어지는 걸 직감적으로 깨달은 아이는 엄마 품에서 훌쩍거렸다. 아이 엄마는 아이를 어르며 주철의 집을 나갔다. 아이 엄마가 직접 현관문을 닫고 나갔다.

아이가 떠났다. 너른 집에 그 혼자 남았다. 조그맣게 열어두었던 창 사이로 실바람이 불어와 아이의 체취를 걷어갔다. 주철은 미친 듯이 현관으로 달려갔다. 아파트 복도에 나갔다. 엘리베이터는 일층에 이미 도착해 있었다. 엘리베이터 문을 내려쳤다. 텅— 공허한 울림이 텅 빈 공간을 울렸다. 주철은 주룩 미끄러졌다.

아이와의 이별이 이토록 괴로운 거라고 누구도 알려주지 않았다. 이렇게 산 채로 심장이 뜯겨가는 것 같은 고통이라고 누구도 경고하지 않았다. 워낙 친하지도 않았고 워낙 잘해준 것도 없으니 애엄마 때처럼 편하게 안녕을 고할 수 있을 줄 알았다.

아니었다. 아니었다…….

처음 몇 번은 아빠와 헤어지는 걸 못 견디던 아이는 이 년여가 지난 지금은 많이 적응했다. 아빠에게 곧잘 손도 흔들어주고 이젠 울지도 않고 엄마 차에 올랐다. 아빠가 달라졌다. 주철은 이제 누가 시키지 않아도 아이를 배웅했다. 아이의 엄마 차가 사라질 때까지 쭉 지켜보았다. 아이가 잘 돌아가는지, 사고는 나지 않는지, 지켜보았다. 다음에 만날 약속을 잡았다. 아이 엄마는 언젠가 한번 아이가 아빠와 더 수월하게 헤어지는 건 다음에 만날 약속을 하기 때문인 것 같다고 귀띔해 주었다. 아이는 '다음'을 믿는 거다. 아빠가 약속하는 '다음'이 틀림없이 오리라고 믿는 것이다. 아이의 믿음과 아이와의 약속으로 주철도 이젠 겉으론 태연히 아이를 보낼 수 있었다.

아이는 차에 타선 뒤돌아보지 않았다. 엄마한테 또 진아랑 선생님 이야기를 하고 있는지도 모른다. 뭔가 고민이 많아 보였다. 혜정이라면 그 말을 다 알아듣고 적당한 조언도 아끼지 않을 것이다.

그리고 오늘이 지나면 예지에게는 새아빠가 생길 것이다. 주철이 아는 남자였다. 주철이 근무하는 대학병원에서 함께 근무했던 후배였다. 주철이 이혼한 후 곧장 다른 병원으로 전직한.

주철은 문득 손바닥이 부스럭거려 탁탁 손을 털었다. 떨어져 나간 모래가 싸늘히 흩어졌다. 새끼손가락에 얽혔던 아이의 체온도 스러져 갔다.

이안은 습관적으로 이재네 들렀다가 역시 또 그 남자와 부딪쳤다. 오늘은 이안 혼자였다. 엄마가 동창회에 가셨기 때문이다. 남자는 이재와 현수의 아기인 재현을 안고 있었다. 이안은 시간을 확인했다. 저녁 여섯 시다. 보통 이 시간쯤 되면 자기 집으로 돌아가는 게 예의 아닌가? 이안은 가족이니까 남자와는 차원이 달랐다.

이재와 현수는 재현을 속 편히 남자 품에 안겨주고 주방에 나란히 서 있었다. 최근 이재가 현수에게 요리를 전수받는다고 들었다. 이안은 진심으로 현수를 동정했다. 이안은 살다 살다 이재 같은 요리치를 본 적이 없었다. 딸들에게 필요하리라 생각해 엄마가 이재에게 요리를 가르치려 그렇게 공을 들였지만 소용 없었다. 그래도 이안은 말리지 않았다. 저 닭살부부가 또 닭털을 날리시겠다는데 누가 말리겠는가.

이재와 현수는 이안에게 곧 저녁이 다 될 테니 기대하라고 했다. 이안은 진심으로 미안했지만 전혀 기대가 되지 않았다. 남자는 이안이 근처에 오자 흘긋 보고는 아는 척도 하지 않았다. 이안은 아기를 받을 요량으로 남자 근처에 갔다가 부스럭 밟히는 게 있어 바닥을 보았다.

"웬 모래지?"

"아직 남았나?"

"댁이에요?"

두 사람 사이의 적당한 무례는 이미 일상사가 되어 있었다. 이안은 남자를 제대로 불러본 적 없고, 남자는 이안의 호칭을 아예 생략했다. 남자는 발로 슥슥 모래를 모았다. 이안은 기가 막혔다. 재현인 뭐가 좋은지 허공에 두 팔을 쭉 뻗고 허우적거리고 있었다. 그래도 그동안 꽤 봤다고 아이의 버릇까지 꿰게 되었다. 그런 소소한 발견이 얼마나 행복한지. 이안은 아이에게 얼굴을 들이밀었다.

눈이 마주치자 아이가 꺅꺅 소리를 냈다. 이안은 절로 팔을 뻗었다. 한데 남자가 아이를 휙 치웠다. 이안은 단번에 도끼눈을 했다.

"손 씻고 와."

진짜 기가 막힌다. 자기가 애 아빠라도 돼? 하나, 이번만큼은 이안이 반박할 말이 없었다. 이안은 재빨리 손을 씻고 다시 손을 내밀었다. 남자는 손을 검사라도 하듯 꼼꼼히 훑더니 그제야 아이를 넘겼다. 정말 심사가 뒤틀렸다. 이안은 남자 때문에 비틀린 심사를 아이의 천사 같은 미소 한 방으로 날려 버렸다.

"우리 재현이, 이모 보고 싶었어? 응, 이모야, 이모. 난 우리 재현이 보고 싶어서 잠도 못 잤어."

그러나 절대적인 애정 공세를 해도 아이의 관심은 금세 다른 곳으로 향했다. 그리고 웬일인지 아이의 관심의 방향은 주철을 향해 있었다. 그래도 꿋꿋이 안고 있자니 재현이 자꾸 뒤척였다. 남자가 가볍게 한숨을 내쉬더니 아기를 받아갔다. 이안은 섭섭해서 어깨를 축 늘어뜨렸다. 남자 품에 안긴 재현은 다시 얌전히 안겨 있었다.

"남자 품이 뭐가 좋다고?"

"아빠 품이라 그래."

살짝 놀랐다. 남자가 아이 아빠다운 발언을 한 게 처음이었다.

"아무리 날티날리던 아빠지만 나도 아빠니까."

"애를 많이 안아봤나 봐요?"

"안아주기보단 신경질을 내는 편이었지. 자는데 자꾸 애가 깼거든."

"근데 무슨 아빠 타령을."

"생 처녀보다야 안아준 경력이 좀 되니까."

생 처녀라니, 나참. 이안은 재현의 곁으로 가 배냇저고리 속에 손가락을 들이밀었다. 재현은 기특하게도 이모의 손을 꼭 잡고 놓지 않았다. 이안이 손가락을 까닥거리자 아기는 그것만으로도 재밌는지 또 들썩들썩했다. 잘 까불고, 잘 뛰어놀고, 잘 깔깔거리는 애가 될 것 같았다. 이안은 건강이 최고라는 부모의 마음을 조금은 알 것 같았다. 이 조그만 갓난쟁이한테 벌써부터 미래의 판검사나 의사를 기대하겠는가, 그저 이렇게 웃어주기만 하면 족하지.

"혹시 오늘도 예지 봤어요?"

주철이 움찔 굳었다. 이안은 태연하게 말했다.

"전에 그랬잖아요. 예지 보내고 나면 서운해서 온다고."

주철의 눈이 가늘어졌다. 주철의 긴 안경알이 차갑게 번뜩였다.

"이 집에 오기 전에 몇 번 예지를 만난 적이 있다고 했지."

남자의 진득한 소독약 냄새 너머 가끔 달달한 사탕 같은 냄새가 나곤 했다. 이안은 애처럼 사탕 먹냐고 구박했다가 애 냄새가 밴 걸 거라는 의외의 답을 들었다. 애 만나고 온 거냐고 했더니 그렇단다. 아무리 이 남자가 싫은 이안이었지만 그 다음은 물을 수 없었다. 애 만나고 왜 이 집에 와요? 그건 아마 아이가 떠나고 남은 빈자리를 따뜻하게 메워주는 이재와 현수, 그리고 재현이 있기 때문일 것이다.

　옛날엔 애 만나야 하는 날에도 이재와 현수의 집에 있기 일쑤더니, 요즘은 애와 시간을 보내고 오는 것 같았다. 아직도 그의 지갑 속, 아이 사진이 선했다.

　"많이 힘들겠어요. 댁도, 예지도."

　"언제 우리 애랑 친해진 적 있어?"

　"네?"

　남자의 공격적인 말투가 설었다. 이안은 무심코 허리를 세우다 남자의 날카로운 눈빛에 조금 놀랐다.

　"우리 애를 본 적도 없으면서 잘도 예지 타령을 하는군."

　뭐라는 거야, 이 남자가. 괜히 아는 척을 했다. 그렇지만 아이의 이름조차 부르지 말라는 건 너무하잖은가.

　"내가 경솔했다면 미안해요. 하지만 너무 심한 거 아니에요?"

　"쥐뿔도 모르면서 아는 척 나서지 말라는 거야."

　이안은 파르르 떨었다. 진짜, 정말, 돌아보고 다시 봐도 밉상이었다! 그냥 여느 때처럼 말했던 것뿐이었다. 여느 때라면 이보다 더 심한 말도 느물스럽게 맞받아치는 인간이었다. 그래서 잠시 착각했었다, 이 남자에게 한마디 참견할 정도는 친해졌다고.

　"걱정하지 마시죠. 관심도 없는 인간에게 참견할 만큼 오지랖이 넓지 않거든요."

　이안은 화장실에 들어갔다. 숨이 가쁘고 명치가 뻐근했다. 이안은 명치를 꾹 눌렀다. 누가 질 줄 알고? 다신 참견 같은 거 안 하겠어. 다신 아는 척도 안 할 거야! 누군 자기가 좋아서 한 줄 알아? 자꾸 보이니까, 자꾸 들리니까 하는 말이잖아! 그게 싫으면 내보이지도 말고, 흘리지도 말아야 할 것 아냐! 왜 자기 잘못을 남한테 뒤집어씌우는데! 난 왜 이 말 한 마디도 못하고 혼자 씩씩대는데!

정말이지 열불난다!

화장실로 도망 온 걸 인정하기 싫어 일부러 용건을 만들었다. 손에서 뽀득뽀득 소리가 날 정도로 손을 씻었다. 이게 다 재현이를 위해서라고.

이안은 화장실에서 나왔다. 그새 상차림을 마친 이재가 이안을 보더니 와서 앉으라고 했다. 현수는 아직 부엌에 있었고 남자는 보이지 않았다. 달칵 소리가 나 돌아보니 남자가 부부침실에서 나오고 있었다. 아기를 눕히고 나오는 길 같았다. 남자는 이안 쪽은 거들떠보지도 않더니 이재에게 불쑥 말했다.

"나 간다."

"어, 형?"

이안은 기가 막혔다. 그래서 쫓아가려는 이재를 잡고 자기가 남자를 쫓아갔다.

"아까 그 말 때문에 가는 거예요? 내가 댁 상처를 건드려서?"

남자의 눈빛은 더 한층 살벌해졌다. 그러나 이안은 물러서지 않았다. 아까도 남자가 무서워서 피했던 게 아니었다. 아기도 있고, 반쯤은 너무 참견하고 나선 자신을 반성했기 때문이다. 하지만 지금은 아니었다. 남자는 이안이 자기 깊은 속내를 건드렸다고 삐쳐선 이대로 돌아가 버리려 했다. 그럼 남은 이재와 현수는 혼란해질 테고, 이재는 다시 걱정을 시작할 것이다. 남은 이안에게 무슨 일이 있었냐고 추궁도 할 터였다. 이안은 절대 사양하고 싶었다.

"누구든 자기 아이랑 헤어지면 슬픈 게 당연하잖아요. 슬픈 마음에 혼자 있고 싶지 않아서 좋아하는 사람을 찾아오는 것도 당연하잖아요. 그게 뭐가 창피하다고 이래요? 내가 알아서 그래요? 알았어요, 앞으론 절대 모른 척할 테니까……"

"됐어."

남자는 갑자기 갑절의 시간을 먹어버린 것 같았다. 남자의 날카로운 기운은 어느새 무거운 슬픔이 되어 가라앉았다. 이안은 선뜻해졌다. 남자에게서 풍겨지는 아픈 기운이 싫었다. 그 아픈 기운 속, 홀로 남겨진 남자가 또렷이 느껴졌다.

"가봐야 할 일이 생각난 것뿐이야. 네 탓 아냐."

내 탓이 아니라고 해도……!

남자는 돌아섰다. 이안은 막을 수 없었다. 이안은 허둥지둥 거실로 돌아왔다. 이재와 현수가 걱정스레 두 사람을 지켜보고 있었다.

"이안아, 너도 가게?"

"아, 응. 저거 내 탓이거든."

이안이 현관을 가리키자 현수가 나섰다.

"주철이 일이야, 처제. 처제가 신경 쓸 것 없어."

"그래도 책임감을 느껴요."

"처제, 괜찮아. 주철이는 괜찮을 거야."

순간 현수가 냉정하게 느껴졌다. 이안은 신발에 한쪽 발을 꿰다 말고 현수를 돌아보았다.

"안 괜찮잖아요. 형부도 알잖아요."

이안은 주철 뒤를 쫓아 나갔다. 재현에게 인사를 하지 못한 게 정말 아쉬웠지만 지금은 뒤 꽁지도 보이지 않는 남자 쪽이 더 급했다.

현수는 스르륵 닫힌 문을 보고 한숨만 내쉬었다. 이재는 현수의 등을 다독였다.

"선배 마음, 다 알 거야."

"괜한 참견인가? 하지만 난……."

"이안이가 걱정된 거지?"

"주철인, 처제가 감당할 만한 놈이 아니야."

이재의 미소가 애처로웠다. 현수를 동정하여 만든 미소였다.

"하지만 선배도 알잖아. 저 감정은 막는다고 막을 수 있는 게 아니란 거."

현수가 그 미소를 받아들였다.

"너도 실은 걱정되지?"

"내 동생하고 내가 좋아하는 형인데 뭐."

"주철이는 상처가 많은 놈이야. 처제도, 많이 상처받을 거야."

이재는 현수의 허리를 감쌌다. 현수도 이재의 등을 감쌌다. 이재의 미소는 편안했다.

"상처는 나을 수 있는 거잖아. 그리고 난 이안이 믿어. 이안인 그렇게 약한 아이가 아냐."

"가끔 네 말을 들으면 정말 그런가 보다 할 때가 있어."

"응. 나도 그럴 때 있어."

둘은 피식 웃고는 밥을 먹으러 움직였다. 현수는 재현이 잠든 걸 확인하고 혀를 찼다. 재현은 순하고 착한 아기였지만 사실 엄마 품이 아니면 잘 자려 들지 않았다. 한데 어찌 된 게 주철이라면 재현도 까무룩 잠이 들었다. 아빠로서는 굉장히 섭섭하지만 친구로서는 어쩐지 마음이 따뜻해 왔다. 만날 자기 입으로 죽일 놈이니, 나쁜 놈이니 떠들었지만 아주 나쁜 아빠는 아니었던 거다.

현수는 살짝 문을 열고 이재가 기다리는 식탁으로 돌아갔다.

제 3 장

주철은 17층에서 미적거리며 내려오지 않는 엘리베이터를 보고 짜증을 냈다. 결국 다섯까지 세도 엘리베이터가 내려오질 않자 주철은 비상구로 향했다.

속된 말로, 쪽팔렸다.

예지를 보내고 나면 마음이 휑해지는 건 어쩔 수 없었다. 적응하려고 기를 쓰고, 안간힘을 써도 그 마음은 메워지지 않았다. 그래서 처음엔 예지를 잘 만나러 가지도 않았었다. 하지만 한 번 제대로 하루를 보낸 다음부턴, 이번엔 만나러 가지 않을 수 없었다.

그렇게 만나고 온 날이면 절로 발길이 현수네로 향했다. 현수네는 따뜻했다. 그리고 버겁지 않게 충만했다. 그곳에 있노라면 휑한 마음을 잊을 수 있었다.

그리고 또 하나의 이유.

들켜 버린 줄 알았다. 주철은 질겁했다. 이안이 알아버린 줄 알았다. 그래서 참지 못하고 도망쳤다. 감추고 싶고, 어수룩하기만 한 본질을 들켜 쪽팔리는 걸로도 모자라, 염치없고 주책없는 욕심을 들키고 싶지 않았다.

텅텅, 비상구를 통해 텅 빈 발자국 소리가 울렸다. 걸어온 나날도, 걸어갈 나날도, 쭉 이 공허한 소리가 그를 쫓아올 것이다. 주철은 안경을 벗었다. 안경이 콧등을 자극해 찌릿한 통증이 스쳤다. 일층에 도착할 때까지 주철은 안경을 쓰지 않았다. 그리고 은근히 안면을 익힌 경비직원의 인사를 받으며 밖으로 나갔다.

그때 주철을 덥석 잡는 사람이 있었다. 주철은 안경을 끼지 않아 잔뜩 눈가를 찌푸렸다.

"여기 있었군요! 왜 비상구에서 나와요? 얼마나 찾았는지 알아요?"

목소리만으로 알겠다. 달콤한 내음만으로 알겠다. 이안이었다. 이재를 끔찍이 아끼고, 부모님께 지극한 사랑을 받고 자라고, 형부의 애정과 걱정을 독차지한 처제, 정이안이었다.

"왜?"

왜 쫓아온 거야?

"그대로 가버리면 나보고 어쩌라고요. 내가 꼭 쫓아낸 것 같잖아요!"

"아니라고 했잖아."

"그걸 누가 믿어요!"

하지만 보통은, 믿는다. 믿는 척을 하든 진심으로 믿든, 믿는 듯 넘어간다. 주철은 그렇게 살아왔다. 거짓말을 들어도 믿어주면서, 진심은 요만큼도 내비치지 않으면서, 그렇게.

"너."

안경을 쓰지 않아서다. 세상이 흐릿하고 시야가 흐릿하고 이안이 흐릿했다. 그래서, 그래서 이 환상 같은 풍경이 믿어지지 않았다. 정이안이 날 쫓아왔다고? 내 거짓말을 무시하지 못한다고? 그래서, 그래서?

안경을 떨어뜨렸다. 양손 가득 이안을 가두고 싶었다. 다신 도망가지 못하게, 다신 날아가지 못하게. 주철은 고개를 숙였다. 이안은 무슨 일이 생겼는지도 모르고 그저 멍하니 있었다. 이안의 입술이 닿았다. 그저, 닿았다.

부드러웠다. 이안이었다. 눈물이 울컥, 배어나왔다. 이안이었다. 이안이었다…….

주철은 입술 안쪽을 피가 나도록 깨물었다. 한 호흡도 안 되는 순간이었다. 주철은 고개를 들었다. 그리고 천천히 안경을 집어 들었다. 아니라면, 빈 손아귀로 이안을 붙들 것 같았다. 아무것도 쥐고 있지 않은 손으로, 모든 것을 망가뜨린 이 두 손으로, 이안을 붙잡을 것 같았다.

"넌 나한테 너무 과분해."

안경을 걸쳤다. 장막이 걷힌 듯 모든 세상이 일시에 또렷해졌다. 주철은 뒤돌아보지 않았다. 차에 올라서도, 시동을 걸고서도, 차와 함께 아파트 단지를 벗어나고 나서도.

돌아볼 수 없었다. 돌아보면, 아직 그녀가 거기 있을 것 같았다. 그녀가 거기에 있다면 주철은 참지 못할 것이다. 달려가 버릴 것이다. 안아버릴 것이다. 안고 다신, 놓지 못할 것이다.

주철은 핸들을 아프게 내려쳤다.

"병신 새끼."

그날도 일상적인 여느 하루와 다를 바 없는 12월의 어느 밤이었다. 꽤 매서운 바람이 연일 몰아치는 중이었고 잠깐 바깥바람을 쏘였을 뿐인데도 머리가 지끈거렸다. 집은 여느 때와 다름없이 따뜻했고 적막했다. 혜정이 주철을 기다리지 않은 밤은 언제부터 시작이었는지 주철은 사실 잘 모르고 있었다.

코트를 벗고 으슬으슬 덮친 한기를 떨치고 옷을 갈아입었다. 그때 불이 들어왔다. 혜정이 주철의 방을 찾은 건 오랜만이었다. 두 사람은 이 년 전부터 각방을 쓰고 있었다.

"얘기 좀 해요."

주철은 여전히 옷을 갈아입으며 말하라고 했다. 혜정은 그런 주철을 보면서도 이젠 한숨조차 쉬지 않았다.

"이혼, 해줘요."

주철은 양말을 벗어 욕실 빨래바구니에 집어 던졌다.

"규식이 때문에?"

혜정이 흠칫 놀랐다. 그런 혜정이 더 놀라웠다. 핑크색 체크무늬의 파자마를 입은 혜정은 정말로 놀라 입을 다물지 못했다. 같은 무늬의 파란색이 주철에게는 없었다. 그리고 함께 떠난 1박의 학회여행 때, 규식의 가방에서 같은 무늬의 파란색 파자마를 발견했다. 규식은 꺼내 입지 않았고, 주철은 굳이 물어보지 않았다. 그리고 같은 무늬의 노란색 파자마를 지금 예지가 입고 잠들어 있었다.

"규식이 때문이라면 이혼 안 해."

주철은 혜정을 스쳐 주방에 들어갔다. 혜정이 따라왔다. 물을 마시는 동안 흘긋 본 혜정의 안색은 무척이나 창백했다.

"왜죠? 이제야 나에 대한 애정이 생긴 것도 아닐 텐데. 당신보다 못한 후배가 당신 아내를 채가는 게 싫은가요?"

그건 당신의 바람인가? 당신, 그런 마음으로 나랑 살고 있었나?

주철은 컵을 내려놓았다.

"규식일 위해서라면 이혼하지 않겠단 뜻이야."

혜정의 눈동자가 불안하게 주철을 훑었다. 이리 말해도 혜정에게는 주철의 뜻이 전해지지 않았다. 주철은 혜정이 들고 있는 봉투를 받아 들었다. 혜정이 주춤 굳어졌다. 봉투 안엔 이미 혜정의 도장이 찍힌 이혼 서류가 들어 있었다. 주철은 습관적으로 왼쪽 가슴을 더듬다가 방에 돌아갔다. 책상에 놓인 펜을 꺼내 체크가 된 곳에 서명을 하고 도장을 꾹 찍었다.

그리고 봉투와 함께 혜정에게 서류를 내밀었다. 혜정은 반쯤 넋이 나간 사람처럼 봉투와 서류를 받았다.

"이젠 당신을 위해 살아. 그동안 고마웠어."

혜정의 뺨에 또르륵, 맑은 물줄기가 그려졌다. 주철은 처음으로 혜정의 눈물을 보았다. 주철에게는 그 눈물을 닦아줄 자격이 없었다. 주철은 혜정을 스쳐 지나갔다.

"미안해."

사실 몸뿐인 관계를 가진 여자를 사랑했는지, 지금은 확신할 수가 없었다. 그저 이혼하고 싶은 바람으로 옛 여자를 거들먹거렸는지도 모른다. 아니면 정말 사랑했는데 이혼을 하고 나니 별로 중요한 일이 아니게 되어버렸는지도.

혜정은 좋은 여자였다. 좋은 엄마였고, 좋은 아내였다. 그저 사랑받지 못했을 뿐이었다. 혜정을 탓할 생각 없었다. 규식은 혜정의 상처를 보듬어줄 좋은 놈이었다. 혜정의 애라고 예지를 미워할 놈도 아니었다. 이미 같은 디자인의 파자마를 마련한 걸로 봐선 혜정에겐 규식이 예지를 받아주리란 확신이 있었을 것이다. 아니면 세 사람은 이미 세 사람만의 가정을 만들기 시작했는지도 모른다.

혜정을 좋은 여자라 여긴 적은 있어도 사랑한 적은 없었다.

그리고 혜정이 바랐던 건 그때나 지금이나 남편의 사랑과 관심이었다. 주철이 가장 줄 수 없는 것만을 골라 바랐다. 결혼한 지 삼 년이 지나 혜정이 각방을 요구했을 땐 이제 혜정도 알게 됐다고 생각했다. 하지만 이혼은 금세 찾아오지 않았다. 주철이 몇 번이고 이혼할 구실을 찾아 이혼하려고도 했지만 혜정의 처연한 눈빛이 그를 자유롭게 해방시키지 않았다. 혜정은 일이 이렇게 틀어진 지금에도 남편의 사랑을 바랐다.

나중엔 지긋지긋해졌다. 사랑을 주는 혜정이, 사랑을 바라는 혜정이, 아이를 들먹여 사랑해야 한다고 강요하는 혜정이 정말 지긋지긋해졌다. 그래서 더 옛 여자에 매달렸다. 그녀는 이렇게 감정적으로 그를 피곤하게 한 적이 없었다. 무엇도 바라지 않았고 그저 섹스만을 요구했다. 가끔 주철이 주는 선물에 기뻐하면 그뿐, 그 이상의 선물을 요구한 적도 없었다.

자꾸만 옛 여자와 혜정을 비교하는 버릇이 붙자 가속만 될 뿐 멈춰지지 않았다. 나중에는 아이의 모습에서 옛 여자의 얼굴이 비치는 걸 보고 자신의 한계를 통감했다.

이제 더는, 제발 그만.

스스로도 많이 고민했다. 왜 혜정을 사랑할 수 없는지, 왜 혜정에게 정을 붙일 수 없는지. 단지 정략적인 결혼이라는 것만으론 부족했다. 혜정은 정말 정숙하고 현숙하며 다정한 여자였다. 사랑할 요건은 모두 충족했다. 그래서 선택했고, 그래서 아이도 낳았다. 하나, 마음만큼은 가지 않았다.

하지만 사실은 알고 있었다, 왜 혜정을 사랑할 수 없었는지.

혜정은 주철이 하는 말이라면 다 믿었다. 의심할 줄을 몰랐다. 자기의 심지가 있는 것인가 싶을 만큼 주철의 말은 철석같이 믿었다. 후에 보니 장모가 그랬다. 장인의 말이라면 하늘처럼 떠받들었고, 장인을 거의 추종하고 있었다. 그리고 혜정은 장모와 사이가 좋았다. 장모의 남편관이랄까 인생관이 혜정에게 이입되었다 해도 놀랍지 않았다.

그리고 혜정은 한 번도 같은 눈높이로 주철을 바라본 적 없었다. 주철이 의사였고, 혜정은 대학을 졸업한 뒤 바로 결혼을 했기 때문인가, 주철을 마치 신처럼 숭앙했다. 장인에게는 장모의 그런 애정이 먹혔는지 모르나 주철은 갑갑했다. 부부인데, 왜 모든 일에 혜정은 자신을 낮추기만 할까, 왜 모든 일을 주철 혼자 결정하게 두고 자신은 얌전히 따르기만 할까. 왜 주철도 인간이고, 틀릴 수 있고, 가끔은 상의하고 결정하고 싶다는 걸 모를까.

혜정을 인형이라고 비하한 적도 있었다. 혜정은 상처를 받았지만 다음날 아무 일 없었다는 듯 아침을 차려주었다. 주철은 넌덜머리가 나 아침도 거른 채 출근했었다.

혜정의 사랑법이 잘못되었다는 게 아니었다. 주철과 맞지 않았다는 것이다. 혜정의 그런 사랑을 바라는 남자들도 많았다. 자신을 추켜세워 주고, 자신을 제일로 위하고, 자신이 없으면 죽을 것 같은 여자를 바라는 남자들이 사실 훨씬 많았다. 하지만 정말 주철의 취향은 아니었다. 주철은 좀 성질이 있어서 가끔은 자기에게 반박하고, 대들고, 동등한 눈높이에서 싸울 수 있는 여자를 바랐다.

옛 여자가 그랬지만, 사실을 고백하자면 지금은 그 여자의 목소리조차 기억나지 않는다. 무슨 대화를 했는지 어떻게 싸웠는지는커녕, 눈, 코, 입 생김새조차 희미하다. 다만 담백했던 관계만 떠오를 뿐이다. 바라는 것이 없는 만큼 주는 것도 없었던 관계가.

혜정과 헤어지고 정말 홀가분해질 줄 알았다. 혜정을 귀찮아했으니까, 혜정을 버거워하고 부담스러워했으니까, 정말 세상을 다 얻은 듯 후련해질 줄 알았다.

하나, 혜정이 떠난 자리를 메우듯 찾아온 건 텅 빈 암흑과 고독이었다. 결국 난 행복해질 수 없다는 진실과 함께.

어쩐지 주철은 스스로가 행복해지는 걸 견디지 못하는 것 같았다. 스스로가 불행을 즐긴다고 할까. 스스로에게는 행복해질 자격이 없다고 생각한달까.

그 이유 역시 알고 있었다.

하지만 이건 아니다, 이건 다르다.

주철은 결국 차를 세웠다. 뒤따르던 차들이 엄청난 경적음을 울리며 그를 스쳐 지나갔다. 주철은 담배를 빼 물어 찰칵, 찰칵, 불을 붙였다. 부싯돌이 다 마모됐는지 라이터는 켜지지 않았다.

주철은 라이터를 집어 던졌다. 좌석 시트에 부딪친 라이터가 반동을 이기지 못해 바닥에 떨어졌다.

화가 난다. 화가 나 참을 수 없다. 주철은 핸들을 내려치고 얼얼해진 통증을 만끽했다.

자기는 정상이 아니다. 정상인 척 살지만 정상이 아니다. 비틀어지고 말라빠진 영혼을 갖고 있다. 그리고 스스로의 행복을 견디지 못한다. 항상 행복에서 도망치고 불행의 나락에 떨어지길 즐긴다.

왜 이렇게 생겨먹었는지도 안다, 그래서 평생토록 행복해지기 싫었다. 그리고 행복해질 수가 없었다.

이안은 아니었다. 이안은 행복이 빚어낸 인간의 형상이었다. 이안은 행복해져야 했고, 행복을 만끽하고 누려야 했다. 그럴 자격이 충분한, 따뜻하고, 아름다운 사람이었다. 누군가의 미소가 이토록 눈부시고, 눈이 아리고, 가슴이 쓰린 것인 줄 처음 알게 해준 사람이었다. 사랑받아 마땅하고, 사랑받음으로 빛을 뿜고, 사랑받음으로 행복해야 할 여자였다.

기존의 어떤 감정으로도 빗대어 설명할 수 없는 뭉클함이 있었다. 예지를 처음 안았을 때의 벅차오르던 감동과는 또 다른 감동이었다. 마치 차가운 얼음집에서 서서히 얼어 죽어가던 그에게 내려오는 한줄기 햇살 같았다. 그저 곁에 있기만 해도 따뜻해서, 따끔따끔 살아 있다고 느껴서, 행복해서, 웃음이 나서 그저 좋았다. 함께 있고 싶었다.

건드리면 파르르 치를 떨면서도 꼬박꼬박 반응하고, 싫다 싫다 노래를 부르면서 제법 죽이 맞아 농을 맞받아칠 때도 있었다. 이재가 불편할까 봐 대충 맞장구쳐 주는 건 알지만 주철은 이안만큼이나 그 시간이 사랑스러워 어쩔 줄을 몰랐다.

예지를 보고 돌아오는 길, 현수네 가는 이유는 이안이 있어서였다. 이안은 바보스러울 정도로 언니에게 충직했고 조카를 사랑했다. 그래서 사실은 주말이 가장 바쁘면서도 저녁때가 되면 조카를 보러, 언니를 보러 현수네 오곤 했다.

이젠 예지를 보내고 난 허전함을 채우러 현수네 오는 건지, 이안을 보기 위해 일부러 예지를 보내고 난 허전함이란 핑계를 대는지 알 수 없어졌다.

그것뿐이어야 했다. 그 이상은 도저히 안 되는 것이었다.

언제까지고 형부의 심술궂은 친구 노릇을 해줄 수 있었다. 언제까지든 '가려 사귀어야 할' 언니의 친구가 되어줄 수도 있었다. 그 이상은 허락되지 않은 걸 주철은 잘 알고 있었다. 그러니만큼 주어진 시간을 더욱 겸허하게 받아들여야 한다는 것 역시도 알고 있었다.

한데 자꾸만, 안 될 욕심이 든다.

자꾸만, 이 여자가 탐이 난다.

웃으면 안고 싶고, 눈을 반짝이면 확 키스해 버리고 싶다. 쨍알쨍알 잔소리를 할 때면 귀를 막고 싶지만 곧잘 들어버리고 만다. 제 딴엔 경고라며 눈을 흘기지만 그는 전혀 다른 의미로 소름이 돋는다.

좋았다. 너무, 너무너무 좋았다. 이 여자가 그저 좋았다.

하지만 안 된다. 이안은 안 된다. 현수의 경고가 없어도 자기가 건드려선 안 될 여자란 것쯤은 알고 있었다. 주철이 이혼남에 애가 딸린 게 흠이 안 될지도 모른다. 만약 이안의 부모가 명예와 부에 탐욕스러운 사람이었다면 정말 아무런 흠금이 되지 않을 것이다. 하나, 이안의 부모는 이안의 진실된 행복을 원하는 분들이었다. 상처투성이에, 흠집 가득 난 과거가 있고, 단지 귀찮다는 이유로 이혼한 주철이 그들의 눈에 찰 리 없었다.

그리고 주철은 이제 또 다른 누군가를 책임질 준비가 되지 않았다. 이안은 결혼 적령기였다. 불장난에 빠져들 때가 아니었다. 적당하고 괜찮다는 놈을 만나 이재와 현수처럼 예쁘게 살 나이였다.

그러니 주철은 알아서 물러나야 했다.

참 잘 알고 있었다, 머리는. 하지만 가슴은, 이안을 욕심내 버린 가슴은 자꾸만 충동질을 했다. 그냥 가지라고, 뭐 어떠냐고, 상처는 어차피 네 가슴에 남는 게 아닌데, 라며.

그게 문제지.

주철은 차를 움직였다.

그게 문제야. 상처가 내 가슴이 아니라 그 여자 가슴에 남을게.

이안이 상처받아 우는 건 죽어도 싫었다. 그 눈물이 자기에게서 비롯된 것이라면 더더욱. 그리고 주철은 그가 소중히 여기는 사람이면 사람일수록 지독하게 상처 입혔다. 원하든 원하지 않든, 그의 의도이든 의도가 아니든. 그의 소중한 사람은 그로 인해 가장 아픈 상처를 입어버렸다.

더는…… 소중한 사람이, 사랑하는 사람이 그로 인해 우는 걸 보고 싶지 않았다. 예지도, 이안도, 엄마도.

결국 문제는 자신이었다. 곽주철이란 인간이 사라지지 않는 한 그의 소중한 사람들은 상처 입을 것이다. 그는 더는 그 꼴을 견딜 수 없었고 책임지지도 못했다. 그러니 여기까지. 이안을 향한 감정도, 정말 이안이 소중하다면 부디 여기까지. 소중한 마음과 상처의 깊이가 정비례한다면 이안은 가장 깊은 상처를 입을 테니까. 그런 예감이 드니, 아니, 이미 그렇게 되어버렸으니.

제 4 장

"저 잠깐만 쉬고 올게요."

이안은 유재의 말에 어서 쉬라고 내보냈다. 아침부터 속이 안 좋다고는 들었지만 점심이 가까울 무렵 쓰러질 것처럼 창백했다. 병원에 들렀다 오지 그랬냐고 했더니 그런 방법도 있냐고 되물었다. 유재는 신참 디자이너였고, 사회생활 초년병이라 자기 몸을 돌보면서 회사 생활하는 방법을 잘 몰랐다. 이안의 말에 따라 점심때 병원에 가겠다더니 영 안 되겠나 보다. 본사 빌딩에는 의무실 구색이 갖춰져 있어 몸이 안 좋을 때 잠깐 쉴 수는 있었다. 그래도 일시적인 방비책일 뿐이었다. 점심때는 꼭 병원에 데려가야겠다며 다시 시침핀을 뽑는데 덜컹 소리가 났다. 깜짝 놀라 돌아보니 유재가 책상을 붙잡고 쭈그려 있었다. 동료 디자이너들도 놀라 달려왔다. 다들 우왕좌왕 허둥지둥이라 이안은 가운데서 선두지휘를 했다.

"우선 조용히들 해. 유재 씨, 걸을 수 있겠어? 아니면 구급차 부를게."

"거, 걸을 수 있어요. 잠깐 숨이 막혀서……."

이안은 흘끗 시간을 확인했다. 곧 점심시간이었다. 도심 한복판에서 구급차가 오기를 기다리기보단 근처 병원에 데려가는 게 나을 것이다. 이안은 손목에 찬 바늘꽂이를 풀었다.

"병원에 데려갔다 올 테니 먼저 점심들 먹어. 팀장님한테 얘기 좀 잘 해주고."

유재는 고향이 대구라고 했다. 대구의 한 약국집 딸로, 곱게 자란 티가 나고 아직 어린 아가씨였지만 지금은 서울에서 혼자 자취하고 있었다. 이안은 그게 기특해서 유재를 가끔 챙기기도 했었다. 이안이 부팀장이고 유재는 신입사원이었지만 사석에서는 언니 동생 하는 사이이기도 했다. 유재를 데리고 병원에 다녀올 가족이라도 있으면 모를까, 아니면 자기 몸을 알아서 잘 추스르는 당찬 아가씨라면 모를까, 갓 독립생활을 시작해 모든 것이 얼떨떨한 유재에게 혼자 병원에 다녀오라고 할 수가 없었다.

다행히 유재는 아파서 식은땀을 흘리면서도 정신을 놓진 않았다. 근처에 내과가 있던 기억이 없어 조금 떨어진 대학병원으로 향했다. 언뜻 뭔가 기억나려 했지만 유재의 끙끙 앓는 소리에 마음이 조급해졌다. 구급차를 불렀어야 하는데, 너무 독단적으로 결정을 한 게 아닌가 걱정이 되었다. 그래도 이안은 지금할 수 있는 최선을 다하려 차의 속력을 높였다.

병원은 사람들로 버글거렸다. 내과는 더 심했다. 9월에 이르러 갑자기 기온이 뚝 떨어지는 바람에 감기 환자들로 난리도 아니었다. 이안은 유재가 더 견디지 못하고 쓰러질까 봐보다 감기까지 옮을까 봐 걱정이었다. 내과 상황과 접수 대기시간을 보고이안은 한숨을 삼켰다. 그냥 응급실로 데려가는 건데.

의사들도 점심시간이라 대기 순번이 더 길어지는 것 같았다.이안은 유재의 등을 쓸어주다가 점점 몸이 굽는 유재를 보고 초조해졌다. 안 되겠다고, 다른 병원을 가거나 응급실에 보내야겠다고 판단을 내리는데, 문득 아는 얼굴이 눈에 들어왔다.

동시에 자신이 무엇을 놓쳤는지 알게 되었다. 저 남자가 근무하는 병원이었다, 이곳은. 내과의라고 했던가.

흰칠한 몸과 마른 몸에 입혀진 가운은 무슨 패션 소품처럼 주철을 돋보이게 했다. 의사라고는 해도 뭐든 병과 연관시키는 말버릇과 희미하게 풍기는 소독약 냄새 말고는 의사라는 점을 떠올릴 수 없던 남자였는데, 하얀 가운을 입은 모습은 천상 '의사'의 모습 그대로였다.

흰 가운을 입은 그를 모든 환자와 보호자가 일제히 돌아보았다. 그럼에도 남자는 아랑곳없이 복도를 지나왔다. 이안과 눈이 마주친 건 우연이리라. 남자는 교묘하게 누구와도 눈을 마주치지 않은 지점에 시선을 두고 움직이고 있었다.

"너?"

남자는 돌연 이안을 잡아 일으켰다. 이안은 얼결에 따라 일어나면서도 태연한 모습을 보이려 기를 썼다.

"오래 기다렸지. 가자."

"무슨?"

남자는 동시에 이안이 반쯤 부둥켜안고 있던 유재도 일으켰다. 유재는 갑자기 일어나게 돼 숨을 아프게 들이마셨다. 이안은 남자의 거친 태도에 화가 치밀었다. 하지만 이안이 더 뭐라 할 새도 없이 남자는 유재를 끌고 뚜벅뚜벅 걸어나갔다. 유재는 질질 끌려가다시피 끌려갔다.

"이봐요, 이봐요!"

더 높이 소리 지를 수가 없었다. 이 동네 사람은 모두 모아났는지 복도마다 사람들로 가득했다. 흰 가운의 한 무리 떼가 남자를 발견하고 동시에 고개를 숙였다. 하나, 누구 하나 살갑게 말 붙이는 사람이 없었다. 환자복을 제외한 병원 유니폼을 입은 사람들도 마찬가지였다. 남자를 발견하고 꼬박꼬박 인사를 하면서도 눈동자에 서린 서먹한 기운은 누구나 마찬가지였다. 이안은 혀를 찼다. 인간관계를 심히 잘 알 것 같았다.

남자가 유재를 데려간 곳은 응급실이었다. 응급실 담당인 듯 보이는 삼십대 후반 정도의 남자가 주철을 보고 꽤나 놀라워했다.

"웬일이야?"

"침대 하나만 빌리자."

남자는 그러더니 유재를 앉히고 청진기를 꺼내 들었다. 이안이 미처 뭐라 할 상황이 아니었다. 얇은 옷을 확 끌어올리는데 유재는 아픈 와중에도 수줍어했다. 그러나 이어진 남자의 음성은 의사의 그것이었다.

"숨을 깊게 들이 쉬고, 천천히 내쉬어. 한 번 더."

차가운 청진기가 배를 훑을 때마다 유재는 흠칫흠칫 놀랐다. 응급실 담당의는 곧 호출 당해 사라졌고 이안만이 곁에서 둘을 지켜보았다. 남자는 청진기를 치우고 손으로 직접 환부를 꾹 누르다 유재가 움찔 놀라자 고개를 들었다.

"이 부근이 뭉쳤다 조이는 것처럼 아픈가? 구역질도 나고, 속도 쓰리고?"

유재는 눈을 동그랗게 뜨고 고개를 끄덕였다. 유재가 자세한 증상을 좀 더 말한 뒤 전날 저녁과 아침 메뉴를 말했다.

"라면?"

이안이 놀라 대꾸했다. 유재가 밥하는 데 서툴다는 건 알고 있었다. 하지만 집에 있는 내내 라면만 줄창 먹어댈 줄은 몰랐다. 어제저녁도 라면과 김밥, 오늘 아침은 빵 한 조각, 그리고 이안이 알기로는 그제 저녁도 라면이었다. 한 번은 점심때 오랜만에 분식을 먹으러 갔는데 유재가 라면은 질렸다고 말한 적도 있었다. 그때는 그런가 보다 하고 넘겼는데 매일 저녁을 라면으로 때웠다면 당연히 질리고도 남았을 것이다.

"하루에 커피나 차는 몇 잔?"

"커피는 하루에 너댓 잔 이상은 마셔요."

"담배는?"

"안 하고요."

이안이 대신 대답했다. 남자는 뭔가 생각하는 듯하더니 답을 내렸다.

"급성 위염이야. 불규칙한 식생활이나 자극적인 음식 때문에 걸릴 수 있는 질병이고. 심하게 뜨거운 음식이나 거친 음식을 먹어도 생기는 질병이니까 치료도 치료지만 대처가 더 중요해. 약을 처방할 테니 사흘은 꼬박꼬박 챙겨 먹고. 커피 금물, 밀가루 음식 절대 금물. 굶어 죽느냐 아파 죽느냐를 선택하라면 나 같음 굶어 죽는 쪽을 택하겠어."

곧 죽어도 반말이었다. 진짜 마음에 안 드는 남자였다. 남자는 유재와 이안을 남겨두고 돌아섰다. 이안은 남자를 쫓아가 한 소리 하고 싶은 마음이 굴뚝이었지만 유재 곁에 남았다.

언니 이재와 같은 재를 써서 참 예뻐했던 후배였다. 혼자 자취하는 것도 결혼 전의 이재와 같았고, 이름 한 글자도 같아 신경이 많이 쓰였던 후배였다. 아프다니 안 되긴 했지만 다 자기가 자초했다 생각하니 화도 났다.

"대체 왜 밥을 안 해먹은 거야?"

유재는 웃어 보였다. 웃을 기운은 있나 보다. 그걸 보니 죽진 않겠구나 싶었다.

"우리 엄마한테 말할 테니까 가끔 우리 집에 같이 가. 밥 정도는 주실 거야."

"그렇게까진……."

"너 아파서 병원 쫓아다니는 게 더 민폐야. 게다가 안 아파도 될 걸 아픈 거잖아. 나 더 속상하게 하지 말고 그냥 내 말 들어."

"항상 폐만 끼쳐서 어떡해요……."

이안은 유재의 흐트러진 머리카락을 치워주었다. 땀이 배어 서늘하게 식은 이마였다.

"이럴 땐 고맙다고 하는 거야."

"고맙습니다, 정말."

이안은 안심시키듯 웃어 보였다. 곧 간호사가 새 베개보와 덮을 시트를 가져다주었다. 이안은 주철의 행방을 물었지만 간호사는 잘 모르겠다고 했다. 간호사가 돌아가자마자 주철이 돌아왔다. 주철은 약봉지와 생수 한 통을 든 채였다.

"먹고 자. 자고 나면 숨 돌릴 수 있을 테니."

다시 남자가 사라지려 했다. 이안은 반사적으로 남자를 잡았다.

"왜."

거의 한 달 만이었다. 그런데 하는 말이라곤 '왜'가 전부인가? 이안은 아랫입술을 꼭 깨물었다.

"아깐 왜 그랬어요? 진료해 줄 거면 아까 복도에서 해도……."

"너보다 족히 한 시간은 기다렸을 환자 앞에서 진료를 하라고."

그러지 않을까 생각은 했다. 남자가 유재를 응급실에 데려온 순간부터 짐작은 하고 있었다. 그런데 왜 일부러 짚고 넘어가는지 스스로도 이해할 수 없었다. 이안은 남자의 팔을 놓았지만 남자는 더는 멀어지지 않았다. 이안은 아까부터 간호사들과 보호자들의 시선이 따가워 괜히 남자를 잡았다고 후회했다.

남자는 손목에 찬 시계를 보았다.

"밥은?"

"아직."

"밥이나 먹지."

남자가 앞섰다. 이안은 유재를 돌아보았다. 유재는 그새 약을 챙겨먹고 편안히 누워 있었다. 이안과 눈을 마주치니 살짝 고개를 끄덕였다. 이안은 황급히 자기 핸드폰을 유재에게 건넸다. 필요하면 연락하겠다고. 유재는 다시 고개를 끄덕이더니 잠을 청했다.

남자는 응급실 문 앞에서 기다리고 있었다. 왜 안심이 되는지. 밥 먹자던 사람이 사라져 버릴까 봐 얼마나 조마조마했는지 모른다.

"꽤 의사답던데요."

"응."

뭔가 반격이 나올 줄 알았다. 남자답지 않은 순순한 대구에 맥이 빠졌다. 이안은 할 말을 고르다 결국 툭 떨어뜨리듯 인사했다.

"고마워요. 진료비는……."

"이거. 원무과에다 내고 납부해."

이재는 남자가 내민 서류를 보고 웃어야 할지 울어야 할지 갈피를 잡을 수 없었다.

"이런 건 공짜로 해주면 안 돼요?"

"내 마누라한테도 받아."

그래, 당신이라면 받고도 남을 거야.

"하지만 지금은 없잖아요."

왜 꼬집어 대구했는지 모르겠다. 남자는 이번에도 대답하지 않았다. 남자는 잠깐 기다리라고 하더니 돌아올 때는 가운을 벗은 채였다.

"진료실에서 나올 땐 가운 차림이었잖아요?"

"원내에선 가운 입고 다니는 게 원칙이야. 밥을 먹으러 가든 화장실을 가든."

그 말은 나가서 밥을 먹는다는 뜻인가 보다. 이안은 남자와 한 발짝 떨어진 거리에서 나란히 걸었다. 남자는 병원 앞 횡단보도를 건너더니 지하철역과 이어진 지하상가로 내려갔다. 이안에게 뭘 먹을 건지 묻지도 않았고, 이안도 뭘 먹을 거냐 묻지 않았다.

　도착한 곳은 이태리 음식을 뷔페형으로 파는 패밀리 레스토랑이었다. 아마 현수라면 죽어도 선택하지 않을 곳이었다. 이재나 이안도 마찬가지였고. 그런 곳을 남자가 먼저 골라 들어가니 정말 의외였다. 이안에게 잘 보이고 싶은 남자도 아닌데.

　"여기 자주 와요?"

　"가끔."

　"누구랑요?"

　"누구랑이든."

　뭐 하나 쉬운 게 없다, 이 남자는. 이안은 사실 배가 많이 고픈 참이라 쌀로 만든 리조또를 잔뜩 퍼왔다. 음식이 조금 식었다는 단점은 있지만 꽤 풍미가 풍부하고 입에 착 감겼다. 이안은 정신없이 숟가락을 놀렸다.

　"이것도 먹어봐."

　남자는 자기 접시에서 게살 샐러드를 넘겨주었다. 이안은 통통한 게살을 오물거렸다. 굉장히 신선하고 맛있었다.

　"여기서 제일 맛있는 거."

　남자의 설명에 이안은 풋 웃었다. 다시 보니 남자의 접시에는 게살 샐러드가 가득했다. 저걸로 배를 채워도 되겠다 싶을 정도였다. 남자는 그 접시를 가운데에 놓더니 다시 일어나 접시를 채워왔다. 이번에는 스파게티와 수프였다. 소식가인가 보다. 저렇게 마른 걸 보면 당연한가. 스파게티는 푸짐했지만 이안은 저 정도 양으로 배가 부른 기억이 없었다.

"누구야, 그 아가씬?"

이제야 환자에게 관심이 생기나 보다. 이안은 새로 떠온 스파게티를 오물거렸다. 올리브 베이스의 어쩌고 스파게티였는데 담백하고, 해산물은 비릿함 없이 신선했다. 이안은 이번 스파게티 역시 정신없이 먹었다.

"직장 후배요. 혼자 살아서 챙겨준다고 했는데 부족했나 봐요."

"자기 몸은 자기가 챙겨야지."

"독립한 지 얼마 안 됐거든요."

"이름이 최유재라고 했던가?"

"어떻게 알아요?"

"그건 어떻게 뗐다고 생각해?"

이안은 그제야 진심으로 의아해졌다. 그리고 동시에 내과에 접수했던 것이 떠올랐다. 요즘은 의료보험증 없이 주민등록번호만으로도 의료보험 혜택을 받을 수 있었다.

"언니랑 끝 이름이 같아서 더 챙기나 보지?"

내 마음속에 들어갔다 나왔나. 어쩜 이렇게 날 잘 알지? 하긴, 이 남자만큼 이안의 시스터 콤플렉스를 단번에 눈치 챈 사람은 없었다. 이안과 오래 사귄 친구들 사이에서는 소문이 자자했지만.

"애가 착해요. 아직 순진하고."

"귀찮지도 않은가 봐. 착하고 순진한 것들은 어수룩하기 마련인데."

"어수룩하지 않아요. 아직 적응 중이란 말이에요."

"관대하기도 하셔라. 좋은 상사겠네."

이 남자는 칭찬을 하는지 욕을 하는지 구별할 수 없는 화법을 구사했다. 이안은 그래도 입맛 잃지 않고 열심히 먹는 스스로를 칭찬했다. 아무래도 암암리에 이 남자한테 적응을 했나 보다.

그래도 그 일은, 도무지 적응이 되지 않았다.

"넌 나한테 너무 과분해."

그리고 우연히 어깨를 부딪친 것같이 시작되고 끝났던 입맞춤.

입맞춤이 있던 날 이후로 얼마나 괘씸해하고 화를 내고 고민에 고민을 거듭했는지 모른다. 유재를 병원에 데려온 뒤 워낙 정신이 없어서 그 잠깐은 까맣게 잊고 있었다. 이 남자와 태연하게 마주 앉아 밥 먹을 군번이 아니었다.

"그건 무슨 의미예요?"

이안은 지나가듯 물었다. 배가 슬슬 차 올랐다. 점심시간은 오래전에 끝났다. 돌아가면 팀장의 잔소리는 따 놓은 당상이었다.

"뭘? 좋은 상사일 것 같아서 좋은 상사라고 한 거야."

"내가 댁한테 과분하다는 말이요."

"사실은 내가 더 넘친다고 생각하나 봐?"

이안은 자리에서 벌떡 일어났다. 이 남자가 솔직하게 제 마음을 드러내리라 기대했던가? 하, 참도! 당치도 않은 기대를 한 자신에게 화가 났다. 그리고 여전히 본심을 내보이지 않는 남자 때문에 뿔이 났다. 자기 본심은 털끝만큼도 내비치지 않으면서 남은 실컷 휘두르는 못된 인간이다. 상종하질 말자. 남자도 느긋하게 따라 일어나 이안 뒤를 쫓았다. 계산을 하려는데 남자가 막았다.

"유재 대신이에요."

역시나 말이 곱게 나가진 않는다.

"진료비는 받았어."

"아직 계산 안 마쳤는데요."

이안은 서류를 팔랑팔랑 흔들었다. 남자는 알 수 없는 묘한 눈빛으로 이안을 바라보았다.

"받았어."

더 대꾸할 수 없었다. 남자의 눈빛 때문에, 얼굴에 감돈 미묘한 표정 때문에, 이안은 침묵했다.

같이 병원에 돌아가는 길, 횡단보도 앞에서 두 사람은 신호가 바뀌길 기다렸다. 빨간 불은 길기도 했다. 하나, 둘, 셋……. 속으로 고작 다섯이나 셌을까, 이안은 결국 참지 못하고 다시 캐물었다.

"그래서 뭐예요? 무슨 뜻이었어요?"

"난 나쁜 놈이고, 여자들은 나쁜 놈한테 끌리는 습성이 있고, 하지만 난 네가 날 사랑하길 바라지 않는다는 이야기지."

사랑? 이안은 눈을 가늘게 떴다.

"내가 이재 언니 동생이라?"

"넌 아직 내가 이재를 사랑한다고 생각하지? 그것도 좋겠군."

그게 아니었다. 친구의 동생과 얽히면 귀찮아지니까 피하냐는 뜻이었다.

이안은 아직도 그와의 첫 만남을 잊을 수 없었다. 주철은 이안을 현수의 옛 여자로 오해해선 이재가 상처받을까 봐, 이안을 내쫓으려 얼마나 열심이었는지 모른다. 그 이후 이 남자가 이재를 맘에 두고 있다고 생각해 왔다. 하지만 요즘 들어선 슬슬 아니라는 걸 깨닫고 있었다. 이재와 현수를 바라보는 남자는 편안했다. 사랑하는 여자와 그 여자의 남편을 보는 눈빛이 아니었다. 의외로 다정하고 따스했다. 남자가 이재를 사랑하는진 모르지만 남자로서의 사랑은 아니었다. 이안도 이젠 조금씩 인정하고 있었다.

그렇지만 남자의 대구에는 할 수 없이 발끈해 버리고 말았다. 일종의 습관이었다. 이안은 힘껏 비꼬았다.

"아니라고 할 수 없죠? 언니가 재현이까지 낳아서 행복해하는데도 끈질기게 언니를 찾아왔잖아요."

"넌, 내가 네 언니를 사랑하길 바라?"

남자의 까칠한 뺨이 이안 쪽으로 돌아왔다. 메마르다 못해 황량한 눈빛이었다. 가슴이 쿡 찔렸다. 사각 테 너머의 흐린 갈색의 눈동자는 곧 정면을 향했다.

"그렇다고 해. 그리고 다신 만나지 말자."

마치 이안이 그를 만나려 기를 썼다는 투였다. 이재네 갈 때마다 그가 있었던 건 인정하지만 이안은 스스로 그를 찾아 만나러 간 적은 단 한 번도 없었다. 그런데 만나지 말자니? 화가 나야 하는데, 기가 차야 하는데, 이안은 당황했다. 남자가 이런 물음을 되물을 줄 몰랐고, 남자의 의외의 반응에 자신이 이렇게 충격받을 줄도 몰랐다. 놀랐다. 그들이 친구였던 것도 아니고 연인이었던 건 더더욱 아니었는데도, 다신 만나지 말자는 말이 그저 너무 충격적이어서……. 이안은 까닭 모를 충격을 떨치려 일부러 비아냥거렸다.

"내, 내가 언제 댁을 일부러 만났는지 알아요?"

이미 알고 있는, 익숙한 미소가 돌아왔다.

"나한테 한 말이었어."

신호가 바뀌었다. 남자는 걷기 시작했다. 이안은 그 자리에 머물렀다. 신호가 다 바뀌도록, 양쪽 신호에 대기하던 인파가 위치를 다 바꾸었을 때까지도, 이안은 꼼짝도 하지 않았다.

남자가 반대편 보도블록에 이르러 잠시 멈추었다. 그리곤, 돌아보지 않고 그대로 걸어나갔다. 이안은 아랫입술을 깨물었다.

그게 뭐야…….

다신 만나지 말자는데 내가 왜 이런 기분이어야 해? 잘됐잖아. 다신 안 마주친다는데, 저 밉살맞은 인간이 언니 곁에서 사라진다는데.

먹먹했다.

"난 나쁜 놈이고, 여자들은 나쁜 놈한테 끌리는 습성이 있고, 하지만 난 네가 날 사랑하길 바라지 않는다는 이야기지."

누가 자기한테 끌린댔어? 누가 자기 따위 안중에라도 두었댔어? 왜 혼자 넘겨짚고선 나한테 이래라저래라야? 사랑하길 바라지 않는다고? 그건 내 마음이야. 댁이 나쁜 놈이든 죽일 놈이든 사실은 죽도록 착한 놈이든 사랑하고 말고는 내 마음이라고!

내 마음…….

내 마음이 뭔데?

정이안, 너 저 남자 사랑하니?

제 5 장

이안은 어렸을 때 엄마 닮았다는 소릴 듣고 자랐다. 지금도 엄마랑 같이 장 보러 갈 때면 '모녀가 똑같네요', '둘이 자매라 해도 믿겠어요' 소릴 곧잘 들었다. 그래서 이안은 당연히 엄마를 닮은 줄 알았다.

동네 어르신들이 이안이 엄마 닮았다고 할 때면, 엄마는 옛날이야기처럼 들려주셨다. 이안은 꼬박꼬박 '우리 언니가 더 닮았어요'라고 했단다. 그럼 동네 어르신들은 난처해하셨다고. 이안은 누가 봐도 엄마를 쏙 뺐지만 이재는 딱히 엄마도, 아빠도 닮지 않았다. 자세히 뜯어보면 어딘가 닮은 구석이 나오지만 이안이 있을 때면 엄마랑 닮았단 소리를 거의 듣지 못했다. 그게 어린 마음에도 걸렸던지 언젠가부터 '우리 언니가 엄마 더 닮았어요'라고 했단다. 이안은 거의 기억나지 않는 옛날이야기였다.

이재는 독특한 사람이었다. 감정이 결여되거나 무딘 건 아닌데 감정을 겉으로 드러내는 적이 거의 없었다. 이안은 갖고 싶은 게 있으면 떼도 쓰고 어리광도 부리고 애교도 부렸는데 이재는 한 번도 그런 적이 없었다. 이안 눈에 이재는 언제나 어른스러웠다. 이재가 어른스럽다고 느낄수록 자신의 유치함을 견딜 수 없어졌던 것 같다. 언젠가부터 이안도 떼를 쓰거나 억지 부리는 걸 그만두게 되었다.

언니가 하는 건 다 따라 했던 것도 같았다. 이재는 밝은 색깔이나 여성스러운 색깔보단 어릴 때부터도 갈색이나, 모노톤의 옷을 찾아 입었다. 이안은 워낙 파스텔 톤이 잘 어울리는 아이여서 엄마는 이안에게 핑크색 프릴 달린 옷이며 공주 같은 옷들을 사다 입혀주었다. 하지만 이안은 엄마가 사준 공주풍 옷들보다 언니가 물려준 옷들을 더 좋아했다. 이안이 지금 남성복 디자이너가 된 것도 어릴 때부터 공주풍 옷보다 이재가 물려준 심플하고 톤 낮은 색감의 옷을 좋아했던 영향이 컸다. 이런 색감의 옷은 여자보다 남자에게 더 잘 어울린다는 걸 알고 일찌감치 남성복 디자인 쪽으로 관심이 기울었었다.

엄마는 언젠가 한번 '이안인 엄마보다 언니가 더 좋은가 봐요' 하셨을 정도였다. 물론 이안에게 한 말이 아니라 큰어머니와 한 대화를 몰래 엿들었던 거였다. 이안은 그건 아닌데, 생각하면서도 어떻게 설명해야 할지를 몰랐다.

이재는 그저 이재였다. 이안에게 이재는 본받고 싶은 사람, 믿음직한 언니, 날 믿어주었으면 좋겠는 사람이었다. 본능적으로 알았던 것 같다. 이재는 여러 많은 사람을 마음에 담아두기보단 몇몇의 사람만 마음 깊이 받아들여 죽을 때까지 아끼고 소중히 여긴다는 것을. 이안은 이재가 마음 깊이 받아들이는 사람 중 하나가 되고 싶었다.

이재를 라이벌로 여긴다거나 시샘의 대상으로 본 적도 없었다. 이재는 예쁜 것, 좋은 것이 있으면 당연히 이안에게 주었다. 할머니가 이재가 항상 칙칙한 옷만 입는다고 예쁜 옷을 사주면, 이안에게 더 잘 어울린다고 이안에게 주었다. 큰아버지가 이재는 공부 잘하니까 책을 많이 사서 읽으라고 용돈을 주시면, 그걸로 이안이 좋아하는 간식을 사서 나눠 먹었다. 부모님이 감정 표현이 더 풍부한 이안을 좀 더 아껴도 시샘내거나 미워하지 않고, 부모님만큼이나 이안을 예뻐했다.

이안은 좀 더 커선 자기가 있어서 이재가 충분히 사랑받지 못하는 게 아닐까 속으로 한참을 끙끙 앓았다. 나중엔 참지 못해 펑펑 울며 이재에게 사과했었다. 여덟 살인가 아홉 살 때 일로 기억했다. 이재는 유리알 같은 투명한 눈동자로 이안을 빤히 보고선 왜 우는지 모르겠다고 정직하게 고백했다.

"넌 내 동생이잖아. 동생은 당연히 사랑해야 해."

"내가 언니 거 다 뺏어갔잖아. 일부러 그런 거 아닌데."

"그런 적 없어. 넌 정말 예쁘고 착해서 그만큼 받는 거야."

"언니가 더 예쁘고 더 착해."

"네가 더 예뻐."

"아냐! 언니가 더 예뻐, 예쁘단 말이야!"

엄마가 둘을 발견할 때까지 둘은 서로가 예쁘다고 싸웠었다. 이재는 엄마를 보곤 간신히 타협안을 내밀었다.

"나도 예쁘고 너도 예뻐. 됐지?"

"언니가 더……."

"그래. 내가 더 예쁘고, 넌 더더 예뻐."

이안이 더 툴툴거렸지만 엄마 때문에 일단 싸움은 일단락되었다. 엄마가 둘이 왜 싸웠냐고 물었는데 이안은 왜 싸웠는지 솔직히 기억나지 않았다. 이재는 싸운 거 아니라고 극구 부인했다. 워낙 사이좋은 자매라 엄마도 둘이 싸웠다는 게 믿어지지 않았던 것 같았다. 여하간 그땐 그렇게 넘어갔었는데, 지금 생각해 보면 이재는 고작 열 살이나 열한 살이었는데 그때도 참 어른스러웠다. 동생은 당연히 사랑해야 한다니, 어린아이여서 더욱 단순명쾌했던 걸까.

이안이 첫 남자 친구를 사귀었을 때가 스무 살이었다. 그전부터 달라붙는 남자애들은 많았지만 이안에게는 오직 언니뿐이라 남자애들은 눈에 차지도 않았다. 스무 살에 처음으로 남자를 사귀었던 건 단순한 호기심이었다. 그 뒤로 두 번째, 세 번째 남자 친구를 사귀는 동안 이재에게는 남자 친구 하나 생기지 않았다.

좋아하는 남자는 없냐고 물었을 때 이재는 고개를 갸웃거렸었다.

"좋아하는 남자는 많아. 희수, 영철이, 조영이······."

"친구들 말고, 남자로서 좋아하는 사람."

"좋아하는 남자랑 남자로서 좋아하는 게 달라?"

이재가 특이하다 특이하다 했지만 정말 이렇게 특이한 줄은 몰랐다. 이안이 어떻게 다른지 일장연설을 해도 이재는 후후 웃어 넘겼다.

"남자로 보여야 '남자' 로서 좋아하지."

처음에는 이재가 눈이 높은 줄 알았다. 눈에 차는 남자가 없으니 남자로서 좋아하는 사람도 없는 거라고. 하지만 달랐다. 이재는 사람은 모두 똑같이 사람으로 보았다. 남자 여자 구별도 없이, 그냥 사람으로. 아무리 매력적인 남자를 데려다 놓아도 이재 눈에는 하나의 살아 숨 쉬는 유기체에 지나지 않았다. 잘생겼다 못생겼다의 기준도 없었다. 자기 외모부터 평범하기 때문에 사람 생김새 가지고 잘생겼네 못생겼네 가르고 싶지 않다고 했다. 이재가 어느 사람을 두고 '정말 잘생겼다!' 라든지 '옥떨메' 라고 말하는 걸 들어본 역사가 없었다.

좋아하는 남자도 없다지, 남자한테 매력을 느껴본 적도 없다지, 연애나 결혼의 필요성을 못 느낀다지, 이안은 결심했다. 자기 분야에서 크게 성공해 부모님과 언니와 함께 일평생을 살기로. 네 가족이 오붓하게 살아도 좋을 것이다. 게다가 이안은 시댁에 얽매여 친정을 소홀히 하는 것만은 죽어도 하기 싫었다. 결혼이란 제도가 그랬다. 아무리 친정에 신경을 쓰고 싶어도 결혼한 여자는 우선 시댁에 충실하게 되고 말았다. 간접적으로 보고 듣고 겪은 이안이라 결혼에 큰 미련도 없었다.

그래서 남자를 만나도 가볍게, 즐겁게 만났다. 심각한 건 사절, 결혼은 금물, 일부러 가볍게 즐길 남자를 찾아다니기도 했다. 간혹 심각하게 사랑 타령을 하거나 미래에 대해 고민하는 남자를 만날 때도 있었다. 그럴 때면 진심으로 부담스러워 관계를 정리하곤 했다.

돌이켜 보면 이안도 착한 여자가 아니었다. 부담없는 관계, 유흥거리의 섹스, 뒤끝 없는 연애를 지향했으니까. 그게 요즘 추세라고 변명할 수 있지만 이안은 스스로에게 정직하기로 했다. 남들이 보기엔 우스운 꿈일지 모르지만 이안은 정말로 부모님을 모시고 이재와 함께 평생 오순도순 사는 게 꿈이었다. 이안은 부모님을 끔찍이 사랑했고 이재라면 부모님만큼이나 때론 부모님 이상으로 사랑했다. 사랑하는 사람들과 일평생을 살겠다는데 누가 손가락질을 하겠는가. 물론 부모님은 극구 반대하실 거라는 걸 안다. 부모님은 두 딸 모두 사랑하는 남자를 만나 자기만의 가정을 일구길 바라고 계셨다. 잘 알기 때문에 이안은 자신의 꿈을 부모님께 고백한 적 없었다. 이재에게도 마찬가지였다. 이재라면 이안이 왜 그런 꿈을 갖게 되었는지 알 것이다. 이안이 평생 독신으로 살려는 이유에 자신이 큰 몫을 했으리라는 걸 바로 눈치 챌 것이다. 이재는 상처받을 것이고 스스로를 탓할 것이다. 그러니 이안의 꿈은 누구에게도 말할 수 없었다. 때가 되어 저절로 밝혀지면 모를까, 제 입으로 고백할 생각은 터럭만큼도 없었다.

그런데 이재가 결혼을 했다. 이재의 결혼은 이안에게도 엄청난 사건이었다. 언니와 부모님과 함께 살려는 계획이 흐트러진 것이다. 그렇지만 스스로 행복을 찾아 움직인 이재를 붙잡을 수도, 원망할 수도 없었다. 대신 계획을 수정했다. 언니가 결혼을 한 만큼 부모님은 꼭 내가 모시기로. 부모님께 없는 아들 노릇을 하기로. 어차피 나에게는 일로 성공하고 싶은 꿈도 있고 결혼은 걸림돌이 될 뿐 도움은 되지 않을 테니까.

이안은 술잔을 입 안에 털어 넣었다.

유재는 벌써 사흘치 약을 다 먹었다고 했다. 유재는 정말 고분고분한 후배였다. 의사가 시키는 대로 커피 금물, 밀가루 절대 금물, 사흘 내내 세 끼 꼬박꼬박 쌀밥을 먹고 후식으로 약을 들었다. 사흘이 지나고 나니 언제 급성 위염으로 응급실 갔냐 싶게 말짱해졌다. 다만 위는 한 번 다치면 쉽게 완치되지 않기 때문에 커피와 밀가루 음식은 앞으로도 자중하겠다고 했다.

유재가 하루에 반 잔 정도 커피를 마시게 되었을 때 다른 동료가 유재를 놀려댔다.

"커피 마시면 죽는 줄 알더니, 이젠 마셔도 돼?"

"굶어 죽느냐 아파 죽느냐를 선택하라면 나 같음 굶어 죽는 쪽을 택하겠어."

"응?"

유재가 산뜻하게 웃었다.

"그때 의사 선생님이 하신 말씀이에요. 지금까지 들었던 말 중에서 제일 효과 좋은 협박이었어요."

동료는 별스런 의사 다 보겠단다. 이안은 십분 동감했다. 어느 의사가 환자를 협박하냔 말이다. 꼬박꼬박 반말 지껄이며.

유재의 완쾌 기념 겸 오랜만에 팀 회식이 있는 자리였다. 유재는 완쾌되었대도 술 역시 위를 상하게 하기 때문에 최대한 적게 마시고 있었다. 이안이 곁에 붙어 앉아 사람들이 유재에게 무심코 술을 권하면 중간에 커트하고 있었다. 이안은 주량 역시 엄마를 닮아 술에 무척 강했다. 소주 세 병째를 따야 슬슬 취기가 올라오는구나 할 정도였다. 다만 이안이 여리여리한 외모라 '저 술 잘 못해요' 하면 열에 아홉 정도는 속아 넘어갔다. 팀원들이야 속아 넘어갈 단계가 아닌지라 이안에게만큼은 아낌없이 술을 권했지만.

어느덧 밤 열두 시가 훌쩍 넘었다. 팀장은 이미 2차에서 빠지고 친한 사람들끼리 모여 3차를 즐기고 있을 때였다. 유재에게 커피 마신다고 놀려대던 동료가 돌연 키득거렸다.

"그 의사 아무리 생각해도 웃기네. 난 환자 협박하는 의사가 있단 소리 첨 들어."

유재도 이안이 술잔을 많이 커트했다곤 해도 얼근히 취해 있었다. 네 명 정도가 모여 맥주를 마시고 있었다. 다른 동료가 무슨 말인지 물었다. 유재가 친절하게 대꾸했다. 이안을 제외한 셋이서 낄낄거렸다.

"의사가 그렇게 말하니까 이거 정말 죽는 거 아냐, 싶은 게 커피며 밀가루 음식이며 못 먹겠더라고요."

"아이고, 영감탱이. 애를 갖고 놀았구만."

"영감 아니에요. 이제 한 삼십대나 됐을까?"

"우리 팀장님만 하던?"

팀장은 올해 마흔한 살이었다. 결혼은 했지만 자녀가 없어서인지 정말로 삼십대 초반 정도로 보였다.

"팀장님보다 나이가 많아 보이진 않았는데. 엇비슷한 것 같아요. 근데 아파서 눈앞이 가물가물한데도 잘생긴 건 눈에 확 들어오더라고요."

디자인팀 사람들의 불행이라면 불행이랄까, 다들 눈이 높았다. 아닌 사람들도 더러 있지만 남성복 디자인팀은 원체 생김생김이 잘난 남자 모델들을 보고 다니니 절로 눈이 높아졌다. 남성복 매장을 돌아다녀도 제비 저리 가라 할 정도로 잘생긴 사람들이 대부분이라 싫어도 눈이 높아졌다. 물론 자기가 만나는 남자가 그만큼 잘생기길 바란다는 뜻이 아니라 어지간해선 잘생겼다는 느낌을 못 받는단 뜻이었다.

"유재 넌 눈 낮잖아."

"아니에요! 언니, 언니가 말해줘요. 안경을 꼈어도 미모가 가

91

려지지 않더라니까요? 맞다. 언니랑 아는 사이 같던데…….”

졸지에 화살이 이안 쪽을 향했다. 이안은 세 사람의 시선이 모이자 괜스레 맥주만 쭉 들이켰다.

“부팀장, 말 좀 해봐. 정말 잘생겼어? 유재 말은 믿을 수 있어야지. 전에 B 모델클럽 보면서 잘생겼다고 호들갑이었잖아.”

카탈로그 촬영을 위해 B 모델클럽 모델들을 불렀을 때 유재는 최소 180㎝ 이상의 늘씬한 남자들을 보고 입을 다물지 못했다. 하지만 다른 디자이너들은 이맛살을 찌푸렸었다. 얼굴로 옷 입는 건 아니라지만 웬만한 수준은 맞춰줘야 하는 거 아니냐고, B 모델클럽이 좀 컸다고 우리한테 이러면 안 된다고, 후에 B 모델클럽 담당자와 한판 붙기까지 했다. 유재야 첫 카탈로그 촬영이라 실제 프로 모델을 본 건 처음이었을 테니 이해도 되었다. 그 이후부터 눈이 낮다는 꼬리표를 달고 다녀야 했지만.

이안이 모른 척해도 소용이 없었다. 유재는 이번 기회야말로 눈이 낮다는 오명에서 해방될 심산인 듯했다. 한숨만 나왔다.

“취향 나름이지.”

“거봐.”

이안의 한마디에 두 동료가 유재를 면박 주었다. 유재는 금세 시무룩해져선 아니라고 중얼거렸다. 이안은 유재에게 조금 미안해졌다.

“잘생겼다기엔 좀 날카롭지. 안경을 써도 날카로운 인상이 누그러들지 않으니까.”

"그 정도야? 부팀장이랑 아는 사이라며. 의사 친구 있단 얘긴 못 들었는데?"

"언니 친구. 오며 가며 마주친 게 다야."

"그래요? 좀 더 친해 보였는데."

유재가 눈치없이 끼어들었다. 은근히 이안의 러브라인에 관심이 많던 두 동료는 냉큼 유재를 붙잡았다.

"어떻게? 뭘 보고?"

"저 약 먹고 쉬는 사이에 두 분이 같이 나갔다 왔거든요. 그리고 저 좀 특별대우를 받은 것 같아서요. 그때 내과에 사람이 너무 많아서 제 차례까지 한참이었어요. 근데 그 의사 선생님이 직접 응급실에 데려가 진찰해 주시는 거예요. 나중에 보니까 그 선생님은 점심시간이었더라고요. 그거 언니하고 친한 사이라서 제 사정을 봐주셨던 거 아니었어요?"

"응급실로 바로 갔던 게 아니었어?"

"내과에 그 선생님이 있어서 내과로 갔던 거 같아요."

이안은 어쩌다 이런 오해가 생겼나 싶어 손을 내저었다.

"아냐. 응급실 생각 못하고 내과로 바로 간 것뿐이야. 나도 가서야 그 인간이 거기서 일하는 거 알았어."

"그 인가—안?"

언니 친구라고 해놓고 '그 인간'이란 호칭은 너무했나 보다. 그럼 뭐라고? 항상 '댁' 아니면 '이봐요'로 불렀는데. 주철 오빠, 주철 씨? 흥이다. 이안은 그를 이름으로 부른단 생각으로도 가슴께가 간지러웠다. 자기가 나한테 뭐라고 이름으로 부르겠어? 그런 인간은 '댁' 하나면 충분해.

이안에게 아무것도 되고 싶지 않은 건 그 남자의 바람이었다.

"사이가 별로 안 좋거든."

"그런데 부팀장 편의 봐주고 밥도 같이 먹었다고? 사이가 안 좋아진 거 아니고?"

"그런 거 아니래도. 친했던 적 없어. 그쪽이 먼저 선을 그었다고."

"호오?"

말이 너무 많았다. 이게 다 술 탓이다. 이안은 그 남자에 대한 이야기는 이쯤에서 그만두기를 바랐다. 아직도 그 남자가 괘씸하고, 그 남자가 쑤셔놓은 가슴은 혼란 상태 그대로였다. 왜 그 남자는 이안이 과분하다고 했고, 왜 이안이 그 남자에게 꼭 빠질 것처럼 말했는지 모르겠다. 이안이 언제 만만하게 보였을까? 그 남자가 좋다는 티를 냈을까? 하늘에 맹세코 그런 적 없었다, 고 맹세할 수 있다면 얼마나 좋을까? 정말 남자에게 무관심했다고 떳떳하게 증명할 수 있다면 얼마나 좋을까.

자신이 없었다.

재현이가 용이이던 시절부터 지겹게 마주쳤던 남자였다. 싫다 싫다 했지만 이안은 누군가를 끝까지 미워해 본 적이 없었다. 누군가를 미워하느라 감정을 소모하느니 미운 놈 떡 하나 더 준다고, 미운 사람의 좋은 점을 하나라도 더 발견해 보려고 노력했다. 그게 덜 힘들었다. 그렇게 좋은 점 하나 발견하고, 안 쓰러운 점 하나 발견하면, 그래 너도 인간이지 싶은 게 미운 마음이 반으로 줄었다. 항상 그 사람을 미워하지 않아도 되었다. 항상 그 사람을 마음에 담고 있지 않아도 되었다. 주철도 마찬가지라고 생각했다.

주철이 예지를 만난 뒤 재현이를 보러 온단 사실을 알았을 때 마음이 짠했다. 이안은 누구 말마따나 '생 처녀'였지만 자식과 헤어져 사는 주철의 마음을 조금은 알 것 같았다. 재현일 그렇게 예뻐하는 남자인데, 남의 아기도 저토록 소중히 보듬어주는 사람인데 자기 자식을 떼놓고 사는 건 얼마나 가슴 미어지는 일일까. 이안으로서는 상상도 못할 고통을 지고 있을 것이다.

그 때문에 더 마음이 쓰였다. 미웠지만, 이재를 사랑한다고 오해했을 땐 털 세운 고양이처럼 경계했지만, 시간이 지날수록 오해임을 깨닫고 남자의 진면목을 슬쩍슬쩍 접하며, 미워만 할 사람이 아니라고 판단 내렸다.

이안이 미워했던 다른 사람들처럼 이젠 그 남자 생각을 안 하게 될 줄 알았다. 아픈 사연이 있는 사람인 걸 알았겠다, 여전히 밉상인 구석이 있지만 의외로 죽이 잘 맞겠다, 미워하기보단 이재와 현수의 친구로서 받아들이고 말자고. 그럼 마주칠 때마다 일일이 신경질적으로 반응하는 건 그만둘 수 있으리라 믿었다.

그게 안 되었다. 남자를 보면 반사적으로 등이 뻣뻣해졌다. 이 남자에게 눌리고 싶지 않다. 이 남자에게 웃음거리가 되고 싶지 않다. 이안의 '여성'이 이 남자에게 지기 싫어했다. 이젠 그리 미워도 않으면서 습관적으로 떽떽거리고, 이젠 이 남자 안쓰럽게 보면서 일부러 상처 헤집는 소리 찾아 하고. 마치 일부러 남자를 긁어대려고 작정한 사람처럼 굴었다.

싫다면서, 밉다면서, 왜 무시하지 못하고 자꾸 건드리는지. 왜 그가 이안의 수를 꿰뚫듯 웃으며 능글맞게 대답할 때 이렇게 기쁜지. 그는 이안을 귀찮아하면서도 이안의 말엔 제때제때 반응했다. 그의 반응을 보면 더 미워지는데, 그가 반응하지 않을까 겁이 났다. 더는 반응하지 않게 되면? 나에게 무심해진다면?

"부팀장은 '그 인간' 하고 선을 긋고 싶지 않았나 봐?"

이안은 입을 가리고 턱을 괴었다. 누구에게도 그 인간 이야기를 하지 않았다. 뭐 말할 게 있었어야지. 둘이 따로 연락을 하는 사이이길 하나, 이재를 떼어두고 따로 만나봤길 하나, 어떤 감정을 나누었던 것도 아니었다. 정말 이재의 집에 가야 만나는 사이, 이재로 인해 간신히 이어져 있는 사이였다. 안 지 일 년이 다 되었지만 둘만 밥을 먹은 건 유재랑 병원에 갔던 날이 유일했다. 그 정도 사이일 뿐이다. 그 정도밖에 안 되는.

"언니는 그럼 의사 선생님 좋아해요?"

이안은 눈을 꾹 감았다. 고맙다, 최유재. 항상 너의 단순과감한 사고를 좋아했는데 이번엔 너무 과감해서 내가 쫓아갈 정도가 못 되는구나.

"그런 거 아……."

이안은 대답하기 괴로워 창밖으로 시선을 던졌다. 이층에 자리한 호프였고 평일이라 사람이 적은 탓에 네 사람은 창가 자리를 골라 앉을 수 있었다. 자정이 넘어 사람들이 드문드문 오가는 길거리에 무심히 시선을 던지다 문득 이안은 한 사람을 발견했다. 이안은 벌떡 일어났다. 남은 세 사람이 깜짝 놀라 이안의 시선을 쫓아 창밖을 훑었다.

"왜? 뭐 있어?"

"왜 그렇게 놀라? 아는 사람이라도……."

"나 잠깐만 나갔다 올게."

이안은 놀라서 자기를 부르는 사람들 목소리도 무시하고 무작정 밖으로 뛰어나갔다.

그 남자였다, 곽주철. 대체 이 시간까지 이곳에서 뭘 하는지 모르겠지만 이안이 그 남자를 못 알아볼 리 없었다. 이안은 눈썰미가 좋았고 그 남자의 스타일을 진작 꿰뚫고 있었고 그 남자는 한 번 눈여겨보면 다신 잊지 못할 사람이었으니까.

이안은 일층까지 구두 굽이 부러지도록 우당탕 뛰어내려 갔다. 이안이 봤던 지점에는 이미 남자가 사라진 다음이었다. 이안은 혹시나, 만에 하나 잘못 봤을 가능성을 떠올리며 천천히 걸었다. 하나, 어느 순간 두 다리는 빠르게 교차하고 있었다.

난 바보가 아니야. 사람을 잘못 보지 않아. 이재 언니도 그랬잖아, 여느 경찰견보다도 내가 더 사람을 잘 찾는다고. 잘못 보지 않았어, 정말 그 인간이야, 그 인간…….

남자는 막 고급스런 차에 오르고 있었다. 이안은 목구멍까지 남자의 이름이 치밀어왔다.

"……!"

하지만 뭐라고 불러?

은백색의 차는 유유히 주차 지역을 떠나 골목 어귀를 지났다. 차의 모습이 사라졌다. 이안은 덜덜 떨리는 손으로 입을 막았다.

그를 부를 이름이 없었다. 손등 위로 뜨끈한 물줄기가 그려졌다. 그를 부를 이유도 없었다. 바보같이 이제야 알아버렸다.

보고 싶었다, 저 남자가.

언제라도 만날 수 있었다. 이재의 집에 가면 언제든, 얼마든. 보고 싶었다. 아무 이유도 없이 다만 보고 싶었다. 그러면 안 돼? 보고 싶은 사람, 보고 싶을 때 보면 안 돼? 왜 그만 만나야 하는데? 왜 난 당신한테 과분한데? 왜 날 밀어내는데?

난 아직 당신을 뭐라고 불러야 하는지 모른단 말이야…….

이안은 동료들이 기다리는 호프로 올라갔다.

"아는 사람 아니었어?"

이안은 고개를 저었다.

"그럼 전화를 하지 그래."

"연락처 몰라."

"혹시 첫사랑?"

이안은 웃었다. 진심으로 우스워 웃었다. 난 첫사랑이 없어.

누군가를 사랑해서 만난 적이 없으니까. 그래서 이게 사랑인 것도 몰랐어. 사랑이 시작되는 게 이렇게 슬픈 건지도 몰랐어.

"첫사랑보다 더 지독한 거."

동료들이 의아해했다. 유재는 이안의 눈이 빨갛다고 걱정했다. 이안은 피곤해서라고 답한 뒤 이제 슬슬 집에 돌아가자고 했다.

첫사랑보다 더 지독한 거, 짝사랑. 이안은 주철을 좋아했다. 그리고 십중팔구 주철 역시 그 사실을 알고 있었다. 그러니 과분하다느니, 그만 만나자느니 소릴 했겠지. 그럼 이건 짝사랑보다 지독한 외사랑인가?

이안에게 선 자리가 들어왔다. 이안은 상대방의 사진을 보며 시큰둥하게 성실하게 생겼네, 하다가 선이라는 말에 귀가 번쩍 뜨였다.

"웬 선?"

"경찬이네 엄마가 받아왔더라. 친구 시동생이라던가? 올해 서른둘인데 막 공부 끝내고 S연구소인가에 취직했다지, 아마."

엄마의 무심한 듯한 어조에 속지 않았다. 엄마의 눈은 반짝거리고 뺨은 살짝 상기되어 있었다. 아빠도 사진을 받더니 나쁘진 않군, 이라고 중얼거리셨다. S연구소면 유전공학으로 이름이 높은 곳이었다.

"근데 왜 아직까지 싱글이래?"

"사람이 공부만 할 줄 알아서 여자한테는 숙맥이라나 봐. 자기가 얌전하고 조용하니까 활달하고 발랄한 아가씨였으면 좋겠다고 했대."

딱 나군. 이안은 한숨을 삼켰다. 아니면 경찬이 아줌마가 이안이를 갖다 붙이고 싶어서 이안에게 맞춰 이상형을 과대 포장한 것일 수도 있었다. 얼굴만 척 봐선 정말 열심히 공부했습니다, 티가 나는 사람이었다. 이안은 젖은 머리를 탁탁 털고 수건을 빨래통에 던져 넣었다.

"난 선 별로야, 엄마."

"한 번쯤 봐도 나쁘진 않아."

"언니 결혼하고 나서 한동안 울적해하더니?"

"보내는 김에 한꺼번에 보내야지, 띄엄띄엄 보내면 더 허전해."

"말도 안 돼."

이안은 TV 연속극을 보며 자동적으로 남자들 스타일을 살폈다. 가끔 TV 속 연예인이나 아나운서들을 보면 필을 받을 때가 있었다. 어쩌다 한두 번이긴 해도 그럴 때마다 좋은 반응을 얻어서 TV는 가끔 챙겨보는 편이었다.

새로 시작하는 연속극에 빠져들려는데 다시 엄마가 붙잡았다.

"한번 봐. 경찬이네가 받아온 성의를 생각해서라도."

이안은 우선 사진을 받았다. 증명사진을 확대해 놓은 듯 반듯 반듯한 모습이었다. 정말 흠 하나 없이, 이렇다 할 과거 없이, 공부만 열심히 했을 법한 타입이었다. 하지만 원래 이안의 타입 이기도 했다. 순진하고, 순박하면서, 자기 길을 곧게 걸어가는 성실한 남자 타입.

만약 얼마 전의 이안이었다면 못 이기는 척 선 자리에 나갔을 지도 모른다. 하지만 지금은 정말 구미가 당기지 않았다. 이안 은 엄마가 실망할 걸 알면서도 사진을 내려놓았다.

"미안해, 엄마. 대신 사과해 줘. 요즘 새 시즌 시작이라 주말 에 매장 돌아봐야 해서 정신이 없어."

"이안아, 그러지 말고……."

"아, 졸리다. 먼저 잘게요. 안녕히 주무세요, 엄마, 아빠."

이안은 먼저 방으로 쏙 들어갔다. 엄마도 닫힌 문을 보고는 뭐라 투덜거릴 뿐 문을 열진 않았다. 엄마와 아빠의 목소리가 더 이어졌지만 대화 내용은 또렷이 들리지 않았다.

이안은 젖은 머리채로 침대에 드러누웠다. 유재와 함께 병원 에 들른 지 열흘이 지나 또다시 주말이 다가왔다. 여느 때라면 주말이 된다는 걸 신나했을 것이다. 재현이와 이재를 만나러 갈 수 있기 때문이었다. 안 그래도 이재가 요즘은 통 놀러오지 않았다고 많이 바쁘냐며 연락했었다. 생전 이재에게 먼저 연락 받은 적 없던 이안이라 이번엔 무슨 일이 있어도 가겠다고 했 다.

하지만 마음이 무거웠다. 가면 틀림없이 주철이 없을 것이다. 이안과 만나지 않겠다고 했으니 이재 집에서 이안과 마주칠 시간도 피할 것이다. 그 생각을 하니 맥이 빠졌다.

짝사랑이니 외사랑이니 깨달은 게 고작 이틀 째였다. 뭔가를 할 생각이 들기 전에 이미 그 인간을 그리고 있었다. 유재가 잘 생겼다고 했을 땐 날카로운 인상이라고 톡 쏘아붙였지만. 워낙 날카롭고 예리한 눈빛 때문에 생김새를 살피기 전에 오금이 저리긴 해도, 뜯어보면 꽤 괜찮은 생김새였다. 키도 후리후리한 게 커다랗고 체격도 너무 마르지도 않게 적당히 늘씬했다. 그 인간은 틀림없이 식사조절과 운동을 병행할 것이다. 스스로가 살이 찌는 걸 못 견딜 성질머리였다. 그 생각에 피식 웃을 때도 있었다.

이재가 재현이 보러 오라고 했을 때도 재현이의 생글 웃는 모습보다 그 인간이 재현일 안고 있는 모습이 먼저 떠올랐다. 예지는 잘 만나고 있을까. 아이가 벌써 일곱 살이라던데. 내년이면 그 인간도 학부형이 된단 뜻이었다. 아이랑 친해진 지 얼마 안 됐을 텐데 바로 학교와 또래 애들에게 뺏겨야 할 것이다. 학교 때문에 한 달에 세 번의 만남도 횟수가 줄지 모른다. 그건 또 어떻게 견딜까. 재현이라면 예쁜 미소 한 방으로 주철의 괴로움을 확 날려줄 테지만 주철은 이제 재현을 만날 수도 없었다. 이안이 있을 테니까.

남자가 이안이 과분하다고 했을 때부터 이안이 병원에 찾아갔을 때까지, 한 달간의 기한이 있었다. 그땐 감정을 자각하지 못해서 남자가 한 말이 줄곧 마음에 걸리기만 했지, 남자가 걱정된다거나 보고 싶지는 않았다. 여전히 밉상이라고 욕은 했어도, 예지는 잘 만나는지 불안하긴 했어도, 지금처럼 걱정되어 못 견딜 정도는 아니었다.

감정이란 게 뭐 이런가. 한 번 자각하고 나니, 이전부터 있던 거였는데 한 번 정의하고 나니 끝 간 데 없이 깊어졌다. 더 이상 짙어질 수 없을 정도로 짙어졌다. 이안이 불안한 건 이게 시작이라는 사실이었다. 이 감정이, 이 마음이 더 깊어지고 더 짙어지면 짙어졌지 더 얕아지거나 흐려지진 않으리란 사실이었다. 그렇게 얕게, 흐릿하게 시작될 감정이었다면 자각하기 전에 사라졌을 것이다.

대체 밉다 밉다 하면서 언제 이렇게 정이 든 건지. 사실은 미운 정이 더 독한 법이랬던가. 미워했던 만큼 그 감정이 좋아하는 마음으로 돌아서니 너무 확 깊어져 있어 적응할 틈이 없었다. 그저 휩쓸리고 말았다.

일 초가 멀다 하고 남자 생각하는 것도 지쳤다. 일이든, 부모님에게든, 밥 먹을 때든 도통 집중할 수가 있어야지. 이러다 목 잘리고 부모님이 어디 아프냐고 걱정하고 밥이 코로 들어가는 것도 시간문제였다.

이럴 바에야 한 번 만나는 게 낫지 않을까?

만나면 뭐 해? 이미 날 잘라낸 사람인데?

잘라낸다고 순순히 잘려 나갈 거야? 내가 언제부터 이렇게 고분고분했더라?

새삼 생각하니 어이가 없었다. 이안이 과분하다며 남자가 잘라냈지, 이안이 먼저 남자에 대한 감정을 접은 적 없었다. 상대의 감정을 배려해야 한다는 건 잘 알았다. 사랑이란 게 나만 좋다고 잘되는 게 아니란 것도 알았다. 그래서? 이미 그 남자가 끝냈다고 나도 순순히 끝내야 해? 난 이제 시작인데? 난, 그 남자가 날 어떻게 생각하든 그 남자가 보고 싶은데?

보고 싶을 때 보면 안 돼? 시작하고 싶어서 먼저 건드리면 안 돼? 얼마나 자존심 상하고 얼마나 상처 입을지 모르지만, 가만히 앉아서 '어떡해, 어떡해' 손가락만 빨고 있을 순 없잖아. 용감한 자가 미인을 차지하고, 문이란 건 두드려야 열리는 거랬어. 아무것도 안 하고 얌전히 물러날 순 없어. 이 감정이 언젠가 스러질 거라면 상관없지만 아니잖아. 마음이, 자꾸만 그 사람 보고 싶다고 하잖아.

이재는 이안보고 경찰견 같다고 했다. 언제 어디서든 이재를 잘 찾아냈기 때문이다. 초등학교 운동회 때도, 다들 똑같은 새파란 체육복을 입고 있어도, 이재가 자기 반에 붙어 있지 않고 다른 곳을 돌아다녀도, 이안은 꼭 이재를 찾아냈었다. 하지만 이재 한정이었다. 다른 친구들이나 부모님도, 이안이 먼저 찾아냈던 적은 거의 없었다. 이안은 사실 이재 외의 사람은 잘 찾아내지 못했다. 그래서 옛 남자 친구들이 자기 학창 시절 단체사진을 보여줄 때가 고역이었다. 다 거기서 거기인 얼굴인데 남자 친구를 찾아내야 했으니까. 숨은 그림 찾기는 이안의 전문 분야가 아니었다. 최근에야 일 관계로 눈썰미가 좋아져 쉽게 찾아냈지만 단 한 번에 누군가를 찾아내는 건 아직도 이재 한정이었다.

그 한정이 깨졌다.

"언니? 미안, 잤어?"

이안은 이재에게 전화를 걸었다. 벌써 아홉 시였다.

[이 시간에 벌써? 아니.]

"재현이랑 형부는 잘 있고?"

[주말에 볼 거면서 새삼. 그래, 둘 다 잘 있어. 재현이 백일 준비로 네 형부는 난리 중이지만.]

벌써 백일이라니. 이재가 임신했다고 양가 집안이 기뻐 난리가 났을 때가 엊그제 같은데.

[낮에 엄마랑 통화했어. 너 선본다며?]

"엄마가 그래? 아냐, 안 봐."

[왜, 마음에 안 들어?]

"그런 게 있나? 그냥, 선은 내 취향 아니라 그래."

[엄마는 네가 좋아할 만한 사람이랬는데.]

이안은 선에 정말 관심없었다. 그녀는 초조한 마음에 불쑥 용건을 꺼냈다.

"그보다 언니, 친구 일 때문에 그러는데 곽주철 씨 연락처 좀 알 수 있어?"

[친구? 무슨 일? 대신 알아봐 줄까?]

"아, 그럴 게 뭐 있어. 내 친구가 신세를 져서 고맙다고 인사할 거라는데."

[그런 인사를 곱게 받아줄 사람이 아닌데.]

언니가 더 잘 아는구나. 근데 왜 자꾸 연락처를 숨기고 싶어 하지? 나한테 알려주기 싫은 건가?

[요즘 형이 통 안 오던데, 왜 그런지 넌 알아?]

이재는 주철을 '형' 이라고 불렀다. '형' 이란 호칭도 좋았다. 이안은 문득 이재가 부러웠다. 주철을 무어라 부를 수 있는 게 부러운 일이 될 수 있다는 거, 처음 알았다.

"내, 내가 어떻게 안다고."

[그래도 둘이 사이좋았잖아.]

"언니, 뭘 어떡해야 그 사람하고 내 사이가 좋은 거야?"

그 인간이 마지막으로 한 말을 들었다면 틀림없이 후회할 텐데.

[투닥거려도 만나면 반갑고, 같이 웃고, 그러면 사이좋은 거 아닌가?]

"내가 그랬어? 그 인간 만나면 반가워했어?"

[신경질을 낼 때도 많았지만, 형이랑 있으면 얘기도 곧잘 하기에. 반가웠나 보다 했지.]

뺨이 간지러웠다. 이안은 뺨을 문질렀다. 조금 뜨끈해져 있었다. 그렇게 티를 냈었단 말이야? 그래서 그 인간이 눈치 챘던 거야?

"그냥 내 천성이지."

[그래도 형은 네가 오면 반가워했어.]

가슴이 덜컹, 흔들렸다. 이안은 아랫입술을 지그시 깨물었다.

[너도 아는지 모르겠다. 형이 우리 집에 오는 날은 오랜만에 예지 만나고 오는 날이거든. 예지 대신이라도 되는 듯이 재현이만 보고 가더니, 너랑 마주칠 땐 곧잘 얘기도 하고 원래 모습도 보이고, 그러더라.]

"시, 신경 건드리는 애가 있어서 날을 세운 거겠지."

[그게 형 평소 모습이야. 너 오기 전까진 말을 잃어버린 사람처럼 조용히 있어. 그냥 재현이랑만 놀아주고, 가끔 재워주고, 그게 다지. 근데 너도 알잖아. 재현이는 아빠 품에서도 잘 못 자는 거. 근데 형이 안아주면 뭘 아는 애처럼 형이랑 놀다가 잠들고 그래. 선배야 그것 때문에 워낙에 속상해하지만, 난 그나마 다행이라고 봐. 예지를 보내고 입은 상처가 재현이 때문에 많이 나아지는 것 같아서.]

이안도 같은 생각이었다. 재현이만이 주철의 아픈 속을 달래주었다. 재현일 안아줄 때의 주철은 정말 평온하고 안정되어 보였다. 재현일 볼 때면 가끔가끔 눈가에 간간한 주름을 잡아 웃을 때도 있었다. 그 웃음이 그를 얼마나 다정하고 부드러워 보이게 하는지, 이안은 정말로 놀랐었다.

[네 덕분도 있고.]

"내가 왜?"

[네가 있으면 편한가 봐. 가끔 너한테 신경질도 부리고, 틱틱거리기도 하고 그러지? 선배가 그러는데, 형이 그렇게 대하는 사람은 몇몇밖에 안 된대.]

"두 번 친했다간 칼부림 나 죽을 거야."

[하지만 너도 꼬박꼬박 상대하잖아. 형이 말만큼 모질고 나쁜 사람은 아니라고 생각하지?]

그래서였나 보다. 정말은 그가 자기가 말하는 것만큼 모질고 나쁜 사람이 아니라는 거, 머리보다 가슴이 먼저 알아차려서 그 차이에 놀라 버려서 마음이 열렸었나 보다. 그렇게 곽주철이란 남자가 스몄었나 보다. 그가 말한 것보다 그는 어쩜 더 나쁜 남자일지도 모르겠다. 가장 방심한 틈을 타 파고들다니. 이안은 하지만 그가 더 보고 싶어졌다.

[형은 형 스스로가 말하는 것만큼 나쁜 사람이 못 돼. 왜 자꾸 자기를 궁지로 모는지 모르겠지만 그런 나쁜 습관은 고쳐졌음 좋겠어.]

"그 사람 맘을 보듬어주고 싶은 적 없었어?"

이안은 불쑥 물었다. 그동안 정말 궁금했던 점이었다. 이재 성격이라면 충분히 가능하다고도 생각했다.

[내가 어찌하고 싶다고 낫는 게 아니잖아.]

"있었구나."

[형은 외로운 사람이니까. 더는 외롭지 않길 바랐어.]

그래서 그 남자는 이재를 사랑할 수밖에 없나 보다. 물론 친구로서, 소중한 가족으로서. 주철이 이재와 현수, 재현을 대하는 모습을 볼 때마다 생각했었다. 저건 우정이라기보다 가족애 같다고. 주철은 자기 가정이 깨졌기 때문인지 이재와 현수의 가정을 더욱 소중히 여겼다. 스스로는 티를 내지 않는다고 여길지 모르나 이재와 현수를 대하는 모습을 보면 절로 알 수 있었다. 주철은 이재, 현수, 재현을 모두 아꼈다. 형제가 형제를 사랑하듯 이재의 가정을 아끼고 걱정했다.

이재 역시 주철을 한가족처럼 대했다. 이재는 주로 남자 친구가 많았지만 정말 가족처럼 여기며 집에 초대한 적은 없었다. 소중한 아기를 덥석 안겨주고 안심하는 것도, 엄마가 주철을 불편해해도 꼭꼭 집에 초대한 것도 주철을 또 하나의 가족으로 받아들였기 때문이다. 이재는 벽이 높은 사람이었다. 친구는 많아도 벽 안에 누군가를 받아들인 경우는 드물었다. 이미 그 벽 안에는 부모님과 이안이라는 가족으로 가득 찼으니까. 가족만으로 충분하다 여겼으니까.

이안도 마찬가지였다. 이재만큼 벽이 높진 않지만 정말 마음속 깊이 받아들이는 사람은 가족 외에 몇 명 정도로 한정되어 있었다. 예전 남자 친구들 중에 자기를 가족보다 생각해 줄 수 없겠느냐고 투정 부렸던 남자들도 있었다. 그런 투정을 받아도 이안은 할 수 없었다. 이 벽은 이안이 세우고 싶어 세운 벽이 아

109

니라서 이안이 이제 와 허물고 싶어도 허물어지지 않았다. 그저 누군가는 자연스레 벽 안에 들어왔고 누군가는 끝끝내 벽 안에 들어오지 못했다. 이안으로서는 미안한 일이었지만 이안과 상대방이 노력해도 안 되는 건 안 되었다. 이안은 나중에 이 정도뿐인 인연이라고 생각하게 됐다.

그런 이재와 이안의 벽 안에 어느새 주철이 들어와 있었다. 한 사람에게는 가족으로서, 한 사람에게는 남자로서.

이재의 가족으로서의 사랑을 느끼고 남자는 이재에게 마음을 열었다. 그렇다면 이안에게는? 그를 남자로서 사랑해 버린 이안에게는? 이안은 씁쓸하게 웃었다. 이미 답은 알고 있잖아.

[아무튼 연락처 불러줄게.]

이안은 이재와 통화를 마치고 핸드폰에 저장해 놓은 남자의 번호를 찾았다. 곽주철, 이라고 이름에 넣어놓고 참 알 수 없는 남자, 라고 덧붙이고 싶었다.

이안은 새롭게 자각한 감정에 취해 잠깐 잊고 있었다. 주철은 웬만해선 내색하지 않았지만 이안에게 여자로서의 흥미 정도는 있었다.

주철과 첫 만남 때, 현수가 대게를 대접해 주었다. 이안은 다리 껍데기를 가위로 자르다가 남자가 하는 말이 하도 어처구니가 없어 톡톡 끼어들었었다.

"할 말이 없어. 애랑 같이 살 때도 제대로 논 적이 없어놔서."

이혼 후에 한 달에 세 번 아이를 만난다고 했다. 그날도 만나는 날이었다는데 만 하루도 채우지 못하고 애를 돌려보냈다는 것이다. 그것도 워낙 같이 놀아준 적이 없어서 할 말이 없다는 이유로. 이안은 기가 막혀서 톡 쏘아붙였다.

"애는 놀고 싶어서 아빠랑 있고 싶은 게 아닐 텐데요. 그냥 아빠라서 같이 있고 싶은 거예요. 핏줄이란 게 그렇잖아요. 누가 좋은 아빠가 돼달래요? 나쁜 아빠면 어때, 아빠면 되지. 애를 학대하거나 욕하지 않는 이상은. 그리고 뭐가 제일 나쁜 아빠인지 알아요? 무관심한 거야. 세상에 무관심처럼 아픈 것도 없거든."

"그게 얼마나 어려운 건지 모르나 보군."

남자가 서늘하게 대답했었다. 이안도 실은 그게 얼마나 어려운 일인지 모르고 있었다. 그러나 아이를 낳은 책임을 지고, 아빠라면 응당 해야 할 일이라는 건 알고 있었다.

"애를 낳은 최소한의 의무라고 생각해요. 필요할 때 곁에 있어줄 순 없어도 필요할 때 생각나는 사람 정도는 돼야지."

"직업이?"

이안은 불쑥 화가 치밀었다.

"디자이너예요. 왜? 심리 상담가가 아님 이런 얘기 하면 안 되나 보죠?"

"아니, 말하는 게 하도 유창해서 학교 선생님쯤 되는 줄 알았지."

"내가 지금 가르치려 들었다고요?"

"선생 말이면 한 번쯤 귀를 기울여 보려고 그랬지."

그때 진작 알아봤다. 얼마나 유들유들하고 재수없는 인간인지. 다신 상종하지 말아야겠다고 다짐하는데 남자가 대게 다리를 까 제 모양 그대로 살아 있는 속살을 이안에게 주었다. 이안은 모른 척하고 무시했다. 남자가 싱글 웃었다.

"왜, 고마워서 그래."

"됐거든요."

"팔 떨어진다."

"아, 댁이나 드세요."

"예지처럼 먹여줄까? 애가 여섯 살인데 아직 젓가락질이 서툴러서."

"진짜! 됐다니까요!"

남자는 팔을 걷어가지 않았다. 이안은 신경질적으로 팩 쏘아붙였다가 남자의 능글능글 웃는 모습에 또 발끈했다.

"언니 친구를 무안하게 할 거야?"

이안은 눈을 부라리며 다리를 뺏어 들었다. 그리고 숨도 안 쉬고 오물오물 씹어 삼켰다.

그 뒤로도 비슷한 일의 반복이었다. 남자는 빤들빤들, 툭하면 이안의 속을 뒤집는 말을 해대고 이안은 어른스럽지 못하게 왈칵 화를 내는. 그래도 웃을 땐 함께 웃었었다. 남자의 유머감각은 쉽게 따라잡을 만한 성질이 아니었지만 한 번 적응하고 나니 그 재미도 쏠쏠했다. 남자와 함께 웃는 건 정말 유쾌한 일이었다. 그와의 공감대가 형성되었다는 게 어쩐지 기쁘기도 했다.

그때부터 차곡차곡 이 마음을 쌓아왔었나 보다. 반은 희롱 삼아, 반은 장난 삼아, 서로를 자극하고 함께 웃고 토라졌던 날들로부터.

그런데 왜 갑자기 남자는 그 모든 관계를 잘라내려고 하는 걸까? 이재와 통화하며 이안도 겨우 떠올리게 됐다. 남자는 이안에게 관심이 있었다. 그 남자 성격에 관심없는 여자랑 실없는 농을 주고받진 않을 것이다. 싫으면 싫다고, 빈정 상하게 딱 돌아앉고 말지.

남자는 호감을 가진 만큼, 혹은 그 이상으로 이안과 거리를 두려고 했다. 장난 같던 경고와 키스도 그 일환이었다. 이안 스스로 남자에게 질려 돌아서게 만들려는 수작이었다. 병원에서 처음이자 마지막으로 점심을 들었을 때도 남자는 다신 만나지 말자고 했다. 그건 자기에게 한 말이라고 했다. 이안은 새삼 가슴이 아팠다.

남자는 이안에게 끌리고 있었다. 그리고 끌리는 만큼 이안을 밀치고 있었다. 대체 왜? 자기가 이혼남이라서? 애 아빠라서? 이안이 자기한테 과분하다는 건, 그런 여건 때문에?

누가 결혼하재? 그냥, 한번 만나볼 수도 있잖아. 자기 친구와 내 언니가 결혼했으니 그 인연으로 친구가 될 수도 있잖아. 친구가 아니라도, 그냥 어쩌다 마주치면 반갑게 서로의 안부를 묻고 가끔 밥 한번 같이 먹을 수도 있잖아. 그날처럼, 맛있는 걸 함께 먹을 수 있잖아. 뭐가 더 맛있다고, 어디가 더 맛있다고, 비교하면서 다음 약속을 정할 수도 있는 거잖아.

왜 피하는 건데? 왜, 끌린다면서 부정하는데? 날 그냥 갖고 놀고 싶은 거야?

이안은 그럴 수 없었다. 내 감정이 너무 깊어져서 피하는 건가? 그건 말이 되지 않았다. 남자에게 그만 만나잔 선언을 들은 다음에야 자각한 마음이었다. 아무리 눈치가 빠른 남자라고 해도 이안의 마음의 깊이까지 꿰뚫진 못했을 것이다. 이안도 새삼 놀라고 있는데 그가 먼저 알았다곤 생각되지 않았다.

남자가 갑작스레 이안을 딱 잘라낼 만큼, 이안이 정 떨어져 나가라고 일부러 도발을 할 만큼, 마음 돌리려는 것만이 확실했다.

하지만 남자는 오판을 저질렀다. 이안은 하지 말란다고 고분고분 안 하고, 거절당했다고 얌전히 마음을 접는 여자가 아니었다. 오히려 한 번 이거다 마음먹으면 저돌적으로 돌진하고 밀어붙이는 사람이었다. 돈은 돈대로 들고 미래는 불안하기만 한 디자이너가 어떻게 됐다고 생각하는가. 자식 걱정으로 자리 마를 새 없이 걱정하는 부모님을 어떻게 설득하고, 어떻게 이 길을 걷고 있다고 생각하는가. 남자는 이안을 잘못 보았다.

아니면, 또 모르지. 이안은 속으로 생각했다.

이런 결과를 기대한 건지도.

그렇다면 정말 속상하고 자존심 상할 것이다. 그래도 좋았다. 이번 한 번쯤은 남자의 손바닥 위에서 놀아나 줄 것이다. 하지만 두 번은 없다.

이안은 통화 버튼을 눌렀다.

제 6 장

모르는 번호였다. 주철은 핸드폰을 내려놓고 다시 소파에 기댔다.

피곤했다. 두들겨 맞은 것처럼 온몸 구석구석 쑤셔왔다. 몸살이라니, 정말 오랜만이었다. 환자에게 사용한 주삿바늘에 찔려 B형 간염에 걸린 동료들을 보며 나가 죽으라고 독설을 퍼부었는데, 정작 자신이 환자의 감기에 감염돼 몸살을 앓고 말았다. 사실 남들 욕할 정도로 주철이 특히 건강하긴 했다. 몸을 사리는 타입은 아니었지만 이상하다 싶을 정도로 건강해서 그 흔한 감기며 위염 한 번 걸린 적 없었다.

그러니 이렇게 아픈 게 얼마 만인지 모르겠다. 아주 어렸을

적에 온몸에 열꽃이 피어 정말 애가 죽는 줄 알았다는 엄마의 말을 들어도 기억이 나지 않을 정도였으니 거의 처음인 것 같았다.

워낙 힘쓰는 일은 질색하고 아웃도어 관련 레저나 스포츠는 즐기는 수준으로만 그쳐서 몸살 자체가 처음이었다. 하지만 돌이켜 보면 이렇게 죽을 만큼 아팠던 적이 한 번 더 있었다. 별로 기억하고 싶지 않은 일이었지만.

약을 먹어도 나아지는 것 같지 않다. 마음이 여리게 흔들린다. 주철은 몸을 웅크려 큭큭 웃는다. 하긴, 아픈 게 싫어서 죽기 살기로 비타민제나 영양제를 챙겨 먹고 새어머니가 예의상 챙겨주는 보약도 꼬박꼬박 먹어댔었다. 아프면 어쩔 수 없이 마음에 두른 빗장이 어긋나 버린다. 감춰놓고, 숨겨놓고, 꽁꽁 묶고, 잊혀둔 채 살았던 비밀이 어긋난 틈에 고개를 삐죽 내밀어 버린다. 그럼 주철은 속절없이 어둠 속으로 빨려 들어간다.

열다섯 살 때였나. 이미 세컨드의 의미는 잘 알고 있었다. 아이들의 놀림과 괴롭힘, 어른들의 무심한 듯 비난이 깔린 시선이 지긋지긋해 폭발할 즈음 아버지란 인간이 나타났다. 아버지란 사람은 굉장한 부자였다. 새어머니와의 사이에서 자식을 볼 수 없던 아버지는, 새어머니가 간신히 자신의 불임을 받아들이자마자 주철을 맞아들였다.

하지만 엄마는 싫어했다. 그런 집에 들어가지 말라고 했다. 엄마와 함께 둘이서 행복하게 살자고 했다. 주철은 지긋지긋했다. 자꾸만 '둘만'을 강요하는 엄마와 엄마가 아무리 용을 써도 벗어날 수 없던 '가난'에. 그래서 아버지의 집에 들어갔다. 엄마에게는 당연히 아버지가 응당 대가를 지불하리라는 이야기를 들었다. 엄마에게도 나쁘지 않을 조건이라 생각해 아버지의 손을 잡았다.

그리고 얼마 뒤, 엄마가 찾아왔다. 주철은 엄마의 초라한 모습이 싫었다. 새어머니는 의무적이고 경직되긴 했지만 주철에게 잘해주었다. 착하고 조용한 사람이었다. 엄마처럼 극성스레 주철을 위하지도 않고, 너무 내버려 두지도 않는, 주철이 원하는 거리감을 가진 사람이었다.

엄마는 주철을 보고 너무나 기뻐했다. 그리고 몇 번이나 돌아가자고 주철을 설득했다. 하지만 주철은 엄마를 뿌리쳤다. 엄마 싫다고, 새엄마랑 살 거라고, 지금 집이 좋다고, 옛날로 돌아가긴 죽어도 싫다고 악을 썼다.

그때나 지금이나, 열다섯 살 이전의 생활로 돌아가는 건 정말 싫었다. 정말 가난했었다. 엄마는 아버지의 세컨드였지만 물질적인 지원을 받은 적 없었다. 지금 생각해 보면 엄마의 자존심이었다. 아버지의 정식 아내가 될 순 없지만 짐도 되고 싶지 않다는. 그리고 나중에 엄마의 통장을 물려받았을 때에야 아버지가 송금했던 양육비가 한 번도 출금되는 일 없이 고스란히 쌓여 있음을 알았다.

하지만 그때는 이미 늦어 있었다.

지난날의 시간이 너무 서러웠어서, 아이들의 조롱과 놀림은 아프고 괴롭고, 어른들의 냉소와 비난은 지긋지긋하고 넌덜머리나서, 다신 엄마와 둘이 있던 시간으로 돌아가고 싶지 않았다. 그래, 열다섯 살보다 더 어렸을 땐 엄마에게, 왜 세컨드였던 과거를 부정하지 않는지 물었다. 차라리 주철의 친부가 죽었다고 하면 간단한 문제 아닌가? 아버지가 죽었다고 하면 엄마가 본처였는지 세컨드였는지 세상 사람들이 알 게 뭐란 말인가! 엄마는, 왜 멀쩡히 살아 있는 아버지를 죽이냐며 오히려 호통을 쳤었다. 그것도 사랑이었던 것 같다. 당신과 당신 아들이 얼마나 힘이 든지 알아도, 절대로 아버지와 함께 살 수 없다 해도, 엄마는 아버지를 죽은 존재로 둘 수 없었던 거다. 빈말로라도 죽일 수 없었던 거다. 스스로는 얼마나 자책했을까, 스스로의 미련함과 아버지를 향한 미련에, 그것들을 버리지도 못하는 자신에. 지금 생각하면 그 당시의 모든 일들이 이해가 되었는데.

 주철에게 거부당했지만 엄마는 주철을 찾아오는 걸 멈추지 않았다. 주철은 번번이 엄마를 무시했다. 새어머니가 주철이 안색이 안 좋다며 걱정이 있으면 털어놓으라고 했을 땐, 새어머니의 가벼운 관심이 오히려 위로가 되었다. 엄마의 것처럼 너무나 무겁고 질척질척한 애정이 아닌, 산뜻한 감정이 정말 고마웠다.

 그러다 어느 날인가, 엄마가 보이지 않았다. 포기했구나! 주철은 행복했다. 엄마가 드디어 주철을 포기했다. 엄마가 드디어, 드디어 주철을 포기했다. 주철의 선택을 이해해 주었다. 주철은 다행이라고 생각했다. 그리고 그제야 미안한 마음이 들어 엄마가 보고 싶기도 했다. 그렇지만 찾아가진 않았다. 엄마가 혼자만의 행복을 거머쥐길 바랐다.

아버지가, 주철을 집에 불러들인 뒤 거의 주철과는 눈도 마주치지 않던 아버지가, 완전히 흐트러진 모습으로 돌아온 건 얼마 지나지 않아서였다. 아버지는 주철을 보고, 주철의 얼굴을, 몸을, 처음 보는 사람처럼 더듬고 쓰다듬더니 오열을 토했다.

그리고 엄마가 죽었다고 말했다.

주철은 악질적인 농담을 하는 줄 알았다.

"네?"

"교통사고다. 경찰한테서 연락이 왔다."

"……네?"

엄마가 사고를 당한 곳은 주철의 학교 근처였다. 거기까지만 들었다. 주철은 달려나갔다. 학교까지 뛰어갔다. 어제인가, 이 근처에서 교통사고가 났다는 이야기를 들었다. 선생님들이 차 조심하라고 경고했을 때 우리가 뭐 유치원생인 줄 아나, 속으로 선생을 조롱했었다.

엄마였다. 엄마였다. 엄마였다…….

"엄마, 엄마, 엄마!"

주철은 하얀색 선 위에 엎드려 오열했다. 사람들이 달려와 도로 복판에 엎드린 주철을 일으켜 세웠다. 하지만 주철은 사람들을 뿌리치고 자꾸만 도로 복판으로 달려나갔다.

"아냐, 이건 아냐! 엄마, 엄마!"

드르륵.

주철은 흠칫 놀랐다. 온몸이 흠뻑 젖어 있었다. 뺨에도, 따끔한 물기가 고여 있었다. 주철은 티슈로 얼굴을 훔쳤다. 티슈가 순식간에 흠뻑 젖었다. 다시 새 티슈를 뽑는데 드르륵, 드르륵, 주철을 깨운 소리가 또다시 들려왔다.

아까 그 번호였다. 주철은 신경질적으로 전화를 받았다.

"누구야."

목소리가 갈라진다. 그래서 잔뜩 신경이 곤두선 기색이 잘 드러났다. 상대를 위협하고도 기분이 풀리지 않았다. 오히려 더욱 기분이 더러워졌다. 씻고 싶었다. 아니면 이 몸을 갈기갈기 찢어버리고 싶었다. 아픈 건 싫었다. 아픈 건 짜증이 났다. 아프다는 건 살아 있다는 거니까. 엄마를 죽이고도, 난 살아 있다는 거니까.

[집이 어디예요? 여기 가락시장인데. 전에 언뜻 이 근처 산다고 들어서. W아파트 맞아요?]

"너……."

이 목소리를 헷갈릴 리 없었다. 주철은 벌떡 일어났다가 머리를 강타한 통증에 도로 주저 물러앉았다. 털썩, 몸이 무겁게 가라앉았다. 숨이 목까지 차 올랐다.

[어디 안 좋아요? 목소리가 왜 그래?]

"너⋯⋯."

[몇 동 몇 호예요?]

주철은 대답하지 않았다.

[알았어요. 형부한테 물어봐서⋯⋯.]

"A동 1101호."

주철은 냅다 대꾸했다. 답하고 나서는 끙 앓는 소릴 뱉었다. 여자의 수에 놀아나 버렸다. 현수에게 연락하면 현수는 틀림없이 이안을 막을 것이다. 그리곤 주철에게 다시 잔소리를 퍼부을 것이다. 연락처는 어떻게 알아낸 거야. 이재인가. 왜 이 여자는 연락처를 알아낸 거지. 지금껏 그의 연락처 따윈 궁금해하지도 않았으면서.

[오 분 후면 도착해요.]

"왜⋯⋯."

이안도 조용했다. 주철은 이제 한숨도 나오지 않았다. 기껏 포기했는데, 기껏 놓아줬는데, 대체 이게 무슨 짓인가.

[시작도 안 하고 끝내는 거, 난 몰라요.]

"젠장."

전화가 끊겼다. 주철은 핸드폰을 집어 던졌다. 핸드폰이 둔탁한 소리를 내며 바닥을 뒹굴었다.

도발하는 게 아니었다. 너무너무 갖고 싶다고 손을 뻗는 게 아니었다. 마지막의 마지막까지 탐이 난다고 건드려 보는 게 아니었다. 정이안을 너무 만만하게 보고 있었다. 주철은 안경을 찾아 썼다.

곧 초인종이 울렸다. 주철은 모니터 너머 정이안을 확인하고 벽을 냅다 후려쳤다. 그는 이안을 내쫓을 목적으로 현관을 활짝 열었다.

"감기예요?"

"용건이 뭐야."

문 앞에 선 여자가 대뜸 물었지만 대답할 이유가 없었다. 돌려보내야 했다. 이 집엔 한 발도 들일 수 없다. 이 집은 주철의 성역이었다.

눈의 착각인지 이안의 머리카락이 조금 젖은 듯했다. 비가 오진 않는다. 그리고 9월 초라고 하지만 굉장히 얇은 옷차림이었다. 마치 갓 집에서 나온 사람 같았다. 이웃집 놀러오는 애도 아니고, 짧은 바지에 얇은 티셔츠 차림이라면 아무리 9월 초라 해도 추울 게 틀림없었다. 그래도 주철은 들어오란 소리를 하지 않았다.

"나 선 들어왔어요."

지끈. 몸살 기운이 심장에까지 뻗쳤다. 몸살 기운이 심장에 응축되기라도 한 듯 뜨겁고 아프게 퍼덕였다.

"잘됐네. 그럼……."

"근데 안 보려고요."

"그게 나랑 무슨 상관……."

이안이 팔을 뻗는 걸 미처 보지 못했다. 이안은 두 팔로 주철을 감싸 입술을 부딪쳐 왔다. 주철은, 열이 올라 뜨거운 몸 그채로 지옥 깊숙한 곳에 떨어졌다.

"너, 너……."

"우선 좀 들어가요. 꽤 춥네."

이안은 그렇게 허무하리만치 쉽게 주철의 집 안으로 들어왔다. 주철은 신경질적으로 문을 확 닫았다. 이건 반칙이야!

"집 좋네."

"뭐 하자는 수작이야? 내가 쉬워 보여?"

"나한테 관심있죠?"

"젠장. 말귀를 말아 먹었어? 내 말이 우스워?"

"있다, 없다만 말해요. 이런 문제일수록 단순한 게 확실한 거니까."

"없어. 그러니까 나가."

"난 있어요."

젠장! 주철의 심장이 흔들렸다. 중심이 뭉텅 흔들렸다. 주철은 기절할 것 같았다. 제발 누가 이 여자 좀 끌고 나가!

"왜 날 피하려고 해요? 내가 결혼하자고 할까 봐?"

다 널 위해서잖아! 젠장, 당장 나가라고!

"아니면 결혼하자고 안 할까 봐?"

이젠 화를 낼 기운도 없었다. 주철은 이안이 혼자 떠들다 지쳐 나가기를 기다리기로 했다. 주철은 발치에 떨어진 핸드폰을 걷어차고 자기 방으로 들어갔다. 이안이 따라 들어왔지만 정말 신경 끄기로 했다.

"난 아직 결혼 생각 없어요. 내 샵도 갖고 싶고, 우리 엄마 아빠 호강도 시켜 드리고 싶고, 결혼에 묶여 친정에 소홀하고 싶지도 않아요. 아직까진 내가 시댁 이상으로 친정에 신경 쓸 거라는 걸 이해하는 남자를 못 만나기도 했고."

주철은 이불을 목까지 꼼꼼하게 뒤집어쓰고 잠을 청했다. 이안이 침대에 걸터앉았는지 한쪽이 살짝 꺼졌다. 몸이 절로 그리로 쏠리려는 걸 억지로 힘을 주어 막았다. 아픈 사람 괴롭히지 말고, 수다 떨고 싶음 현수네나 가라고!

"나, 아무래도 댁이 좋은 것 같아요."

어깨가 움찔 굳었다. 침대가 좀 더 푹 꺼졌다.

"들었어요? 나 댁이 좋아진 것 같다고요."

"난 아냐."

몸을 휙 돌렸다. 열이 도로 돋는 것 같았다. 아까부터 심장이 지끈거려 왔다. 열이 너무 높으면 심장이 부서져 나갈 듯 뛰어 댄다는 걸 처음 알았다.

"그럼 나, 사랑해요?"

주철은 여자를 휙 끌어당겼다. 여자가 짤막한 비명을 토했다. 여자를 침대에 내팽개치고 주철은 그 위에 엎드렸다. 이 여자 자존심이면 이만한 포지션만으로도 충분히 자존심에 상처를 입을 것이다.

"나한테 뭘 바라? 새삼 불장난이라도 하고 싶어?"

"그래서 나한테 댁을 사랑하지 말라는 거였어요?"

"야. 너 토목공한테 가서 드릴로 귓구멍 좀 뚫어달라고 그 래."

"내가 댁한테 과분하다고요? 그래서 도망치는 거예요?"

끝도 없는 동문서답에 지친 건 주철이었다. 여느 때의 체력이 었다면 좀 더 여자를 우롱하고 갖고 놀 수 있었을 텐데, 기습적 으로 문을 활짝 열어버린 여자 때문에, 문 사이로 끝도 없이 흘 러들어 오는 자그만 희망의 빛 때문에, 주철은 이성을 유지하기 가 버거웠다.

"너 지금이 무슨 상황인지 알아? 한밤중에 남자 혼자 사는 집 에 겁대가리 없이 찾아와? 내가 어떻게 할 줄 알고. 나도 남자 야. 널 이대로 순순히 돌려보낼 것 같아? 현수에 대한 의리로?"

"형부나 언니 생각한 적은 없는데요."

"내가 너희 언니를 사랑한다고 했지. 네 언니를 상처 주려고 널 범할지도 모른다는 생각은 안 해?"

"언니도 댁을 좋아한대요."

"돌아버리겠군."

이 집 자매들한테는 정말 두손두발 다 들었다!

주철은 결국 침대에서 벗어났다. 이안이 나가지 않을 거라면 그가 나가면 된다. 주철은 농에서 가벼운 간절기 재킷을 꺼내 입고 차 키를 들었다. 이안이 눈치 채고 그의 앞을 가로막았다.

"비켜. 네가 안 가면 내가 갈 테니까."

"왜 이렇게까지 날 피해요? 내가, 그렇게 싫어요? 사실은 내가 미워 죽겠어요? 나, 정말 필요 없어요?"

여자의 목소리가 애처롭다. 그러나 주철은 해야 했다.

"어. 너 싫어. 그러니까 가버려."

철썩.

주철의 목이 힘없이 꺾였다. 주철은 미친놈처럼 쿡쿡거리며 웃었다.

"아아, 이제 알겠다. 내가 콧대 높은 정이안 씨의 자존심을 건드린 거구나. 내 낚시질에 걸린 줄도 모르고 여태 혼자 버둥거렸던 거야. 그걸 이제 안 거구나. 이거 어쩌지? 내 낚시질은 워낙 능수능란해서 안 걸리는 여자가 없거든. '넌 나한테 너무 과분해' 이딴 말에 안 넘어온 여자가 없었지."

주철은 안경을 고쳐 썼다. 뺨을 맞으면서 안경 어딘가에 긁혔는지 콧날이 따끔했다. 그 욱신대는 통증 덕에 간신히 정신을 차릴 수 있었다.

"너도 결국 그것밖에 안 되는 여자였구나."

주철은 이안의 귓가에 달콤하게 속삭였다.

"하지만 난 이제 그런 여자한테 신물이 나서."

여자가 온몸으로 떨고 있었다. 주철은 최대한 비열한 미소를 그렸다. 여자가 등을 돌렸다. 끝끝내 눈물을 비추진 않는다. 장했다. 대견했다. 역시 그의 이안다웠다. 그의 미소가 천천히 스러졌다. 지금은 안 되는데, 조금만, 조금만 더 참아야 하는데, 자꾸만 무릎이 꺾였다.

잠시 후, 주철은 시야에 이안이 잡히는 걸 보고 피식 웃어버렸다. 열에 들떠 희한한 꿈을 다 꾼다. 아까는 평소엔 절대 생각하지도, 돌아보지도 않던 옛 꿈도 꾸었다. 열이 오른다는 건, 아프다는 건, 이런 빌어먹을 환각 작용도 동반하나 보다.

주철은 흐릿한 시야 속에서 위태위태 흔들리는 이안에게 손을 뻗었다.

"행복해라."

나 같은 놈한테 더럽게 얽히지 말고.

넌 그렇게 행복해지고, 난 이렇게 살자.

사랑한다, 정이안.

제 7 장

아픈 건 싫었다. 아프다는 건 사람을 나약하게 만들고 짜증스레 바꾼다. 하지만 그건 어디까지나 자신에게 한정된 이야기일 뿐 남이 아픈 것은 좀 달랐다. 많은 것을 보게 되고 많은 것을 알게 된다. 아픔이 사람의 심지를 어디까지 긁어먹는지, 그 통증으로 사람은 어디까지 피폐해질 수 있는지. 그들은 주철을 거치고 나면 그 모든 아픔과 통증에서 해방되리라 믿는다. 그 믿음이 얼마나 무모한 것인지, 때론 일러주고 싶었다.

아픈 사람을 대한다는 건 실로 지긋지긋한 작업이었다. 지금이야 많이 무뎌져서 하나의 직업으로 받아들일 수 있었지만 소원하던 전문의가 되었을 때, 하루에도 몇 십 명의 환자와 환자만큼이나 발을 동동 구르는 보호자를 대면하는 게 넌덜머리가 났었다. 왜 자기가 의사질을 하고 있는지 앉은 자리에서도 수십, 수백 번 고민하게 되었다. 그래도 다음날이면 멀쩡히 출근했다. 아픈 사람은 지겹다면서도, 사실 그의 미미한 의학으로는 그들을 고통과 아픔과 통증으로부터 영원히 구할 수 없다는 걸 알면서도, 그는 흰 가운을 입었다.

봉사정신이 투철한 것도 아니면서 의사질을 할 수 있단 것도 웃겼지만, 그렇게 스스로를 비웃으면서도 어김없이 진료실 문을 여는 자신이 신기하기만 했다.

밥벌이가 어려운 것도 아니었다. 지금도 아버지는 가운을 벗고 경영 공부를 하길 바라셨다. 그 때문에 불러들인 아들이 아니었던가. 그리고 실은 지금도 아버지가 물려준 재산으로 여느 의사 이상의 호화로운 생활을 하고 있다.

그렇다면 왜 의사를 하는가? 난 왜 의사가 되었지?

가끔은 놀랄 만큼 쉽게 답이 나오기도 했다. 내가 아프기 싫어서다. 의사가 되면 아픈 걸 어떻게 치료해야 하는지 아니까 의학을 공부했다. 주워들은 지식이나 민간요법으로는 성에 차지 않아 본격적으로 의학을 공부했다. 알면 알수록 고칠 수 있는 병은 손에 꼽을 만큼 희박하다는 걸 알면서도 죽기 살기로 매달렸다.

하지만 공부를 하면 할수록, 허기진 뇌를 채우면 채울수록 뻥뚫린 구멍은 메워지지 않았다. 아무리 공부해도 사실은 알고 있었다. 죽은 사람은 살려낼 수 없다는 걸. 엄마는, 다신 돌아올 수 없다는 걸.

자학이다. 이건 엄연한 학대다. 그만둬야 한다. 다 지워 버려야 한다. 의학 따위 왜 공부하는 것이냐!

아무리 호되게 질책해도 의서에서 손이 떨어지지 않았다. 주철은 친구들이 놀릴 만큼 착실한 학생이었고, 성격이 치밀한 만큼 실수도 거의 없던 인턴이었다. 동료와 선후배들은 그런 주철을 경외하거나 믿음직스럽게 보는 게 아니라 독한 놈이라고 외면했다. 주철은 걸신들린 사람처럼 의서와 실습에 파고들었기 때문에 인간관계가 협소했다. 그리고 동료와 선후배들은 눈치채고 있었던 것 같다, 주철이 의학에 파고드는 이유를. 명예욕이나 투철한 봉사정신 때문은 아님을, 그보다 더욱 개인적이고 집요하며 누구도 접근하지 못할 무언가가 자리 잡고 있음을. 그래서 어둡고 차갑고 질린 놈이라고 주철 근처에는 거의 다가오지 않았다.

그래도 세상사는 오묘한 것. 주철은 점점 실력을 쌓아갔다. 인간성이 아무리 끝장이고 개판이라도 실력 앞에는 장사 없었다. 주철을 멀리하고 낯설어하며 말 한 번 섞기 어려워하던 사람들이 점차 주철 근처에 달라붙었다. 모를 주철이 아니었고, 그들의 새삼스러운 친절과 관심에 혹할 그가 아니었다.

다만 규식은 달랐다. 서현수처럼 파장이 맞아 주철과 친해진 인간이 있는가 하면, 본래의 오지랖이 넓어 주철까지 챙기려는 이규식도 있었다.

규식은 고학생이라곤 해도 구김 하나 없는 놈이었다. 힘들어도 항상 웃었고, 그 웃음은 지어낸 것이 아니었다. 그러니 비뚤어지고 뒤틀린 주철 같은 놈한테 붙어 있을 수 있던 거였다. 그 순수하고 곧은 마음 때문에.

규식이 자신을 받아들이지 않는 주철 때문에 힘들어하고 고민하는 건 알고 있었다. 하지만 주철은 이상하게도 규식에게만큼은 현수에게처럼 마음을 열 수 없었다. 겁이 났다고 할까, 귀찮았다고 할까. 놈의 밝은 면이 허황된 가식으로 보였고, 저렇게까지 남에게 잘 보이고 싶은 건가 진심으로 의아해진 때도 있었다. 그런가 하면 놈이 곁에 있으면 저도 모르게 마음이 놓이는 걸 깨닫고 매정하게 내쳐 버린 적도 있었다. 그래도 규식은 주철의 곁에 있어주었다. 주철이 지칠 때까지, 지치고 포기해서 규식이란 놈을 인정할 때까지.

규식은 언제 어느 때고 특유의 아이 같은 미소로 주철을 찾아왔었다. 그런 놈이 주철의 전 부인과 만나고 있다는 사실을 깨달았을 땐 이상하게도 이해가 되었다. 역시 오지랖 넓은 놈이라 내가 친 사고까지 수습하는 놈이라고. 그리고 주철을 안쓰러워하고 챙겼던 만큼 혜정을 안쓰러워하며 보살폈을 거라며. 그게 사랑으로 발전한 건 의외였지만 남녀 간의 일이니 아주 불가능하진 않았을 거라고.

규식은 주철의 이혼이 정식으로 결정되자 병원을 떠났다. 누구도 강요하지 않았다, 규식의 선택이었다. 규식이 떠날 것도 주철은 얼추 예상하고 있었다. 주철이 이혼한 이유에 대한 소문은 늦든 빠르든 병원을 돌 것이다. 그리고 손가락질받는 사람은 당연히 규식이 될 것이고, 생각보다 제 몸 피신은 잘하는 놈이라고 생각했었다.

마지막으로 규식이 인사를 하던 날, 주철은 그저 고개를 한 번 까딱이고 규식을 보냈다. 오랜 인연이 끝나는 순간이었는데도 주철은 원망의 말이나, 원한에 사무친 말이나, 아쉬움 같은 감정을 입에 담지 않았다. 마치 내일이라도 다시 만날 수 있을 사람처럼 그렇게 규식을 보냈다.

두 사람의 인사를 본 병원 식구들이 역시 매몰찬 곽 선생이라고 수군거리는 것도 들었다. 이 선생이 곽 선생한테 얼마나 잘해줬는데, 라고. 주철은 생각했다. 규식과 혜정이 재혼하면 저 소문은 분명, '곽 선생이 이 선생한테 그렇게 쌀쌀한 이유가 있었네' 쯤으로 바뀔 것이다.

먼저 등 돌린 주철을 규식이 불렀다. 아마도 함께 학회를 떠났던 밤, 규식의 집에서 전 부인의 파자마와 한 벌짜리 파자마를 발견한 뒤 처음으로 주철은 규식과 눈을 마주쳤던 것 같다.

규식은 허망해 보였다.

"아무 말씀도 안 하실 겁니까?"

넌 마지막까지도 내게 무리한 것만 바라는구나. 주철은 무심하게 규식의 따뜻한 커피색 눈동자를 훑었다.

"결국 내 잘못이었어. 어디 가든 행복해라."

전 아내의 외도 상대가 어쩌다 보니 규식이었다고, 주철은 진심으로 생각했다. 전 아내에게 외도를 꿈꾸게 하고 몰아붙인 건 자신이었다고, 주철은 알고 있었다. 규식을 규탄할 생각도, 아내의 부정을 손가락질할 자격도 주철에겐 없었다. 어쩌면 혜정에게는 규식이라, 규식에게는 혜정이라 잘된 것일 수도 있단 생각마저 들었다.

모든 건 그에게서 비롯되었다. 너무나 잘 알고 있었기 때문에 규식이 원하는 한마디는 끝끝내 들려줄 수 없었다. 규식은 아마도 용서받길 바랐을 텐데. 주철에게는 용서를 한다 만다 할 자격이 없었다.

규식을 돌아보지 않았다. 주철은 원내에 마련된 그의 방으로 들어가 긴 한숨을 내쉬었다. 오랜 시간 함께해 온 묵은 체증은 더욱 묵직하게 가슴을 압박했다. 한숨을 내쉬어도 이젠 한순간이라도 후련해지지 않았다.

이혼과 배신으로 인한 상처는 거의 없었다. 없어서 미안했다. 오히려 사과할 사람은 주철이었다. 두 사람에게 아픔과 통증과 고민과 상처를 주었으면서 정작 원인이 된 자신은 너무나 멀쩡하니까. 일이 이렇게 되어 안심할 뿐, 두 사람을 그렇게 몰아간 데 대해 반성하고 있질 않으니까. 그래서 주철이 해줄 수 있는 한마디는 '행복해라, 난 지워 버리고' 정도였다.

하지만 주철이 원하든 원치 않든 두 사람은 끝끝내 주철을 잊을 수 없을 것이다. 알고 있었다. 그래서 더욱 두 사람을 쪼아붙였어야 했다는 걸, 원한에 사무친 말을 던져 두 사람의 죄악감을 덜어줬어야 했다는 걸. 하나, 주철은 두 사람을 통속극의 주인공으로 몰아가고 싶지 않았다. 두 사람은 새 출발을 하는 것이다. 어둡고 외로웠으며 상처투성이였던 과거를 버리고 새 시작을 하는 것이다. 괜히 주철에게 얽혀 질척거리며 암울한 시작을 할 필요가 없었다.

주철은 끝까지 두 사람에게 무심한 자기 자신으로 남으면 그만이었다.

유일하게 깔끔하게 정리할 수 없던 것이 예지였다. 예지, 아버지를 제외한 그의 유일한 혈육. 탄생부터 성장까지를 유일하게 지켜보고, 보여주었던 아이. 아버지에게서는 혈육의 정을 느껴본 적 없었다. 엄마가 사고로 돌아가셨음을 알던 날, 엄마를 쏙 빼닮은 주철을 마치 엄마의 분신이라도 된 듯 더듬었을 때를 제외하곤 아버지는 주철을 한 번도 안아주지 않았다.

하지만 아이는, 그가 단지 자신의 핏줄이라는 이유로 무조건적인 애정을 요구했다. 주철은 예지의 존재가 버거웠다. 사랑하는데 사랑하는 마음이 낯설고, 표현하고 싶은데 표현하는 방법을 몰랐다. 혜정은 그런 면에서 완벽한 엄마였다. 예지는 아빠와 소원했음에도 밝고 환하며 씩씩한 아이로 자라주었다. 다 혜정 덕분이었다.

그런 예지가 규식의 아이가 된다. 예지의 양육권을 포기한 순간부터 주철에게는 아빠의 자격이 없기 때문에 규식의 아이가 된다고 해도 주철이 왈가왈부할 순 없었다. 그래도, 괴로웠다. 이젠 아이의 무조건적인 애정이 자신을 향하지 않으리란 점에. 어차피 성장하면서 옅어질 욕구이긴 했으나, 그때까지라도 대응해 줄 수 없다는 사실이.

아이와 떨어진다는 것이, 아이의 손을 놓아준다는 것이, 이토록 괴로울 줄은 정말 몰랐다. 유일하게 후회하는 부분이었다. 이혼을 하며 가장 상처받는 것도 아이일 테고, 가장 혼란스러운 것도 아이일 텐데, 아이 입장을 무시하고 이혼을 감행했다. 그는 아이에게 있어 언제까지나 나쁜 아빠로 남을 것이다.

그 생각을 하면 이혼을 번복하고 싶었다. 하지만 그 나름대로 혜정에 대한 애정이 있었다. 혜정이 그의 곁에서 말라죽는 걸 더는 지켜볼 수 없었다. 혜정도 행복하길 바랐고, 아이가 없으면 무너질 여자라 아이를 뺏을 수도 없었다.

예지가 아니었다면 이 이혼은 더욱 깔끔하게 정리되었을 것이다. 아이가 얽히면서 주철의 고통은 시작되었다. 평생 느낄 리도 없고 주철과는 평생 인연이 없다 생각했던 모든 고통과 절망이, 시작되었다. 엄마를 그토록 허망하게 보낸 후에 다신 느끼지 않으리라 생각했던 모든 감정이 물밀듯이 밀려들어 왔다.

그리움, 갈망, 애정에의 갈구, 화답, 포옹, 뭉클함, 설렘, 사랑스러움, 놓고 싶지 않은 욕망, 누군가에게 절대적으로 헌신하고 싶은 배려, 그 모든 것을 일컫는 하나의 감정, 사랑.

주철은 예지에게 사랑을 배웠다. 엄마의 손을 놓으며 죽였던 사랑을, 예지의 손이 닿으며 작은 새싹처럼 싹을 틔웠다.

그리고 그 중심엔 언제나 이안이 있었다.

주철은 뺨이 젖어드는 걸 알 수 있었다.

이안이 있었다. 썩지 않고 영원히 출렁이는 바다에 3%의 염분이 있었다면, 주철이 예지에 대한 애정과 엄마에 대한 기억이 상충되지 않으면서도 주철 몸 안에 공존할 수 있던 것은 이안이 있기 때문이었다.

여자를 희롱하는 건 그가 남자인 것을 자각했을 때부터 해온 짓이었다. 여자의 반응에 킬킬거리고 농락하는 건 그의 비틀린 성격이 자리 잡으면서 시작했던 짓이었다. 이안과 했던 모든 것은 그다지 새로울 것 하나 없는, 그에게 있어 정말로 식상한 짓들이었다.

근데 왜 이안이었을까. 왜 다른 숱한 여자가 아닌 하필 이안이었을까.

왜 이안의 말에 귀를 기울이게 된 걸까. 마침 그때 예지 일로 고민하고 있었을 때라 그랬나.

예지를 보낸 뒤에도 예지 사진을 세웠다가 엎길 반복했다. 이 갈팡질팡 엉망진창인 마음이 어디서 왔는지, 어떻게 풀어야 하는지 알 수 없어 괜히 이재와 현수 커플을 집적거리던 나날이었다. 예지를 만나지 않는 건 괴로웠지만, 예지와 만나는 게 더 괴로웠다. 보면 볼수록 자신이 얼마나 나쁜 아빠인지를 자각해서, 아이에게 정말 불필요한 존재라는 자각만 뼈저리게 다가와서, 아이에게는 사실 나 같은 건 필요없다는 걸 새삼 깨달아서, 주철은 아이와 함께 있을 수가 없었다.

근데 마치 뭔가 아는 사람처럼 이안이 그랬다.

"누가 좋은 아빠가 돼달래요? 나쁜 아빠면 어때, 아빠면 되지."

이안은 사랑받고 자란 사람이었다. 그냥 보면 알 수 있었다. 어리광쟁이라거나 떼쟁이란 뜻이 아니라 심지가 굳고 바른 사람이란 뜻이었다. 습관적으로 거짓말을 해대 이젠 진심과 거짓의 구별이 모호해진 주철과는 질적으로 다른 사람이었다. 언니를 아끼고, 가족을 사랑하고, 동시에 그들을 보호할 줄 아는 강한 사람이었다.

그 사람의 말이라서였나, 여느 때라면 반사적으로 삐죽 솟았을 반발의 말이 쑥 들어갔다. 누구의 말이든 한 번은 반박하고 반론하던 주철이었는데, 이안의 그 말엔 '정말?'이라고 생각해 버렸다. 그 사실을 깨달아 쑥스럽고 민망해서 간신히 '그게 얼마나 어려운 건지 모르나 보군'이라 대답했었다. 그리고 그건 일종의 반문이었다. '그게 그토록 어려운데도, 가능해?'라는.

이안은 너무나 쉽게 수긍했다. 애를 낳은 최소한의 의무라고.

권리가 아니라, 응당 해야 할 의무라고.

주철은 사실 이안을 끌어안고 창자가 끊어지도록 웃고 싶었다. 그랬어? 그렇게 쉬운 거였어? 그냥 내 자식이니까 사랑하면 되는 거였어? 누구의 아이가 되든, 어디서 어떻게 살든, 내가 제대로 된 인간이 못 되더라도, 아이는 그저 아이라 사랑하면 되는 거였어? 그래, 그게 내 의무였구나. 이게 부모의 도리였구나.

난 이미 알고 있었다. 엄마가 충분히, 넘치도록 충분히 보여주었었다. 주철은 모르는 게 아니었다. 엄마에 대한 죄책감과 추억이 너무 괴로워 묻어두고 있었을 뿐이었다. 주철도, 사랑받았다. 너무나 너무나 행복하고, 너무나 너무나 소중한 사랑을 받았다. 다신 받을 수 없었지만, 사랑받았단 사실은 사라지지 않는 것이다.

아직도 엄마를 생각하면 가슴이 꽉 막히고 그저 도망가고 싶은 마음뿐이었다. 그는 엄마를 죽음으로 내몰았지만 살려낼 수가 없었다. 그 시간으로 되돌아갈 수도 없었고, 그 당시의 선택을 번복할 수도 없었다. 주철은 무력했다. 그는 너무나 무력했다. 할 수 있는 게 한 가지도 없었다. 그가 후회를 하든 말든 상황은 이미 종료되어 있었다. 세상 사는 모든 인간에게 불가능한 일이라 해도, 그만은 해냈어야 했을 일이었다. 하나, 해내지 못했다. 해낼 수 없었다.

그런데 이안이 알려주었다. 내 자식이니까 그저 사랑해 주면 된다고. 서툴든 지랄맞든, 그게 사랑이면 된다고. 무관심이 더 큰 상처라고, 가장 잔인한 일이라고.

그 말은 예지에게는 당연히 받아야 할 아빠의 사랑을 받아 행복해져야 한다는 뜻 같았다. 주철이 자식이니까, 엄마의 자식이니까 행복해져야 하는 것과 같은 이치로. 사람은 단지 누군가의 자식이란 이유만으로도 충분히 사랑받고 행복해져야 함을, 이안은 말해주었다.

그런 널 내가 놓을 수 있을 것 같아? 정말로, 내가 널 단념할 수 있을 것 같아?

그래도 해야 돼. 엄마 때는 못했지만, 너 때는 해야 돼. 다신 사랑하는 사람을 불행에 빠뜨릴 수 없어. 나로 인해, 나와 엮여, 사랑하는 이들이 불행해지는 건 이제 정말 싫어.

주철은 눈을 떴다. 뺨을 꼭꼭 누르는 서툰 손짓을 느꼈다. 그리고 이안과 눈이 마주쳤다.

"깼어요? 여기 병원이에요."

"어떻게……."

"밤새 앓았어요. 기억나요? 그리고 제발 부탁인데, 앞으로 아프면 아픈 티 좀 내요. 열이 좀 있는 정도인가 했는데 쓰러질 정도로 앓다니, 왜 그렇게 사람이 미련해요?"

이안의 맵시 있고 날씬한 손이 주철의 이마를 쓸었다. 이안이 가볍게 한숨을 뱉었다. 실내의 창백한 조명 때문인지 이안의 얼굴이 그새 핼쑥해 있었다.

"실려왔을 때보단 상태가 낫네요. 의사는 좋구나. 자기네 병원에 실려오면 사람들이 알아서 움직여 주니까. 어제 정말 손가락 하나 까딱하지 않은 거 있죠. 뭘 가져와 쓰라고 하면 쓰고, 비키라면 비키고, 증상 몇 개 말하고, 그러니까 끝이던걸요. 게다가 웬만한 의사며 간호사는 다 본 것 같네. 그렇게 인기가 많은 줄 몰랐어요. 구급차에 실려온 데다 응급실에 누워 있다니까 무슨 큰일난 줄 알고 다들 와봤다구요. 나중에 걱정해 줘서 고맙다고 해요. 전에 봤을 땐 하도 서먹해서 왕따인가 했더니, 다시 봤어요."

이안이 수다스럽다. 손을 치우는 동작이 어색하다. 시선이 주철에게 잠시 머무르다 곧 발치로 떨어진다. 주철은 이안을 말끄러미 바라보았다. 얼마 동안 정신을 잃었는지 모르지만 이안이 지금까지 여기 있다는 게 더 중요했다. 이안이, 곁에 있어주었다.

"내 이혼 때문에 그래."

"네?"

"사람들이 날 대할 때 어색한 거. 원래 친하지도 않았지만, 내 후배하고 전 부인하고 이번에 결혼하거든. 그러니 어찌 대해야 할지 몰라 어색한 거겠지."

목소리가 많이 갈라졌지만 말할 때 숨이 찰 정도는 아니었다. 전날 밤과 비교하니 정말 많이 나아진 것 같았다. 주철은 일어나 앉으려 했다. 이안의 얼굴이 다시 새하얘졌다. 이안은 놀라 말렸지만 주철은 고집을 부렸다.

"하여튼 누가 말려."

"너, 내가 그렇게 좋아?"

습관적으로 불퉁스런 말투가 나왔다. 이안이 다시 하얗게 질렸다. 안 그래도 창백했던 안색이었다. 이안은 응급실이라고 했지만 주철이 깨어난 곳은 일반병동이었다. 더군다나 일인실. 주철의 까탈스러운 성격을 알고 병원 측에서 알아서 일인실을 잡은 모양이었다. 꽤 힘들었을 텐데.

이안은 곧 태연함을 가장했지만 눈가의 어둑한 기운과 하루 새에 핼쑥해진 뺨은 그대로였다. 계속 곁에 있었나 보다. 지금은 이안이 더 아파 보였다.

"예전에도 한번 말했잖아요. 호의와 기본을 헷갈리지 말라고."

"어느 여자가 언니 친구 병상을 지켜? 자기 친구도 아니고, 연인은 더더군다나 아닌데."

"이봐요……."

주철이 침대에서 발을 내렸다. 이안은 정말 놀라 주철의 어깨를 잡아 밀었다. 주철은 이안의 손을 꼭 잡았다. 이안이 반사적으로 손을 떼려 했지만 주철의 악력을 이기진 못했다.

"뭐 하는 거예요?"

"우린 안 돼."

이안의 눈동자가 술렁였다. 그러나 곧 잠잠해졌다.

"이유를 알려줘요."

"너와 네 가족을 슬프게 할 거야."

"당신 과거 때문에?"

"나란 놈 자체 때문에."

"······그렇게 썩은 놈이에요?"

나쁜 놈보다 훨씬 더 주철에게 어울리는 표현이었다. 주철은 싱겁게 웃었다.

"그래."

"왜?"

주철의 시선은 결국 참지 못하고 발치로 뚝 떨어졌다. 한 번도, 누구에게도 말하지 않던 진실을, 마음에 띄워 올려 입 밖으로 내보내려 하고 있었다. 다른 누구도 아닌 정이안에게. 사실 가장 숨기고 싶었던 사람에게.

"난 엄마를 죽였어."

이안의 손이 차갑게 질려갔다. 하지만 손을 빼려 하지 않았다. 주철이 이안의 손을 놓았다.

"댁이 태어나며 어머니가 돌아가신 거라고 하면 죽여 버릴 거예요."

주철은 어쩔 수 없이 쿡쿡 웃었다. 허파에 바늘 침이 꽂힌 것처럼 따끔거렸지만 웃음을 그칠 이유가 되진 못했다.

"아니야. 열다섯 살 때, 내가 엄마를 버리면서야. 우리 엄마는 아버지의 세컨드였어. 아버지의 본처가 아이를 낳지 못하자 날 데려가고 싶어했지. 아버지는 부자였고, 엄마는 가난했어. 난 가난이 지긋지긋했고, 나 하나만 보고 사는 엄마는 더 지긋지긋했어. 아버지를 선택했지, 엄마를 버렸어. 엄마는 납득하지 못하고 날 몇 번이나 찾아와 설득했지만 그때마다 모진 말만 했어. 사실 엄마가 지겨웠다고, 엄마의 애정은 날 미치게 만든다고. 그래도 날 찾아오던 엄마는 교통사고를 당해 돌아가셨어."

이안의 창백해진 뺨에 젖은 물줄기가 한 줄 그려졌다.

"정말, 이에요?"

"너무 나다워서 안 믿기나 보군. 집 앞에서는 절대 만나주지 않으니까 내가 피할 수 없게 학교로 찾아오셨던 모양이야. 그러다 차에 치였어. 그렇게 부주의한 분이 아니었는데. 횡단보도로 건널 때도 항상 양쪽에서 오는 차를 확인하고 건너고, 파란 불이라도 차가 완전히 멈추는 걸 확인하고 건너라던 분이셨거든. 내가 만날 애인 줄 아셨어. 난 열다섯 살이나 되었는데 말이야."

입가에 짭조름한 수분이 고였다. 주철은 고개를 살짝 돌려 이안 모르게 뺨을 슥 훔쳤다.

"사실은 엄마가 행복하길 바랐어. 난 누가 봐도 엄마를 닮았는데 엄마는 날 보며 아버지를 떠올리셨지. 엄마는 젊고 예뻤어. 고생을 많이 해 얼굴빛은 어두웠어도, 날 볼 때면 언제나 웃어주셨지. 고생시켜서 미안하다고 매번 말을 하는데, 난 사실 고생이라고 생각도 못했는데, 엄마의 그 말 때문에 내가 고생한다고 생각했어. 그래서 도망가고 싶었어. 날 고생시키는 엄마한테서. 그리고 내가 고생시키는 엄마한테서. 아버지를 생각나게 하지 않는 내가 사라지면 엄마도 새 출발할 줄 알았어. 나만 없어지면 엄마한테 세컨드였던 과거가 사라지니까. 왜 날 그토록 사랑해서 과거를 버리지 못하는지 답답했어. 차라리 날 버리지, 그럼 적어도 엄마는 고생하지 않아도 되잖아. 언제든 새 출발할 수 있잖아. 엄마도 행복해질 수 있잖아. 그렇게 허망하게 가버리실 줄은 정말 몰랐어."

왜 이런 말까지 할까. 정말 아무에게도 한 적 없는 말이었는데. 안 하던 말을 하려니 뭐까지 연관되어 나올 줄 몰랐던 게 실수였달까. 그래도 상관은 없었지만.

엄마가 돌아가실 때의 나이는 고작 서른여섯, 지금 주철의 나이였다. 너무 젊었고, 너무 예쁜 사람이었다. 동네 아주머니들이 엄마를 붙잡고 재취 자리라도 알아봐 준 걸 알고 있었다. 호적은 깨끗하니까 아이만 제 아빠에게 보내면 총각하고도 결혼할 수 있다고. 여자의 행복은 뭐니 뭐니 해도 남자가 있어야 하는 거라고.

엄마는 난처해하며 거절하다 나중에는 진심으로 화를 냈다. 같은 애엄마면서 애를 버리란 소리를 하는 거냐고. 애 아빠한테 보내는 게 왜 버리는 거냐는 아주머니의 반박에, 내 손으로 키우지 않는 게 버리는 거라던 엄마의 대답이 생생했다.

주철은 간단한 도식을 세웠다. 주철이 없으면 엄마는 누군가의 떳떳한 부인이 되어 손가락질받지 않고도 살 수 있다. 세상이 어떻게 변했다 한들 세컨드에게 쏟아지는 시선이 고울 리 만무했다. 그런 삿대질도 없이, 비난도 없이, 다른 아줌마들처럼 엄마도 평범한 행복을 누릴 수 있다. 하지만 엄마는 주철을 버리지 못한다.

그럼 주철이 엄마를 버리면 되는 일이었다. 그리고 당시에는 진심으로 아버지가 제공할 환경에 눈이 멀기도 했다. 사랑한다며 애정을 무조건적으로 쏟아 붓는 엄마의 진심을 못 미더워하기도 했다. 사실은 엄마도 내가 없길 바라는 거 아닌가, 그런 마음이 들어 미안하니까 더 잘해주는 거 아닌가. 엄마가 비겁하고 엄마의 애정은 거짓되어 보였다.

그렇게 엄마를 버리고, 사실은 엄마를 위해서였다는 만족에 그득해 새 생활을 시작했다.

지금 돌이켜 보면 우습지도 않았다. 가식적인 새어머니와 자식에게 무관심한 아버지, 항상 첩의 아들이라고 멸시하던 아버지의 가족들, 개돼지 짐승만도 못한 취급을 하던 새어머니의 가족들, 그 삶이 당연히 행복하리라 생각을 했다니. 정말 어린아이의 무지는 우습고도 서글픈 것이었다.

엄마를 죽인 대가가 이것이던가, 엄마를 죽음으로 몰아붙이면서까지 원했던 삶이 이것이었던가.

따뜻한 물이 항시 나오는 욕조와 싱크대, 더울 정도로 따뜻한 방, 원하는 공부는 원하는 만큼 할 수 있는 풍족한 환경, 먹고 싶은 게 있으면 바로 먹을 수 있고, 음식이 물리면 안 먹을 수도 있는 물질적으로는 정말로 풍족한 삶. 그게 내가 원하는 것이었던가.

엄마를 버리고 나 혼자 이렇게 사는 것이. 어른들의 비난과 아이들의 조롱은 환경이 변해도 달라지지 않는데, 오히려 더욱 몰래몰래 수군거리며 사람의 비위짱을 있는 대로 상하게 하는데, 오히려 더욱 교묘해지고 악랄해져서 삶의 의지를 꺾게 되는데. 이게 정말 내가 원한 것이었나.

하지만 주철은 견디고, 버텼다. 내가 원한 것이었다. 그래, 엄마의 생을 버리면서까지 내가 원하던 것이었다, 그러니 살아주마, 난 살아남을 것이다.

그렇게 살아남았고, 지금까지 살고 있었다. 그리고 이렇게 살기로 결심한 순간 그때까지 지니고 있던 소중한 무언가를 포기하게 되었다. 웃음을, 행복을, 인간답게 살아야 할 의미를. 숨을 연명하는 게 삶의 전부는 아닐 것이다. 살아가는 의미가 틀림없이 있을 것이다. 그 의미를 주철은 잃어버렸다.

재현일 안기 전까진 뭔가 결여된 채 살았다는 것도 잊고 있었다. 무뎌지고 적응해서 이렇게 사는 게 당연한 거라고 여기고 있었다. 하지만 두 손에 주어진 묵직한 무게가, 그를 똑바로 바라보는 새카만 눈망울이, 잊고 있던 상실감을 깨닫게 해주었다. 그가 놓아버린 자식의 온기를, 그가 끊어버린 어머니의 삶을, 그가 가져선 안 될 이안의 미소를. 왜 놓았는지를, 왜 끊어버렸는지를, 왜 가져선 안 되는지를 알아버렸다. 그는 누군가를 행복하게 해줄 수 없으니까. 스스로가 행복해지는 걸 용납하질 않으니까.

스스로가 행복해지길 바라지 않는데 누구를 행복하게 해줄 수 있을까. 예지에게 친부가 필요하다면 적당할 때 친부 노릇을 해줄 수 있고, 행복하길 바란다면 행복해질 방법을 강구할 순 있다. 그러나 예지와 함께 행복해지는 건 생각하지 못했다.

이안은 달랐다. 이안의 행복을 위해서라면 얼마든 떠날 수 있었고, 죽어야 한다면 웃으며 죽을 수 있었다. 그렇게 이안이 행복해진다면, 그도 조금쯤은 살아갈 가치를 찾을 수 있을 것 같았다.

그래서 이 손을 놓는 것이다. 이안에게 안녕을 고할 것이다.

"내가 바보였어요."

이안의 손이 어깨에 닿았다. 여전히 서늘하고 핏기가 가신 손이었다. 주철은 웃으며 이안을 보내고자 했다. 입가가 살짝 경련했지만 이안은 모를 것이다.

"당신이 날 도발하려는 건 줄 알았어. 사실은 내 관심을 끌어보려는 수작일 거라고……. 그래서 우리는 시작할 수 있을 거라고. 하지만 아니었던 거죠."

"그래."

"나하곤, 시작할 각오가 없는 거야."

이안을 밀어내고 상처 입히긴 했지만 이안의 존재 가치를 무너뜨리려는 건 아니었다. 주철은 반박하려 했다. 그냥 잘못 걸

린 거라고 생각하라고, 넌 얼마든 다른 사람과 예쁜 시작을 할
수 있다고.

"엄마의 행복을 위해서라고 놓아줬는데 엄마는 결국 돌아가
시고 말았다고요. 그 뒤에야 엄마의 진짜 행복이 뭔지 알게 됐
어요?"

'진짜 행복?'

생각해 본 적 없었다. 이안의 시각은 언제나 주철의 사각을
찔러왔다.

"여자로서의 삶보다 엄마로서의 삶이 더 행복했던 거잖아. 그
래서 그 행복을 되찾아오려던 거였잖아요. 포기하지 않고 계속
계속, 자기 행복을 찾아가셨던 거잖아요. 엄마를 불행하게 만들
어서 죄스러워요? 용서받지 못할 것 같아서 용서도 구하지 않았
어요? 엄마가 바라는 게 뭔데, 엄마들이 미련할 정도로 바라는
게 뭔데! 자식의 행복이잖아! 당신도 부모면서 그것도 몰라요?
날 거부하는 것도 그것 때문이죠. 알량한 죄책감에 사로잡혀서
엄마를 불행하게 죽여놓고 자기는 행복해질 수 없다는 거. 어쩜
이리 빤할까, 어쩜 이리 단순해! 그게 엄마 마음을 위하는 거라
고요? 평생에 걸쳐 외로이 불행하게 살다 죽는 게? 자기한테 손
내미는 행복 따위 무시하고 사는 게? 정말 대단해! 나 같은 건
따라가지도 못하겠어! 평생 그렇게 살아요, 평생 엄마를 위한답
시고 불행의 구렁텅이에 빠져 살라고! 아파 죽든, 불행해 죽든,
이젠 나도 당신한테 신경 안 쓸 거야!"

머리보다 마음이, 마음보다 몸이 먼저 움직였다. 주철은 뚜벅뚜벅 그의 삶에서 멀어지는 이안을 쫓아갔다. 다리에 힘이 없어 무너져도, 주삿바늘이 뜯겨 나가 피가 몽글몽글 솟아도, 기어서라도 이안을 쫓아갔다.

간신히 제대로 서 문 앞에 도달했을 때 이안은 저만치 엘리베이터를 향하고 있었다.

"정이안……."

못 들은 것인가, 못 듣는 척하는 것인가? 여자는 돌아보지 않았다. 주철은 벽을 짚고 한 발짝, 한 발짝 힘겹게 움직였다. 미쳐 버리겠다. 여자는 벌써 저만치 사라졌는데 빌어먹을 몸뚱이는 그의 뜻대로 움직이지 못했다. 머리는 빠개질 듯 아파오고 눈앞은 열이 다시 도는지 흐릿해 도무지 여자와의 거리가 줄어들지 않았다.

그의 모습을 보고 환자들이 움찔움찔 피하는 것도, 간호사가 놀라 달려오는 것도 주철은 모르고 있었다. 그저 이안만 보였다. 이안만 보려 했다.

"정이안……!"

하나, 끝끝내 여자는 돌아보지 않았다. 간호사가 그를 가로막고 병실에 돌아가라고 명령했다. 하지만 누구의 목소리도 들리지 않았다. 누구의 모습도 보이지 않았다. 오직 이안만, 이안만……. 주철은 사력을 다해 다시 한 번 이안을 불렀다.

그러나 이미 이안은 차가운 엘리베이터 벽 너머로 사라졌다.

주철은 소원하던 대로 오롯이 혼자가 되었다.

이건 사랑이 아니야, 사랑이 아니었어. 사랑일 리 없어. 그랬다면 난 돌아서지 않았을 거야. 그 아픈 사람 혼자 내버려 두고 이렇게 도망치지 않았을 거야. 그 사람이 엄마 일로 얼마나 오랜 시간 자책해 왔는지, 사실은 얼마나 아파했는지 여실히 와닿았으니까, 사랑이었다면 그 사람을 혼자 둘 리 없어.

그러니까 사랑이 아니야.

이안은 그 자리에 주저앉았다. 병원 밖을 수런수런 오가던 사람들이 이안이 와락 주저앉자 슬금슬금 피했다. 그럼 이건 뭐야? 왜 이렇게 가슴이 아픈 거야? 왜 이렇게 괴로운 거지?

사실은 더 퍼붓고 싶었다. 너무나 고귀하셔서 따라잡을 수 없으니 원하는 대로 실컷 혼자 살아보라고. 이해해 줄 사람이 평생 가야 나타날 줄 아냐고. 혹은, 미친 척하고 남자를 위로하고도 싶었다. 그랬냐고, 많이 힘들었겠다고, 하지만 그게 날 밀어내야 하는 이유인진 잘 모르겠다고.

아니, 그럼 무슨 이유가 더 필요한데?

너 필요없대지, 좋아하지도 않는대지, 사랑은 더더군다나 아니라지. 그만큼으로도 충분한데 널 밀어내야 하는 또 다른 이유가 왜 필요해?

그럼 그 남자는 왜 그런 이야기를 한 거야? 그런 이야기, 형부한테나 간신히 할 법한 사람이잖아. 지금까지는 자기 속은 눈곱만큼도 안 비췄으면서 왜 갑자기 민감한 가정사를 들먹였냐고. 날 그렇게까지 떼어내고 싶었던 거야? 내가 실은 자기가 말한 거 하나도 안 믿는다는 거 알고, 어떻게든 날 떼어내려고 지어낸 거야?

아냐. 사실 지어낸 말이길 바라지만, 지어낸 말은 아니야. 이안은 거의 처음으로 내비쳤던 남자의 진실한 눈동자를 믿었다. 그 눈동자에 아로새겨진 깊은 아픔과 통증도. 아무리 주철이 사기에 재능이 있고 거짓말에 능통하다 해도 그런 눈빛을 지어낼 순 없는 법이었다. 오히려 지어낸 것이라면 이안은 그 느물스런 거짓말과 같잖은 변명에 혐오를 느꼈을 것이다.

왜 그렇게 약하냔 말이야. 여태까지 자기 혼자서든 자기 잘난 맛에 얼마든지 살 것처럼 뻐겨놓고, 실은 왜 그렇게 약해 빠졌냔 말이야. 엄마가 죽은 건 자기 탓이라고? 엄마가 불행했던 것도 자기 탓이고, 엄마가 죽은 것도 자기 탓이면, 자기가 엄마의 신이라도 돼? 냉정한 말이지만 그 모두가 엄마의 선택이었잖아! 아들과 함께 행복하고 싶어서 내린 용기있는 결단이었잖아! 거기에 응하지 못해서 사실 괴로웠던 거지, 당신. 정말은 엄마랑 있고 싶었는데 엄마를 잃은 다음에야 깨달아서, 그게 너무 아프고 괴로워서, 기억하고 싶지 않았던 거지.

자기 마음도 모르는 바보. 엄마 마음도 몰라주는 철 덜 든 어린애! 이안은 실컷 주철을 욕했다. 욕하고 원망하고 미워하고 씹어대고, 그리고 울었다.

난 대체 그 남자 어디가, 이렇게까지 좋은 거야…….

이재 언니가 있었다면 물었을 것이다.

'후회하니?'

이안은 고개를 끄덕였다.

'후회해. 나 아프다고 그 사람 버리고 왔어. 나 힘들게 한다고 그 사람 놔버리고 왔어. 내가 필요없다고 해서, 그렇게 힘들어 죽겠으면서도 나한테 손 내밀긴커녕 자꾸 쫓아내 버려서, 확 도망 와버렸어, 그 사람 혼자 내버려 두고.'

자꾸만 남자가 부르는 것 같아 돌아보고 싶었다. 그러다 자기의 어리석음에 울음이 울컥 비져 나왔다. 그럴 리 없지 않은가. 드디어 그가 소원한 대로 떠나주었는데 왜 이제 와 날 부르겠는가.

하지만 헛소리를 들을 정도로, 실은 원하고 있었단 뜻인가.

그 남자의 곁에 있길. 무시무시하고 아픈 과거에 혼자 남겨진 그의 곁에, 함께 있길.

주철은 아마 모를 것이다. 불행하고 힘들고, 지긋지긋한 고난이 따라붙고 죽도록 괴로워도, 단지 그 사람을 떠올리는 것으로도 웃을 힘을 얻을 수 있다는 걸. 그리고 그런 때일수록 함께 있고 싶고, 곁에 있어주었음 좋겠고, 곁에 있게 허락해 주길 바라는 마음도 있다는 걸. 그런 행복과 그런 사랑이 있다는 걸.

사실 이안도 몰랐다. 남자의 어머니에 대한 과거사를 들을 때 실은 겁이 났다. 너무 어마어마한 죄책감과 슬픔을 동시에 감지

해서, 도망치고 싶었다. 남자가 너무 불행하고 버거워 보여서, 아아, 이래서 이 남자가 날 보내려는구나, 느낄 수 있었다. 그리고 그의 배려대로 이안은 도망쳐 왔다.

그러나 정말은, 정말 정말은, 한 대 팍 쳐주고 '이젠 내가 있잖아요' 호기롭게 대꾸하고 싶었다. 이안은 픽 웃어버렸다. 말도 안 돼. 내가 무슨 유치원생도 아니고. 그런 약속은 유치원생한테나 먹힐까? 유치원은 유치하다고 근처에도 안 갔을 것 같은 곽주철 씨한테는 어림도 없는 소리다.

이안 자신도 믿지 못하는 약속을 어떻게 한단 말인가. 그리고 그렇게 무거운 분위기에서, 네가 뭐가 그리 대단하다고, 그의 상처를 웃음으로 털어내려 한단 말이냐. 정이안, 넌 진짜 아직 멀었다.

그래도. 이안은 천천히 일어났다. 이상하게 주변에 사람이 없었다. 그러거나 말거나 이안은 천천히 움직였다.

그래도, 비웃음이라도 좋으니까, 조롱이라도 좋으니까, 그 사람이 웃는 걸 보고 싶었다.

그리고 정말 정말 가당치 않지만, 맘속 깊은 곳으로 '병신'이라 욕할 테지만, 내 말을 듣고 열에 하나, 백에 하나, 만에 하나, '정말?'이라고 생각해 주길 바랐다.

아, 못나다, 정이안.

이안은 어느새 다 밝아버린 아침을 보며 한숨을 폭 내쉬었다. 잘릴 각오하고 월차 내서 이게 뭐 하는 짓거리냐. 밤새 선잠 잤지, 남자가 뒤척이면 같이 깼지, 열이 내려가지 않을까 봐 간호사 족쳤지, 엄마가 걱정하는 것 생각도 못하고 핸드폰은 남자 집에 두고 왔지. 정말 온갖 바보짓은 다 했다.

하지만 이젠 떨칠 때인가.

저렇게까지 나 싫다는데, 난 이제 저 남자를 위해서라도 저 남자를 잊어야 하지 않나. 저 남자를 향한 마음을 접어야 하는 거 아닌가.

그럼 접어져? 마음속 한구석에서 누군가 물었다. 이안의 어깨가 가볍게 떨렸다.

아니.

"정이안……."

이안은 거짓말처럼 나타난 남자를 보고 저도 모르게 주변을 돌아보았다. 이거 꿈인가? 여긴 꿈속인가? 왜 이 남자가 나타나지?

"이안아……."

저기, 잠깐, 그렇게 부르지 말아요. 그렇게 부르면 간신히 억누른 마음이, 눈물이…….

"이안아……."

남자가 다가왔다. 거짓말, 여태 밀어냈으면서, 여태 쳐냈으면서, 왜 오는 건데? 왜, 왜!

"젠장."

남자는 이 와중에도 욕을 했다. 그럼과 동시에 이안을 껴안았

다. 남자의 품은 딱딱했고 이안에게 두른 팔은 너무나 절박했
다.

"안 된다는 거 아는데, 젠장, 젠장……."

이안의 뺨에 닿은 남자의 가슴팍이 젖어갔다.

"가지 마, 가지 마라. 나 혼자 두지 마라."

이안은 불현듯 깨어났다. 꿈이 아니었다. 뺨에 딱딱하게 맞닿
은 가슴은 허상이 아니었다. 이안은 그를 밀쳤다. 격렬하게, 진
절머리를 내며 그를 밀었다.

"싫다며, 나 싫다며!"

"그래, 싫다."

"거짓말쟁이, 못된 놈, 나쁜 자식……."

"너마저 나 때문에 불행해진다면 난 더 살 수가 없어."

남자는 보다 더 세게 이안을 끌어안았다. 하지만 이안은 필사
적으로 저항했다. 싫었다, 왜 이 남자가 자신을 잡는지도 모르
겠고, 대체 무슨 생각인지도 모르겠고, 자기는 왜 이토록 거부
하는지 모르겠다. 그저 무서웠다. 이러고도 다 거짓말이라고 할
까 봐, 이미 남자에게는 그런 전적이 있으니까, 이번에도 완벽
히 잘려 버릴까 봐.

"이안아, 이안아, 제발……."

"놔, 이젠 안 믿어. 안 믿을 거야! 나도 당신 싫어, 이젠 미워,
그러니까 이거……."

"넌 꼭 행복해져야 해."

"당신이 신경 쓸 바가⋯⋯."

"내가 사랑하는 사람은 행복해졌음 좋겠어."

이안은 무너졌다. 결국, 한계를 넘어버리고 말았다. 이 남자가 미웠다, 정말 미웠다. 일점 희망까지 짓이겨 죽이더니 이제와 사랑한단다. 마음에 비수를 꽂고 조각조각 난도질을 하더니, 그게 다 사랑이었단다. 믿어지지 않았고, 믿고 싶지 않았다. 남자는 능숙한 거짓말쟁이였다. 이안을 달래는 말 한두 가지쯤은 상비해 놓고 있을 남자였다.

하지만 그런 남자라도 평생 하지 않을 거짓말이 하나 있었다.

이안은 엉엉 울었다. 남자에게 매달려, 남자의 품 안에서, 정말 엄마 잃은 아이처럼 서럽게 울었다.

"가지 마."

"왜, 왜 이제 와서⋯⋯."

"모르겠어. 그냥, 이젠 정말 혼자라고 생각하니까 무서웠어. 널 보내고 나면 내 인생은 정말 끝장날 것 같아서."

"그럼 내가 아니라도⋯⋯."

"네가 아니면 무슨 소용이야."

남자의 한숨이 정수리를 스쳤다. 남자의 목소리가 심장을 스쳤다.

"사랑해 달라곤 하지 않아. 그냥 널 사랑하게 해줘. 내가 받았던 만큼, 놓쳤던 만큼, 널 사랑하게 해줘."

엄마의 이야기를 하는 것 같았다. 엄마에게 받았던 만큼, 엄마의 사랑을 놓쳤던 만큼, 사랑하게 해달라는 이야기 같았다. 예지의 이야기 같았다. 예지에게 받았던 만큼, 예지를 놓쳤던 만큼, 예지에게 주었어야 할 만큼 사랑하게 해달라고 조르는 것 같았다. 이안은 눈을 꾹 감았다. 이러다 눈알이 녹아 흘러 나가 버릴지 모른다. 이 남자 때문에 얼마나 울었었는지, 앞으로는 또 얼마나 울지 짐작도 되지 않았다. 하지만 이안은 울어도 괜찮았다, 지금처럼 그가 안아준다면.

"다 끝난 줄 알았어요……. 이제 정말 다 끝났다고 생각했어."

정말 무서웠었다. 정말 많이 무서웠었다. 그는 알까? 그에게 거부당한 순간엔 아무것도 떠오르지 않았다. 따뜻한 부모님의 품도, 항상 이안의 편이었던 이재도, 마음으로 받아들였던 친구들도, 누구 하나 떠오르지 않았다. 그가 사라진 순간 빛나던 모든 것들이 빛을 잃었다. 그가 끝끝내 거부한 순간 생생히 살아 숨 쉬던 따뜻한 것들이 차갑게 굳어졌다. 사랑해 달라고 하지 말라니, 이미 이렇게 사랑하고 있는데. 이미, 그가 전부가 되어 가고 있는데.

"미안해……."

남자의 입술이 이안의 정수리에 닿았다. 따뜻하고 조심스러운 입맞춤이었다. 이안은 눈을 떠 그를 바라보았다. 남자의 눈동자가 이안에게 고정되어 맑은 빛을 발했다. 남자는 이안이 아는 곽주철이 아닌 것 같았다. 처음 보는 눈빛, 처음 보는 애처로운 애정이 묻어나는 눈빛, 슬픔이 옅게 배어 희미한 향을 풍기는 눈빛이었다.

당신, 언제나 이런 눈으로 날 보고 있었어? 나 정말 당신을 믿어도 될까?

질문은 무의미했다. 이안의 답은 이미 내려져 있었다. 그가 쫓아온 순간부터, 그가 이안을 부른 순간부터, 이안의 마음은 답을 내리고 있었다. 이안의 손이 남자의 뺨을, 젖은 광대뼈를 부드럽게 쓸었다.

"믿어지지 않아……."

이안의 음성이 가늘게 떨렸다. 남자는 이안의 손 안에 부드럽게 기대왔다. 작은 고갯짓이었을 뿐인데 이안의 마음이 그득 차올랐다. 진짜다, 정말이었다. 지금 이 순간, 남자의 떨리는 호흡, 손을 적신 서늘한 수분까지도 모두 현실이었다. 이안은 남자를 끌어안았다.

남자의 호흡이 더욱 불규칙하게 흐트러졌다. 남자가 숨죽여 흐느꼈다. 기쁨보다는 더욱 애잔한 무언가가 깔린 울음이었다.

처음에는 이안에게 미안해서 우는 거라고 생각했다. 이안을 잡고만 자신의 나약함에 우는 거라고.

"미안해, 미안해요……."

이안에게 하는 말이 아니었다. 느낌이 달랐다. 그렇다면 누구에게 사과하는 거지? 혹시 어머니?

눈물이 핑그르르 돌았다.

대체 얼마나 한 맺힌 세월을 보냈기에……. 어머니가 돌아가
시고도 이십여 년이 훌쩍 지났다. 그동안 죄책감은 조금도 엷어
지지 않았던 건가? 그의 가슴에 깊게 그어진 상처는 조금도 나
아지지 않았던 건가?

누구, 당신이 아픈 거 알아주지 않았어요? 누구 한 사람, 당
신이 아플 때 안아주지 않았어요? 오직 혼자 이 아픔, 이 고통,
이 슬픔, 다 견뎠던 거예요?

이안은 어느새 흐느끼고 있었다. 그는 틀림없이 아픈 내색을
하지 않았을 것이다. 아픈 내색을 할 자격도 없다고 생각했을
것이다. 기댈 사람도 없었을 테고, 누군가에게 기대도록 용납하
지도 못했을 것이다.

어떡하지, 이 사람 불쌍해서, 가엾어서, 어떡하지…….

이제는 부디 그가 그 자신에게 관대해지길 바랐다. 그는 용서
받을 수 없는 죄를 저질렀다지만 그를 사랑했고 여전히 사랑할
어머니의 생각도 그럴까. 아닐 것이다. 절대 아닐 것이다. 그가
조금이라도 알길 바랐다. 그의 어머니의 마음을, 그의 어머니가
정말로 바란 게 무엇이었는지를.

하지만 지금은 조금 알 것 같은가 보다. 그의 마음속에서 항
상 슬퍼하던 어머니지만 사실은 슬퍼하기만 한 건 아니라는 걸.
그를 돌아보며 손을 내밀어주었다는 걸. 그리고 그는 이십여 년
이 지난 지금에야 어머니가 항상 손을 내밀고 있었다는 걸 알게
되었나 보다.

지금쯤 그 손을 마주 잡고 있을까? 그 손이 여전히 따뜻하다는 걸 알게 되었을까?

이안은 그렇게 남자의 눈물을 가슴으로 받아들였다. 지금은 많이 울고 이제부턴 둘이 함께 많이많이 웃자고, 힘들었던 만큼 앞으론 더 행복해지자고, 당신은 그럴 자격이 충분히 있으니까. 그리고 맹세했다. 다신 이 사람이 혼자 아프게 두지 않겠노라고. 모든 아픔, 모든 눈물, 다 낫게 하고 다 닦아줄 순 없겠지만 그래도 항상 함께 있겠노라고. 항상 곁에 있을 거라고. 그러니까 지금은 울어요. 아픈 거, 슬픈 거, 모두 흘려버려요.

제 8 장

현수는 주철의 차를 보고 의아함과 동시에 반쯤은 이 사태를 예상하고 있던 자신을 깨달았다. 주철이 차에 비스듬히 기대 담배를 물고 있었다. 현수를 발견하더니 턱짓으로 아는 체를 했다.

"웬일이냐?"

"우선 타. 차는 마나님한테 뺏겼다며."

"새 차 뽑자니까 싫다잖아."

이재 고집은 정말 못 말리겠다. 재현이가 태어난 후로 현수는 항상 곁에 있을 수 없어, 갑자기 병원에 가야 할 때나 장모님 없이 제현일 데리고 이재가 외출할 때가 제일 걱정이었다. 그래서 새 차를 뽑겠다고 했더니 이재가 단호하게 반대했다. 한 집에 차 한 대도 충분하다고. 도우미 아주머니 건은 자기가 양보했으니 차는 현수가 양보하라고. 현수는 그 자리에서 차 키를 내밀었다. 어쨌든 차는 갖고 다니라고. 그리고 현수는 졸지에 뚜벅이 신세가 되었다. 하지만 차차 봐서 은근슬쩍 새 차를 뽑을 생각이었다. 아마 이재와 한동안 신경전을 벌여야 하겠지만 혼자 결정해서 이차저차 고를 때보다 재밌어진 것도 사실이었다.

"아팠다더니, 괜찮냐?"

현수가 주철의 옆자리에 올라 안전벨트를 맸다. 주철은 차 재떨이에 얌전히 담배를 비벼 껐다. 차가 부드럽게 출발했다.

"이재가 그래?"

"응. 처제가 같이 있었다며."

주철은 잠시 입을 다물었다. 현수는 한숨을 푹 내쉬었다. 말린다고 들을 사람들도 아니고, 말린다고 말려지는 감정이 아닌 걸 안다. 그래도 잔소리하고 싶은 마음이 목구멍까지 차 올랐다. 그렇게 안 된다고 했는데, 주철도 알았다고 했는데.

"그래."

주철이 도망가지 않고 답을 내렸다. 현수는 조금 어이가 없어 주철을 돌아보았다. 어둠 속에서 계기판의 희끄무레한 빛만으로는 주철의 표정을 읽을 수 없었다.

"넌 잘 모르겠지만 난 이재만큼 처제를 아껴. 솔직히 처제한테는 고맙다고. 지금껏 이재가 이재로 있을 수 있던 건 다 처제

덕이란 말이야."

이재가 이안의 이야기를 그다지 하지 않아서 이재에게 이안이 어떤 존재인지 놓치고 있었다. 하지만 문득 꺼내는 한마디나, 이안을 바라보는 남달리 유하고 따뜻한 시선에 현수도 알게되었다. 이재가 이안의 존재를 얼마나 소중히 여기는지, 이안을 얼마나 좋아하는지. 이안의 행복이 이재를 행복하게 해줄 것이다. 그래서 더더욱 이안이 행복해지길 바랐다.

"이안이가 기특하긴 하지."

이 자식이 남의 말을 콧구멍으로 들었나! 현수는 참으로 기가 막혔다. 저렇게 풀어진 주철은 난생처음 보았다. 이안이 이야기를 꺼내자마자 어둑어둑한 차내에서도 주철의 풀어진 입가와 부드럽게 누그러진 눈가를 볼 수 있었다. 현수는 침을 삼켰다. 뭔가, 잔소리할 때가 아니었다.

"너, 진심이냐?"

"어."

"맙소사."

퇴근 시간은 한참 전에 끝났는데도 차가 밀린다는 건 오늘이 대망의 금요일 밤이고, 이곳은 강남 한복판이라서일 것이다. 두 사람을 태운 차는 느릿느릿 움직였다. 현수는 덕분에 생각할 시간을 벌게 됐다.

"어쩌다가?"

"글쎄."

고분고분하다. 현수는 문득 알게 되었다. 주철은 현수에게 혼나러 온 것이었다. 약속을 깼으니 현수가 화를 내는 건 당연하고, 스스로도 잘못을 저질렀다는 걸 아니까 혼나러 온 것이었다. 잔뜩 화를 내고 혼을 내라, 대신 이 관계는 인정해 달라, 그래서 현수를 찾은 것이었다.

진짜 갑갑했다. 이재의 거 보란 듯한 웃음소리가 생생했다. 이재는 처음부터 이 관계에 호의적이었다. 어떻게 보면 암암리에 지원해 주기도 했다. 처제가 주철의 번호를 묻던 밤으로부터 오늘까지 고작 나흘이 지났을 뿐이었다. 이재가 통화하는 걸 듣고 현수는 불안해져서 재현이를 얼러주며 걱정스레 참견했다.

"그거 마치 주철이가 처제한테 감정이 있다는 식으로 들리는데?"

"선배는 아니라고 할 거야?"

재현이가 자면서도 하품을 했다. 요즘 들어 간신히 아빠의 품에서도 잘 수 있게 된 재현이었다. 그 맛이 들려 재현이를 재우는 건 아빠 몫이 되었다. 재현이는 엄마 편이구나, 하던 이재의 말에 자신이 말려들었단 불안감이 강해졌지만.

"그렇다고 굳이 처제한테 알릴 필요는 없지."

"선배는 싫구나, 정말. 왜?"

"처제가 아까워. 넌 안 그래?"

"사람이란 다 장단점이 있잖아. 아깝고 아니고 한 사람이 어디 있어."

"네가 특이한 거야. 주철이 여건을 보면 누구나 처제보고 아깝다고 해. 처제가 미모가 빠져, 성격이 빠져, 직업이 빠져, 누구처럼 이혼 경력이 있나 애가 있나. 그러지 말고 어머님이 주선하신 선을 보라는 게……."

"형을 포기하고 선을 보면 이안인 행복해질 수 있을까?"

현수는 벌써 한 시간째 아이를 안고 있어서 팔이 저렸지만 재현일 내려놓을 수가 없었다. 내려놓으면 깨니 앞으로 한 시간 정도, 아이가 정말 깊은 잠에 빠질 즈음에나 내려놓을 수 있었다.

"어머님, 아버님을 생각해. 우리 엄마야 네가 이혼녀였든 애가 있든 상관 안 할 분이지만 장인, 장모님은 다르잖아. 분명 근심 걱정으로 맘이 말이 아닐 거라고. 어머님께서 왜 갑자기 선자리를 알아보셨겠어. 어머님도 주철이랑 처제 사이에 뭔가 있다고 생각해서 부랴부랴 알아보신 거 아냐."

"선배는 형 친구잖아. 왜 그렇게 형을 반대해?"

"나도 주철이가 행복해지길 바라. 그놈은 정말 행복해져야 돼. 하지만 처제는 아니라는 거지. 주철이 곁에 있으면 처제는 분명 힘들어 나가떨어질 거야. 주철인 예민하고 날카로운 데다 눈곱만큼도 마음을 내보이는 놈이 아니니까. 누가 자기 마음을 넘보려고 하면 더욱 이를 드러내서 공격하는 놈이라고. 그런 놈한테 처제를 내미는 건 사자 앞에 사슴이나 다를 바 없단 말이야."

이재가 풋풋 웃었다. 현수는 갑갑했다. 이렇게 말하는데도 이재가 수긍하는 기색이 요만큼도 없었다. 어떻게든 이재를 설득하려는데 재현이 칭얼거렸다. 현수는 금세 아빠 모습으로 돌아가 재현의 등을 토닥였다. 까탈스러운 면도 없고 낮에는 낮잠도 잘 자고 젖도 잘 먹고 엄마랑 외할머니랑 잘만 논다는데 왜 밤만 되면 자기 싫어하는지 모르겠다. 한 번 깨면 첫새벽까지 놀아달라는 게 기본이라 초저녁에 깊이 재우는 게 최선책이었다. 현수는 재현이가 더 잘 자라고 둥실둥실 살짝 움직였다.

"날 보고도 그래? 이안인 내 동생이야. 절대 누구 앞에서 사슴으로 전락할 애가 아니지. 오히려 선배가, 이안이랑 형이랑 피 튀기게 싸워서 누구 한 사람 죽을지 모른다고 걱정한다면 또 이해하겠어. 내 보기엔 죽는 쪽은 형이 될 것 같지만."

"너랑 나랑 같은 사람 이야기하는 게 맞아?"

"그럴 거야, 아마. 그러니까 너무 걱정 마시고요, 두 사람 행복이나 빌어주세요."

난 그럴 수 없다고, 현수는 그때 생각했었다.

하지만 지금 주철의 모습을 보니 재현이 임신한 순간부터 끊었던 담배 생각이 절실했다. 지금까지 재현이 젖내 때문에 담배 생각 난 적은 한 번도 없었는데.

"소문에 혜정 씨 재혼한다던데."

현수는 도통 답이 안 나오는 문제는 우선 젖혀두고 다른 이야기를 꺼냈다. 주철이 몸담은 바닥은 굉장히 좁아서 현수 있는 곳까지 소문이 퍼져 왔다. 현수의 고객 중 한 사람이 주철의 대학병원 교수 중 한 사람인 것도 한몫했다.

"응. 얼마 전에 상견례 했을 거야."

"상대는?"

"내가 말 안 했나? 내 후배."

"젠장."

현수는 주먹을 으득 움켜쥐었다.

"그럼 그게 사실이었냐? 혜정 씨가 네 후배랑 눈이 맞았다는 소문."

주철은 현수를 힐끗 보았다.

"말 안 했었구나, 내가."

"너 그런 소리 하는 놈 아니잖아. 난 다른 여자 때문에 이혼한 줄만 알았지."

"그것도 맞고. 각자 행복을 찾은 거야. 혜정이 상대가 내 후배였던 건 우연이었지."

"소문은 그게 아니던데."

"언제 소문이 믿을 만한 적 있었냐?"

네놈 말도 항상 믿을 만한 적 없었지. 주철은 지금까지 지나가는 말로라도 전 부인의 부정에 대해 입에 올리지 않았다. 지금도 현수가 소문을 듣고 확인하려는 게 아니었다면 주철은 끝까지 입을 다물었을 것이다. 지독한 놈이었고, 질리는 놈이었다. 하지만 그만큼 전 부인을 예우한다는 뜻도 되었다. 현수가 주철의 전 부인의 외도를 알았다면 당장 한소리 하고도 남았을 테니까.

"그 사람 바깥으로 내돌게 한 죄도 있고."

"그래. 넌 안으로 내돌고 네 전 부인은 밖으로 내돌고, 참 잘 났다."

주철이 큭큭 웃는다. 주철이 웃었다. 현수는 지금까지 중에 최고로 어이가 없었다.

"웃음이 나와, 지금?"

"너 실은 막나가는 놈인 거 이재는 아냐?"

"이재가 모를 게 뭐 있어. 가끔은 나보다 날 더 잘 아는 것 같은데. 여자들은 무서워."

"살 붙이고 사는 여자가 무서운 거지. 혜정이가 그랬어. 나보다 날 더 잘 알아서 결국 나한테서 떨어져 나간 거야. 더는 나한테서 희망을 발견할 수 없었을 테니까."

주철이 속 얘기를 하고 있었다. 보통은 '내가 죽일 놈이지' 하고 넘어가던 주철이. 현수는 찬찬히 주철을 살폈다.

"예지는 어쩔 거야?"

"양육권은 우선 혜정이한테 있으니까. 남자 쪽에서도 애를 꺼려하는 눈치는 아니고."

"데려오고 싶은 맘은 없어?"

주철이 다시 입을 다물었다. 네놈 속도 속이 아니겠지. 현수는 재현일 생각했다. 재현이를 떼어놓고 살아야 한다니, 정말 상상할 수가 없었다.

"예지한텐 미안하지만."

뉘앙스가 상상했던 것과는 좀 달랐다. 현수는 이유를 묻듯 주철을 쳐다보았다.

"만약 예지를 데려온다면 내 자리가 안정된 다음에나 데려오고 싶다."

"자리가 안정되다니? 더 안정될 게 뭐 있다고?"

주철은 앞만 보고 있었다.

"이안이…… 집에 허락 받은 다음에."

"뭐, 뭐라고!"

결국 현수는 빽 소리를 질렀다.

"차 세워, 당장!"

주철은 묵묵히 갓길에 차를 세웠다. 현수는 어처구니가 없어 창을 잔뜩 내리고 씩씩거렸다. 숨을 아무리 골라도 진정이 되지 않았다. 주철이 만날 스스로 나쁜 놈이고, 죽일 놈이라고 입버릇처럼 말해도 거기에 수긍한 적은 한 번도 없었다. 사람이 좀 이기적인 면도 있고, 뻔뻔하고 발뺌하는 면은 있어도, 그만큼의 단점 없는 사람이 어디 있는가. 오히려 그런 자신에게 솔직한 주철을 멋진 놈이라고도 생각했었다. 자기 속은 죽어도 비치지 않아 갑갑하지만 속을 알 수 없다고 꺼려지는 놈도 아니었다. 그저 이 자식도 뭔가 상처가 많아서겠거니, 언젠간 나아지겠거니, 기다리고 있을 뿐이었다.

그래, 사실은 좋은 놈이라고 생각하고 있었다. 정말 행복해지
길 바랄 만큼, 진짜 좋은 놈이라고.

하지만 이건 아니잖아!

"처제랑 결혼할 거냐?"

"아직 말은 안 꺼냈어."

아직이란다, 아직. 정말 기가 막히고 코가 막혔다.

"처제가 허락할 거란 자신이 있는 거냐?"

"노력해야지."

젠장! 좀 자신있게 굴든지! 프러포즈 할 거라면서 '노력해야
지'는 또 뭐란 말인가! 정말 마음에 안 든다!

"예지를 데리고 살면 처제랑 결혼하는데 애로 사항이 있을까
봐 지금은 안 데려오시겠다. 하지만 결혼 허락만 떨어지면 애는
데려와 살고 싶다?"

"……그래."

"개자식!"

현수는 참지 못하고 주철의 멱살을 쥐었다. 주철은 피하지도
않았다.

"너 때문에 장인, 장모님이 얼마나 상처 입을지는 생각해 봤
어? 너 때문에 처제 인생이 어그러지는 거, 생각했냐고!"

"그래."

"하! 대답은 참도 쉽게 하는구나. 그런 놈이 처제를 잡아?"

"그래."

"대체!"

현수는 멱살을 풀었다. 공기가 부족했다. 넥타이를 끄르고 얼굴을 벅벅 부볐다.

"너 왜 이렇게 태연한 거야! 내 반대 따위는 우습냐? 내가 가짜로 펄펄 뛴다고 생각해?"

"아니."

"그런 새끼가 무슨 대답이 그따위야!"

주철이 가볍게 한숨을 뱉었다.

"난 날 시험해 보고 있었다. 네놈이 반대하면, 그렇다면 어쩌면 내 마음이 흔들릴지도 모른다고. 넌 세상 사람 시각으로 나랑 이안일 보고 있으니까 따끔하게 혼나면 혹시나 이 마음이 달라질지도 모른다고. 그런데 아니네. 그런 마음은 정말 조금도 없네."

"너……."

"이안이, 네 처제, 행복하게 해줄 자신 없다. 아마 남들 이상으로 고생시키면 시켰지 덜하진 않을 거야. 그래도 이안이만 좋다면 난 이안일 데려갈 거다."

"처제 부모님의 반대 따윈 아랑곳없이?"

"설득해야지. 충분히 노력해야지."

"네 자식이 노력 어쩌고 하는 거 재수없다. 항상 뺀질뺀질, 지 잘난 맛에 살던 자식이."

"난들 내가 이렇게 될 줄 알았겠냐."

거기까지 듣고 현수가 무슨 말을 할 수 있겠는가. 현수의 가족이 된 이안과 현수의 이십 년지기 친우 주철의 일이었다. 만약 이안이 아니었다면 지금의 주철을 보며 현수는 순수하게 기뻐했을 것이다. 현수도 어려웠다. 조금이라도 나이를 더 먹은 주철에게 정신 차리라고 윽박지르고 싶은 마음 반, 이제라도 마음잡고 노력하며 살겠다는 친구를 응원하고 싶은 마음 반이었다.

이안이 이재의 동생이 아니었다면, 이안이 친여동생 같은 사람이 아니었다면, 현수가 이안을 많이 아끼지 않았다면, 그랬다면 조금쯤은 주철과 이안의 관계를 축복했을 것이다. 하지만 정말 어려웠다. 마음에는 근심만 가득했다.

그나마 몇 가지 좋은 일이 있다면, 적어도 이재는 이 두 사람의 관계를 환영하리라는 것이었다. 이재가 두 사람 사이를 반대했다면 현수도 죽을 각오를 하고 두 사람을 찢어놓았을 것이다. 하나, 두 사람 소식을 듣고 가장 기뻐할 사람이 있다면 그게 바로 이재였다. 그리고 또 하나는 주철의 미묘한 변화였다. 딱히 꼬집어 말할 순 없지만 전엔 곁에 있는 사람까지 긴장시키고 졸아붙게 만들던 살벌하고 날카로운 기운이 많이 수그러들었다. 여전히 음울하고 칙칙한 놈이지만 어딘가 분명 여유가 들어섰다. 그게 이안 때문이라면 현수는 도저히 주철에게서 이안을 떼어놓을 수 없었다.

반평생을 함께 있어도 이놈을 바꾸는 건 불가능했는데, 고작 몇 달의 시간만으로 이안은 눈에 띄게 주철을 변화시켰다. 이안의 능력이 대단한 것인가, 주철이 이안을 향한 마음이 대단한 것인가. 분명 둘 다일 거라고, 현수는 체념하듯 생각했다.

"앞으로 어떻게 할 거야. 우리 장인, 장모님은 그렇게 녹록한 분들이 아니야."

"우선은 이안이한테 그런 마음이 들게 해야지."

"근데 어쩌다 처제 타령을 하게 된 거야? 너도 네 취향 아니라고 했었잖아. 처제한테 마음 접겠다고 했었잖아."

"그러게. 나도 이젠 사람답게 살고 싶었나 보지."

"진심, 이냐? 너 전에 다른 여자 사랑한다고 했을 때도 이러진 않았어."

그때 역시 자책과 절망으로 자신을 몰아붙이기 바쁜 놈이었다. 지금 보이는 여유와 안정감 따위 눈 씻고 찾아봐도 찾을 수 없었었다.

"우습지? 내 여건, 내 상황, 내 과거, 뭐 하나 달라진 건 없는데 그래도 이안이 곁에 있겠다니까, 그것만으로도, 행복한 것 같다."

행복! 오늘 대체 몇 번을 놀라야 제정신을 차릴 수 있을까. 주철이, 불행만 찾아다니는 것 같던 주철이, 행복을 입에 담았다. 그리고 행복을 떠올린 다음에야 지금 주철의 상태가 이해가 되었다.

주철은 행복한 것이다. 변한 건 하나 없다면서, 달라진 것 하나 없다면서, 그저 이안이 곁에 있다는 사실 하나로 행복한 것이다. 어떻게 이런 애처로운 행복이 다 있을까. 어쩜 이렇게 소박하고 자그맣지만, 소중한 행복이 있을까. 현수는 그 감정을 알고 있었다. 이재가 알려주었던 감정이었다. 함께 있고 싶고, 함께 있지 않아도 항상 그 사람을 느끼며 행복해지는 감정을, 현수는 이재를 통해 배울 수 있었다.

그리고 이재의 동생 이안이, 이재가 현수에게 가르쳐 주었던 것처럼, 자신도 모르게 주철에게 가르쳐 준 것이다. 주철에게는 이제 그 행복을 지키고 유지하고 싶다는 마음이 생겨 버린 것이다. 그래서 현수가 아무리 격하게 반대하고 열을 내도 주철의 마음은 미동도 하지 않는 것이다.

주철이, 드디어 행복해졌단다.

현수는 괜스레 마른세수를 했다. 뺨이 쓸리는 아릿한 통증이 퍼져 나가니 간신히 눈시울이 붉어졌던 것을 무마할 수 있었다.

"너 이런 모습 처음 본다."

"우습지?"

"그래, 우습지. 너나 나나 이게 뭐 하는 짓이냐. 나잇살이나 먹어서 한참 어린 여자들한테 빠져, 한 놈은 장가가서 뻘짓하지, 한 놈은 장가가려 소심하게 맘 졸이고 있지. 한심하다, 한심해."

차가 다시 한 번 부드럽게 출발했다.

"내가 원망스럽진 않냐? 네 친구보다 처제 가족 입장을 내세웠는데."

"네가 이안일 더 챙겨서 다행이었다."

"미친놈. 진짜 푹 빠졌구나."

욕을 먹어도 좋다고 웃었다. 현수는 차가운 사람이 밀려들어
오는 창 쪽으로 얼굴을 돌렸다. 이재는, 이런 주철을 꿰뚫었던
걸까? 주철이 이렇게 될 거라고 이미 알고 있던 걸까? 주철은
그 짧은 시간 동안 너무나 놀라운 변모를 보여주었다. 평생 독
선적이고 고집스럽고 자기 자신밖에 못 보는 놈으로 살 줄 알았
더니, 슬금 자기의 진짜 모습을 드러내기도 했다. 주철이 마음
허락한 사람이라면 이미 알고 있는 주철의 부서질 만큼 여리고
순한 마음을 스스로 끄집어내고 있었다. 그런 진실된 속내를 보
이고 싶은 사람이 생긴 것이다. 그래서 잡고 싶은 사람이 생긴
것이다. 이재는 아마 완벽하게는 아니더라도 대강은 알고 있었
으리란 생각이 들었다.

현수는 집에 같이 올라가자고 했다. 재현이며 이재며 아직 안
잘 거라고. 오랜만에 놀러온 주철을 보고 오히려 좋아할 거라
고. 하지만 주철이 사양했다. 오늘은 현수만 보고 갈 생각이었
다고.

현수는 차에서 내리기 전 사악하게 큭큭 웃었다.

"그럼, 내가 형님이 되겠네."

"아아."

현수가 눈을 빛내며 빙글빙글 웃었다.

"잘 부탁한다고, 동서."

"그런 걸로 맘 돌릴 수 있다고 생각 마라."

어이쿠, 이놈 중증이구나. 현수는 혀를 찼다. 현수가 차에서 내려 운전석 쪽으로 돌아왔다. 주철은 문득 생각났다는 듯 가볍게 덧붙였다.

"그리고 사과 하나 하지."

"이제 와서 무슨 사과?"

"예지 데려올 생각 없다."

지금까지 받았던 충격을 한 방에 날릴 소리였다.

"무슨 말이야?"

"아이는 제 엄마가 키워야 해. 혜정이 새 남편은 좋은 아빠가 되어줄 테고. 그래도 만에 하나 예지가 불행해진다면 데려올 거야. 그런 각오 정도는 해도 되지 않냐?"

"너, 그럼 날 떠본 거냐?"

끄덕.

"맙소사……."

그래. 놈은 분명히 시험이라고 했다. 자기 마음 강도 테스트. 현수는 보기 좋게 놈의 수작에 걸려 넘어간 것이다. 정말이지 쉽지 않은 놈이고, 정말이지 배배 꼬인 놈이었다! 많이 변했다고 생각했는데 저렇게 수 쓰는 거 보면 음흉한 능구렁이는 어디 안 가는 모양이었다.

하지만 그마저도 이안을 위해서였겠지. 현수는 십 년은 폭삭

삭은 기분이었다. 더 이놈을 상대했다간 재현이 다 크는 걸 보기도 전에 할아버지가 되어버리겠다. 현수는 넌덜머리를 냈다.

"이안이한텐 솔직하게 말할 거야. 이안이 부모님께도."

"그래, 네 맘대로 해라. 네가 지금 뭘 못하겠냐."

주철이 씨익 쪼겠다. 저놈의 자식을 그냥! 뭐가 좋다고 쪼개냐? 주철은 창을 올리기 전 기어이 한마디 던지고 갔다.

"뒤처리는 잘 부탁해, 형님."

현수는 핸드폰을 들었다. 지금이라도 늦지 않았을 것이다. 이안만 정신 차린다면 저런 능구렁이쯤은 열 번이고 백 번이고 물리칠 수 있었다.

이미 은백색의 차는 배기가스 냄새만 남기고 사라진 다음이었다. 현수는 핸드폰을 주머니에 쑤셔넣았다. 얄밉기 그지없는 놈이지만 지금껏 주철을 만나면서 지금처럼 느슨해진 모습은 처음이었다. 저놈은 정말로 이안이 좋은 것이다. 자기가 이안에게 부족한 사람이라는 걸 알아도, 이안을 위해서라면 자기가 관계를 끊어야 한다는 걸 알아도, 놓을 수 없을 정도로, 현수에게 혼이 나도 마음이 꿈쩍도 안 할 정도로, 이안을 사랑하는 것이다.

현수가 아무리 못된 친구라지만 친구의 진심 어린 행복을 깨뜨릴 순 없었다. 그리고 주철이 저 상태라면 이안의 상태도 어떨지 뻔했다. 지금 현수가 뭐라 한들 귀구멍에 들어가기나 하겠는가. 행복하고 행복하고 행복해서 좋아 죽으려는 상태일 텐데.

그 상태는 누구보다 그가 더 잘 알고 있지 않은가.

분명 쉽지 않은 시작이었을 테고, 앞으로도 쉽지 않을 관계였다. 그래도 두 사람만 좋다면, 서로를 사랑한다면, 응원해야 하지 않을까. 두 사람의 사랑이 깨지지 않기를, 부디 영원하기를, 간절히 기원해야 하지 않을까. 그 두 사람이 현수와 이재를 위해 염원했던 것처럼.

두 사람이 잘된 걸 안다면 이재는 자기 일보다 더 기뻐할 것이다. 오늘 주철이 현수를 시험했던 얘기를 들으면 거 보라고, 주철이 얼마나 진심인지 보이지 않느냐고, 더더욱 기뻐할 것이다. 현수는 참 대단한 마나님을 얻었다고 쿡쿡 웃어버렸다.

 제 ㅁ 장

이안은 오랜만에 주말에 시간을 비워뒀다. 혹시나 하는 생각 때문에. 이재는 갑자기 시댁 어른들이 오셨다며 다음 주말을 기약하자고 했다. 서운했지만 그 이상으로 안심하는 자기가 있었다. 물론 재현이를 비롯해 언니랑 형부, 다 보고 싶었지만 지금은 비는 시간을 더 할애하고 싶은 사람이 생겨 버렸다.

병원에서의 일 이후 주철은 도로 입원하게 되었다. 몸살로 쓰러졌다가 깨어나서 바로 무리를 해댔으니 아무리 강철 체력이라도 버틸 재간이 없었던 것 같았다. 도로 입원시키는데 간호사들과 병원 직원들의 눈총이 따가워서 혼났다. 병원 밖에서 그런 생쇼를 했으니 눈총을 받아도 쌌다. 게다가 주철의 과거를 다 아는 사람들이라 더 이목이 집중되었을 것이다. 이안은 그 생각에 나중엔 뻔뻔하리만치 당당하게 나갔다. 어차피 남 좋으라고이 남자 사랑했던 것도 아니고, 내가 좋자고 이 남자랑 연애하겠다는데 기죽을 게 뭐가 있으랴 싶어서였다.

그날 주철이 다시 정신 차릴 때까지 곁에 있다가 주철이 깬뒤 집으로 돌아갔다. 마음 같아선 더 옆에 있고 싶었는데 주철이 돌아가지 않으면 이안도 입원시켜 버리겠다고 협박했다. 이안은 할 수 없이 돌아갔다. 그리고는 정말 미친 듯이 몰아 잤다. 다음날, 엄마가 걱정되어 깨워주기 전까지 한 번도 깨지 않았다.

그 후로 지금까지 주철에게서 연락이 없었고, 이안도 연락하지 않았다. 그래도 불안하거나 허전하지 않았다. 오히려 지금주철에게서 연락을 받는다면 '무슨 용건이에요?' 하고 쏘아붙일 것 같았다. 뭔가 변했나, 싶은 게 솔직한 마음이었다.

금요일 밤, 이안은 오늘도 잠잠한 핸드폰을 보며 오랜만에 주말에 늘어지게 쉬어보겠다는 생각으로 자리에 들었다. 그와 동시에 핸드폰이 디리릭 울렸다. 주철이었다.

"네."

[밖인데, 잠깐 나올래?]

"어디 밖이요?"

[이재 친정이 양재라고 들어서.]

남자는 꽤 가까운 곳에 있었다. 이안은 거기 있으라고 하고 후다닥 후드점퍼를 걸쳤다. 거실은 불이 꺼져 있었다. 남들보다 이른 아침을 시작하는 부모님의 오랜 습관대로 일찍 잠자리에 드신 것이다. 이안은 살금거리며 움직였다.

발걸음이 저도 모르게 빨라졌다. 이안은 밤길을 탁탁 울리는 뜀박질 소리와 귀를 둥둥 울리는 심장 뛰는 소리에 머리가 어지러웠다. 주철의 차종이 뭔지 물어볼 걸 그랬다. 한 번 보긴 했지만 차종이 기억나지 않았다. 시장 끄트머리에 있는 고등학교 앞을 스쳐 지나도록 주철이 부르는 기색이 없었다.

문득 한 남자가 그림자에서 솟아나온 것처럼 스르륵 나타났다. 이안은 기척도 없이 나타난 남자를 보고 섬뜩해졌다. 하지만 주철이었다. 이안은 다리 힘이 쫙 풀렸다.

"뭐야, 왜 숨어 있어요?"

"숨은 적 없어. 뛰어왔어?"

"놀라서 그러죠."

이안은 호흡이 불규칙한 걸 놀란 탓으로 돌렸다. 주철은 이안을 삐딱하게 훑더니 손에 들고 있던 담배를 입으로 옮기고, 차에서 코트를 꺼내 이안에게 휙 던졌다.

"괜찮은데?"

"의사 말 들어."

"이럴 때만 의사라지. 자기도 꼬박 앓아누웠으면서."

이안은 좀 살갑게 둘러주면 어디 덧나냐고 혀를 날름였다. 주철은 이안아 코트 걸치는 걸 보더니 담배를 툭 던져 꺼뜨렸다.

"아픈 건 다 나았어요?"

"응."

그래도 서먹한 침묵은 사라지지 않았다. 불러냈으니 불러낸 사람이 알아서 용건을 꺼내주면 좀 좋겠는가. 남자는 별로 말할 생각이 없어 보였다. 남자의 반질반질한 사각 안경알만이 어둠 속에서 이안을 비추고 있었다.

"뭐 할 말 있어서 온 거 아니었어요?"

"내일, 시간 있어?"

튕길까 순순히 yes라고 답할까. 즐거운 고민이 몽글몽글 솟았다.

"왜요?"

"내일이 예지 엄마 결혼식이야."

주철의 전 부인. 가슴이 아릿해 왔다. 그리고 아직 그와 자기 사이에는 많은 장애물과 거리가 있음을 실감했다. 주철은 전 부인을 사랑했을까? 헤어질 때 얼마나 슬펐을까? 어째서 헤어지게 된 걸까?

"가보게요?"

"신랑이 후배라. 가면 꼴이 우습게 될 거야."

그가 입원했을 때 왜 병원 사람들이 그를 어색하게 대하는지 말해주었다. 이안은 뻣뻣하게 굳어졌다. 부인과 후배가? 그럼 주철의 마음은⋯⋯.

"전처의 외도가 이혼의 원인은 아니야. 내가 그 사람을 결국 사랑할 수 없었던 게 이유였지. 남편의 사랑을 받고 싶어 애를 쓰는 전처를 볼 때마다 숨통이 막혔어. 절대 불가능한 것만을 바라니까. 더는 전처가 기다리는 집에 돌아갈 수 없어서 이혼 서류에 도장을 찍었어."

그는 덤덤해 보였다. 덤덤한 척하는지, 정말로 덤덤한지 알 수 없었다. 다만 그의 덤덤한 모습이 더 마음에 남았다.

"나쁜 사람이었네요. 왜 그렇게 전처를 사랑해 주지 못했어요?"

사실은 안심하고 있었다. 안심하지만 그를 탓했다. 스스로의 양면성에 속이 울렁였다.

"다른 여자를 사랑했거든."

이 남자는 참 잔인했다. 이안을 뭐라고 생각하는지 묻고 싶었다. 내가 당신에게 대체 얼마만큼의 위치에 선 사람이냐고.

"왜 부모님들이 이혼남을 꺼리는 줄 알아? 한 번 갈라설 줄 아는 놈은 두 번도 할 수 있다는 걸 아시는 거야. 정 떼기가 얼마나 어려운데, 그걸 해냈잖아. 그런 독한 놈한테 누가 고명딸을 맡기겠어."

"왜……."

목소리가 깊게 갈라졌다. 이 남자가 이상했다. 이제 다 감내하고 새로 시작하기로 했던 것 아니었던가? 왜, 왜 이제 와 과거 이야기를 꺼내는 것인가?

"내가 널 전부 알 수 없듯, 너도 날 전부 알 수 없을 거야. 난 이런 놈이야. 같이 오 년을 산 여자에게 정 한 점 주지 못했고, 아이의 양육권도 아이와 전처를 위해서라며 미련없이 포기한 놈이야. 이기적이고, 메마른 놈이야. 네가 나에 대한 환상을 품길 바라지 않아. 정말 나와 인연을 잇고 싶다면 나에 대한 기대를 버리라고 말해주고 싶었어. 이게 내가 할 수 있는 최선이야. 난 앞으로도 네가 생각하는 보통 남자의 이미지를 산산조각 낼 거고, 아무것도 아닌 일로도 널 상처 입힐 거야. 하고 싶어서 하지 않더라도 분명 어디에선가 널 깊게 상처 입힐 거야. 넌 그런 놈을 선택한 거야."

이제야 남자가 뭘 말하고 싶은지 어렴풋이 알 것 같았다. 밀어내려는 게 아니다, 이번에도 이안을 잘라내려는 게 아니었다. 남자는 어렵게 어렵게 돌려 말하는 것이다. 널 상처 입히고 싶지 않다고, 그래도 상처 입힐 가능성이 더 크니까 마음의 준비를 단단히 하라고, 그렇게 자기 곁에 있으라고.

"날 사랑해요?"

"그래."

너무 선뜻, 가볍게 나온 답이라 물은 이안이 허망해졌다. 이안은 가까이 다가가 서늘하게 식은 남자의 뺨을 감쌌다.

"그럼 날 소중히 해요. 상처 입히지 않도록 소중히 소중히 해요. 나도 그럴게. 상처 주지 않도록 소중히 소중히 대할게."

"어려워.. 난 상처 입히는 법만 알아."

"어렵지 않아요. 상처 입히는 방법을 안다는 건 피할 수도 있다는 거예요."

"그래도 네가 아파하면? 난 최선을 다했는데, 그래도 네가 상처를 받으면?"

"그땐 이렇게 안아줘요. 미안해, 하면서, 사랑해, 하면서."

이안이 남자의 허리에 팔을 둘렀다. 남자는 목석같이 서 있었지만 이안을 밀어내진 않았다. 이안은 가볍게 한숨을 내쉬었다. 이런 가벼운 포옹도 어려운 사람이구나. 해보지 않고, 받아보지 않았던 사람이구나. 내가 정말 어려운 사람을 고르긴 골랐구나.

천천히 남자의 팔이 이안의 등을 감쌌다. 남자와 남자의 코트에 안긴 이안은 눈물이 맺혔다. 따스한 행복이 가슴을 덮혔다. 이런 걸 행복이라 말할 수 있다면 이런 것도 사랑이겠지. 이안은 자신이 행복한 것처럼 남자도 행복하길 바랐다.

"사랑이 끝나면? 사랑이 식으면?"

"그땐 정으로 사는 거래요."

"정이 안 들 수도 있어, 난 그래 왔어."

"전처를 위해 아이를 양보했다고 했죠. 스스로 깨닫지 못하는 감정이란 것도 있어요. 때론 그런 감정이 내가 자각한 감정보다 압도적으로 클 때도 있고요. 그런 걸 거예요. 사랑해 주지 못해 미안했고, 도망치고 싶어져 미안했지만, 암암리에 쌓인 오 년간의 생활이 전처를 배려하게 했을 거예요. 예지를 사랑하면서도 보내줬잖아요."

"예지도 불편했어. 난 그 애한테 해줄 수 있는 게 아무것도 없는데 그 애는 꼭 나에게 무언가를 바라는 것만 같았어."

"그래도 정말 당신이 매정하고, 잔인하고, 차가운 사람이었다면 자기 핏줄만 내세워 예지를 잡았을 거예요. 전처에게 재혼할 상대가 있다는 걸 빌미로 아이를 뺏어올 수도 있었을 거예요. 하지만 그러지 않았잖아요."

"그게 옳을까, 내 아이를 남의 손에 맡기는 게?"

"만약 당신이 결혼해서 예지를 데려온다 해도 남의 손에 맡기는 건 마찬가지예요. 당신과 전처가 이혼한 순간부터 두 사람은 예지에게 가장 큰 빚을 졌어요. 그건 평생에 걸쳐 갚아도 부족한 빚이에요. 그러니까 지금 당신이 고민하는 건, 예지가 사랑받는다는 증거이고, 예지에게 빚을 갚는 과정이에요. 더 많이 고민하고, 더 많이 마음 써서, 예지를 위해줘야 해요. 그게 도리 잖아요? 당신 자식이니까 더 많이 생각해 주고, 더 많이 소중히 여겨줘요. 예지가 누구 손에 크든 당신 자식이란 사실은 변함이 없으니까요."

주철이 좀 더 이안을 보듬어 안았다. 이안의 정수리에 그의 뺨이 닿았다. 이안은 온몸으로 하는 포옹이란 걸 처음 느껴보았다.

"넌 어떻게 그 모든 답을 알고 있지? 마치 내 고민은 너무 하 잘것없어서 답을 척척 내미는 것 같아."

"내가 말한 답이 정답이 아닐 수도 있어요. 하지만 난 당신을 사랑하고, 당신의 고민까지 사랑하고 싶으니까, 나도 열심히 생각한 거라고요."

"날 사랑해?"

이 남자가 이제 와 딴소리다. 이안은 남자의 허리를 조르듯이 꾹 끌어안았다.

"아직도 몰랐어요?"

"사랑한다고 말해준 적 없었어."

"사랑하지도 않는데 왜 밤새워 간병했게. 미운 남자, 열이 나 죽든 말든 집에 오지."

"넌 그런 성격 아니잖아."

"날 그렇게 잘 아세요?"

"오랫동안 봐왔거든."

처음 듣는 소리였다. 이안은 남자를 가볍게 밀어냈다. 남자의 눈동자는 여전히 반질거리는 안경 너머에 숨어 찾을 수 없었지만 남자가 말을 지어낸다는 기색은 없었다.

"최근 감정이 아니었어요?"

"거의, 처음부터야."

"우리 처음 만났을 때? 하지만 그땐 내가 형부의 세컨드라고 생각해서……."

"내가 게도 까졌잖아. 아무한테나 하는 것 같아?"

"맙소사. 나 그럼 그때 이미 프러포즈를 받았던 거예요?"

"응. 게 다리로."

"게 다리란 말이지. 내가 참."

반지며 보석이며, 꽃다발, 그 하고 많은 아이템 중에 가장 기발하고 이 이후에 또 써먹힐 릴 절대 없어 보이는 게 다리라니. 웃어야 할지 투덜거려야 할지.

"만약……."

둘은 이안의 집까지 천천히 걸었다. 손을 잡거나 서로의 어깨를 감싸거나 팔짱을 끼지 않아도 이안은 충분했다. 함께 걷는 것, 같은 시간을 공유하는 것, 그것만이 기뻤다.

"내가 예지를 데려온다면……."

이안의 걸음이 천천히 멎었다. 한 걸음 앞선 남자가 뒤를 돌아보았다. 이안의 눈동자에 어린 충격은 고스란히 남자의 안경알에 비춰지고 있었다.

"데려올, 거예요?"

"지금은 아무런 구실도 없어. 예지가 있으면 너희 부모님께 우리 사이를 허락 받는 게 더 힘들다는 것도 알고."

"그, 그 말은, 우리 부모님께 예지에 대한 일을 숨기고 우리 사이를 허락 받겠단 뜻이에요? 지금, 우리 부모님을 속이겠다고 했어요? 그분들에게 상처를 주겠다고 했어요?"

"이해해 달라고 안 해. 나도 내 자신에게 질릴 정도니까. 예지를 미련없이 보냈던 게 미안해. 지금이라면 좀 더 잘해줄 수 있을 것 같은데, 좀 더 사랑해 줄 수 있을 것 같은데, 그 모든 권리와 의무를 두 번 고민 않고 포기했어. 이 사실을 예지가 알면 친부에게 사랑받지 못했다고 얼마나 슬퍼할까? 그날을 되돌릴 순 없지만 그 이상으로 보상하고 싶어. 네 말이 맞아. 난 예지에게 빚을 졌어. 그 빚을 곁에 있으면서 갚아주고 싶어."

"하지만, 당신의 전처는……."

"그래. 이건 단지 내 희망사항에 불과해. 지금으로선 아이를 데려올 구실도, 방안도 없어. 법적 방법이 있을 순 있지만, 그건 아이에게 더 깊은 상처를 주는 것밖에 되지 않지. 하지만 이게 내 욕심이야. 숨기고 싶지 않았어."

"나는, 나랑 내 가족은 생각해 주지 않나요? 당신 욕심만 중요해요?"

"그렇지 않아."

"그렇잖아요! 당신은 당신 욕심만 채우려는 거잖아! 내가 있어줬으면 좋겠고, 아이도 키웠음 좋겠다는 거잖아! 난 대체 당신한테 뭐예요? 난 그저 당신 욕심을 채우는 도구에 불과해요? 내가, 당신한테 그렇게 하찮아요?"

"아니야, 널 하찮게 생각한 적 없어. 난 단지 내 꿈을 말했을 뿐이야."

"그래요, 당신의 꿈이죠. 우리의 꿈은 아니네요. 내가 당신을 사랑한다고 모든 걸 맞춰줄 거라 기대하지 말아요. 난 자신없어요, 난 못해요!"

"나도 그래 달라 부탁하는 게 아니야! 너한테 그런 희생을 시킬 순 없어!"

"그렇다면 지금까지 한 이야기는 뭐예요!"

"너야, 날 이렇게 바꾸어놓은 게 너라고!"

이안의 목구멍이 묵직하게 가라앉았다. 남자가 도통 무슨 소리를 하는지 모르겠다. 왜 자기가 이 자리에 서 있어야 하는지도 모르겠다. 이안은 남자를 가로질러 지나치려 했다. 하지만 남자가 붙잡았다. 이안이 확 손을 쳐내도 남자는 억세게 이안의 팔뚝을 그러쥐었다.

"네가 했던 말들이 아니었다면 예지를 이렇게 사랑하게 되지도 않았어! 난, 난 그저 내가 어떻게 변했는지 말하고 싶었을 뿐이야! 그리고 널 위해서 예지를 원하지 않은 척, 널 속이고, 예지를 속이고 싶지 않았던 거고! 알아? 예지는 데려올 수 없어! 말은 이따위로 하고, 수억을 처들이면 못 데려올까 싶지만, 널 놓치면서까지 데려올 생각 없어! 하지만 욕심도 가져선 안 돼? 내가, 예지 아빠로서, 예지를 키우고 싶다는 욕심 정도는 가져선 안 돼? 난 예지에게 아무것도 못해줬어! 좋은 아빠는커녕 아빠로서 제구실을 해본 적이 단 한 번도 없어! 그래도 꿈을 꾸고 싶었어. 그래도 욕심 정도는 내고 싶었어. 나중에 예지가 왜 자기를 엄마에게 보냈냐고 했을 때, 사실은 널 키우고 싶었다고 진심으로 말할 수 있는 아빠가 되고 싶었어! 하지만 난 결국 말밖에 할 수 없는 비겁한 아빠가 될 수밖에 없지. 난 널 가질 수 있다면 예지는 얼마든 포기할 거니까. 너와 예지 중에 양자택일하라면 주저없이 널 선택할 거니까! 너한테 잘 보이기 위해서라면, 네가 조금이라도 날 믿게 할 수 있다면, 난 내 심장까지 파헤쳐 주겠어!"

이안은 무릎에 힘이 빠져나가 스륵 주저앉았다. 이 남자를 정말로 모르겠다. 날 사랑하는 건지. 날 농락하는 건지, 어디까지가 진심이고 어디부터가 거짓인지, 아니면 진실은 요만큼도 없는 것인지.

왜 이런 갈등을 안겨주는 것인가? 예지를 키우고 싶다면, 그게 꿈으로 끝날 일이라면, 그냥 속으로 혼자 생각하면 안 됐던 건가? 이안에게 상처가 될 거란 생각은 안 한 건가? 아니면 이안이라면 다 이해하리라 생각했나? 이안에게라면 자신의 소소한 꿈 하나까지 모두 내보이고 싶었나?

그게 당신이 사랑하는 방법이야? 당신의 진심으로 내가 받을 상처보다, 당신이 벽을 쌓아 내가 받을 상처를 더 염려하는 것? 우리 사이에 아무런 벽을 세우고 싶지 않은 거야?

왜 그렇게 대단한 건데, 왜 그렇게 진한 건데. 사랑 안 해본 사람도 아니면서, 왜 그렇게 돌아버릴 만큼 맹목적이고, 가식과 포장이란 게 없는 건데. 왜 피투성이로 뻘겋게 펄떡펄떡 뛰는 심장째 나한테 내미는 건데.

이래서 당신, 나보고 떠나라고 한 거지. 당신 감당하기 참 어려운 사람인 거, 스스로 잘 알고 날 떠나 보내려 했던 거지. 하지만 당신은 지금 당신이 이렇게 된 게 나 때문이라고 말하네.

"나 당신 때문에 힘들어, 힘들어 죽을 것 같아……. 대체 왜 당신은 쉬운 게 하나도 없는 거야, 어?"

이안은 울먹였다. 정말 힘들어서, 힘들어 죽을 것 같아서, 그래도, 그래도 이 팔을 뿌리칠 수 없어서, 이 남자가 그토록 사랑한 사람이 자신이란 사실에 심장이 미쳐 펄떡여서, 그저 울 수밖에 없었다.

"그래도 나한테서 도망가지 마. 너 아님, 난 이제 안 돼."

너무 무거운 진심이라 정말 그의 진심의 무게에 대한 반동으로 퉁 튀어 올라 멀리멀리 튕겨나갈 것 같았다. 이안은 자기의 진심이 이 남자만큼 무겁고 짙을지 의문이 들었다. 이 남자처럼 앞뒤 가리지 않고 저돌적이고, 무식하리만치 단도직입적이며, 믿을 수 없을 만치 깨끗하게 순수한, 그런 진심일지 스스로도 확신할 수 없었다.

그저 이게 내 복이려니 싶었다. 이안은 그동안 사귀었던 사람들과 가벼운 만남만을 이어왔고, 남자의 진심이 이안의 기준에 미치지 못해 실망하며 돌아섰었다. 항상 남의 진심을 가볍게 본 벌인가 보다. 정말로 깊이 푹 빠져 헤어나올 수 없게 된 이 남자는, 이 남자의 진심은, 숨이 막힐 만큼 무겁고 밀도가 높았다.

아니면 이게 내 첫사랑인만큼 그 역시도 이게 첫사랑인 걸까.

"그건 뭐야, 우리 부모님을 속이겠다는 건."

주철이 이안 앞에 무릎 꿇어 앉더니 손을 내밀었다. 이안은 그 손을 잡았다. 이 남자의 손은 항상 서늘했던 것 같았다. 보통 남자들은 체온이 높아 손이 따끈따끈하고 땀이 배기 마련인데 이 남자의 손은 항상 건조하고 시원했다.

"너와는 다르지, 네 부모님은. 안 그래도 내 핸디캡 때문에 널 데려오기가 막막한데 거기다 예지 이야기까지 꺼낼 순 없잖아. 그리고 예지를 데려오는 건 사실상 불가능하고. 속인다기보다, 상처 입히려는 것이기보다, 그저 말하지 않는다는 것뿐이야. 안심시켜 드리고 싶어. 너희 부모님에게 상처 입히고 싶지 않아."

"대체…… 난 어디까지 당신을 믿어야 해?"

주철이 이안의 손을 부서져라 움켜쥐었다.

"네가 할 수 있는 만큼."

정말이지, 나쁜 남자였다.

길거리에서 악을 쓰고 울며불며 난리를 쳤더니 새삼 낯 뜨거워졌다. 동네 사람 중 누구라도 뛰어나오지 않을까 싶어 이안은 걸음을 재촉했다. 주철은 그 뒤를 말없이 따랐다.

집 앞에 도착해 이안은 코트를 건넸다. 주철은 지어진 지 삼십 년이 훌쩍 지난 오래된 단독주택을 찬찬히 살폈다.

"가요."

"내일."

주철은 코트를 받아 들었다. 두 사람의 손이 가볍게 스쳤다. 주철이 그 손끝을 가볍게 붙잡았다. 손끝에 닿은 서늘한 체온에 살짝 솜털이 곤두섰다.

"데리러 올게."

전처와 후배의 결혼이라고 했다. 하지만 그 예식장 문을 두드릴 만큼 개념없는 남자는 아니었다.

"뭐 할 거예요?"

"영화 보고, 밥 먹고, 좀 걷고, 커피도 한 잔 하자."

눈물이 다시 핑글 돌았다.

"그게 뭐야……."

"데이트 신청이 너무 오랜만이라 말 잘 못했나 보다. 데이트 하자, 내일."

이안은 결국 고개를 수그렸다. 손끝만 간신히 닿았던 남자가 성큼 다가왔다. 이안의 턱이 들어 올려지고 남자의 얇은 입술이 내려왔다. 누가 뭐라 할 것도 없이 그들은 서로를 꼭 부둥켜안 았다. 그리고 곧 죽을 사람처럼 입맞춤을 나누었다.

남자가 떨어져 나갔을 때 이안의 눈물이 남자의 뺨에 번져 있 었다. 남자는 이안의 뺨을 엄지로 살며시 닦아내었다. 이안도 남자의 뺨의 물기를 닦아냈다. 남자가 이안의 손을 붙잡아 물기 가 묻은 곳을 살짝 핥았다.

"잘 자."

남자가 다시 한 번 입술을 훔치고 돌아섰다. 이안은 그의 뒷 모습이 사라질 때까지 대문 앞을 지켰다. 한 번도 돌아보지 않 던 남자가 골목을 꺾기 전 잠시 멈췄다. 이안 쪽을 돌아본다. 이 안은 멀리서도 반짝이는 남자의 안경알을 확인했다. 그리고 곧 남자의 모습이 사라졌다.

이안은 길고 긴 한숨을 내쉬었다. 뒷모습이란 건 그게 누가 됐든 아쉽고 허전하기 마련이었다. 하지만 사랑하는 사람의 뒷

모습만큼은 아닐 것이다. 이안은 하마터면 남자를 쫓아가 잡을 뻔했다. 이대로 남자가 사라져 버릴 것 같아서. 사랑을 확인하고 인정한 만큼 행복하고 기뻐야 하는데, 이런 밤, 그를 홀로 빈집에 보내고 나니 가슴을 그득 채우는 건 참기 힘든 슬픔이었다.

어둑한 골목 안, 그러나 다정한 달빛은 그가 가는 길을 환하게 비춰줄 것이다. 이안은 다시 그가 그 길을 걸어올 날을 기다리며 집으로 들어갔다.

 제 10 장

주말에 영화를 보는 건 오랜만이었다. 이재는 공연이니 콘서트니 꽤 많이 보러 다녔지만 이안은 그런 문화생활에는 별로 흥미가 없었다. 이안은 원체 옷을 좋아해서 남녀불문, 노소불문, 연령불문, 옷을 보러 다니는 걸 좋아했다. 그래서 주말이면 보통 매장을 돌아다니지 영화를 보러 온 적은 거의 없었다.

때문에 이렇게 사람이 미어터지는 데 대한 대비가 없었다.

'엣!'

여고생들이 단체관람을 왔는지 교복을 입은 무리가 우르르 몰려다니다 가방으로 이안을 툭툭 치고 지나갔다. 여고생들을 피한다고 옆으로 물러서다 이번에는 맞은편에서 오는 남자와 어깨가 툭 부딪쳤다. 이안은 남자 힘에 밀려 비틀거렸다.

남자가 이안 쪽을 힐끔거렸다. 남자의 시선이 이안을 스쳐 위를 흘끔 향하더니 재빨리 고개를 획 돌렸다. 주철이 이안의 어깨를 안았다. 이안은 처음 장터에 나온 시골아이가 된 기분에 얼른 빠져나가려 했다. 하지만 주철은 좀 더 이안을 당겨 안았다.

"주말에 극장 오는 게 아니었군."

이안은 충분히 동의했다. 남자에게서 희미한 소독약 냄새가 풍겼다. 팝콘과 버터 향이 진동하는 극장 내에서 남자만의 독특한 체취를 맡는다는 건 어쩐지 뺨이 간질거리는 일이었다. 영화가 시작할 때까지 시간이 있어 앉을 곳을 찾는 동안도 남자는 손을 풀지 않았다. 이안은 못 이기는 척 남자에게 좀 더 다가갔다.

앉을 자리가 없어 둘은 결국 영화 시간까지 서서 기다려야 했다. 남자가 이안을 벽 쪽에 세우고 자신도 나란히 섰다. 남자의 손이 떨어지니 어깨가 허전했다. 이안은 영화 리플릿을 추슬러 슬렁슬렁 읽었다.

"어떤 영화를 좋아해?"

둘이 고른 건 최근 개봉한 한국 영화였다. 후배 디자이너들이 괜찮다고 추천해서 이안이 고른 영화였다. 주철은 좋다 싫다 말 없이 그 영화로 결정을 내렸다. 이안은 리플릿을 돌돌 말아 턱에 괬다.

"치고 박고 터지는 액션?"

"너다워."

남자가 쿡쿡대며 웃었다. 이안은 어깨로 남자를 툭 밀었다.

"그러는 댁은 무슨 영화를 좋아하시기에요?"

"치고 박고 터지고 죽는 액션."

둘은 큭큭 웃어버렸다.

"근데 영화는 진짜 오랜만이에요. 극장이 주말엔 이렇게 붐빈다는 거 까먹고 있었어."

"데이트 안 했었어?"

"가장 마지막 데이트가 언제였더라. 봐도 심야 영화만 가끔 봐서."

"너 좋다는 사람은 많았을 텐데, 꾸준히 만나고 싶은 사람은 없었나?"

주철은 마치 직장 선배처럼 물었다. 이안은 이 남자는 이안의 과거에 전혀 구애되지 않는 것 같아 기분이 묘해졌다. 질투 정도는 좀 해도 좋을 텐데. 하긴, 이 남자 성격에 질투까지 해대면 내 신경이 남아나지 않으려나? 이안은 솔직히 대답했다.

"지금까지는 누굴 만나도 가볍다고 해야 하나? 내가 푹 빠진 적은 별로 없어요."

"네 성격에? 남들은 한두 번 하는 사랑, 넌 할 때마다 푹푹 빠질 것 같은데."

의외의 말이었다. 남들은 이안이 남자관계에 있어서만은 가법다고들 말했다. 사귄 기간이 짧거나 만난 횟수가 적어서가 아니었다. 남자가 있을 때나 없을 때의 차이가 없어서라고, 누군가 말해주었었다. 그래서 당연히 없겠거니 싶을 때 있을 때가 더 많았고, 그때마다 같은 사람인 적이 별로 없어서 의외로 정착을 잘 못하는 성격이라고 생각했단다. 그리고 그만큼 일에 쏟는 정열과 시간이 엄청나기 때문에 견딜 남자도 별로 없긴 할 거라고.

"이미 푹 빠진 게 있어서 그랬던 것 같아요. 그리고 그것 이상으로 빠질 남자를 못 만났었지."

"일?"

"응."

"꿈을 이룬 거구나."

이안은 괜스레 쑥스러워졌다. 꿈을 이루었다니, 원하는 일을 시작하긴 했어도 아직도 한참이었다. 해야 할 것도 많고 배울 것도 까마득했다. 그런데도 남자의 가볍지도, 과장되게 진지하지도 않은 어조에 이안은 정말 자신이 꿈을 거머쥐었다는 생각이 들었다.

"그렇게 따지면 의사도 꿈을 이룬 거 아니에요?"

"무엇이 되고 싶은 꿈을 가진 적 없었어."

"그래도 어렸을 땐 의사나 변호사나 대통령이나, 그런 걸 꿈꾸잖아요."

"난 재미없는 아이였어. 만약 있었다면 누구에게나 인정받을 수 있는 사람, 정도였을까? 뭐가 되든, 무엇이 되든, 더는 날 무시할 수 있는 사람이 없게끔."

"정말 자존심이 센 아이였던 것 같아요."

"응, 그랬던 것 같아."

느낌 탓인가. 항상 날카롭게 번뜩이던 남자의 기질이 많이 수그러든 것 같았다. 이쯤 되면 톡톡 쏘아붙이고도 남았을 텐데 순순히 인정하고 받아들인다. 이안은 이 남자도 노력하는 건가 싶어 남자의 어깨를 토닥토닥 다독였다.

"응?"

"가상해서요."

"뭐?"

"나 사랑하는 거죠?"

남자가 얼굴을 홱 돌렸다. 바보처럼, 그래도 터틀넥 위로 드러난 목과 귓불은 가려지지 않는데. 이안은 지금 그의 귓불을 만지면 분명 뜨거울 거라 장담할 수 있었다.

"말해봐요, 사실 어제 미안했죠."

"영화 시간이……."

"말해놓고 나니 내가 얼마나 상처받을지 알게 된 거죠. 응?"

"넌 진짜……."

남자가 입을 막았다. 이안은 몸을 수그려 남자와 눈을 마주쳤다. 남자는 눈을 홱 피하더니 벽에서 등을 뗐다. 이안은 종종거리며 남자를 쫓아가 손에 손을 꿰맞추었다. 남자가 이안의 손을 확 당겼다.

"모른 척 좀 해."

"꼭 꼬집어줄 거예요. 얼굴 빨개지니까 더 미남인데요?"

"넌 대체, 마흔 가까운 남자가 얼굴 빨개지는 게 정상이라 생각하냐?"

"사실 나 아님 빨개질 일도 없잖아요."

"날 갖고 노니 재밌어?"

"응, 너무 재밌어."

이안이 키득거렸다. 주철은 이안의 목을 휙 감았다. 이안이 꺅꺅거리자 남자가 거칠게 중얼거렸다.

"이 은혜는 반드시 갚겠어."

이안은 마치 십대 소녀가 된 기분이었다. 다른 사람들이 눈총을 주든 말든, 한 명은 마흔을 한 명은 서른을 코앞에 둔 다 큰 어른이든 말든 그저 소녀처럼 까르륵거렸다. 남자도 졌다는 듯 함께 웃었다. 이안은 남자와 깍지를 끼고 크게크게 휘둘렀다. 남자는 당황해 이안의 손을 꼭 쥐었지만 이안은 마주 보며 헤실헤실 웃어 보였다. 남자가 이안의 코를 살짝 꼬집었다.

"팝콘은?"

"그런 걸로 배 채우면 아까워서. 우리 저녁에 곱창 먹어요. 내가 끝내주는 데 알아."

"곱창?"

이안은 자기에게 제일 맛있는 것이라서 남자에게도 추천한

것이었다. 그리고 여느 남자들은 곱창 먹는다고 하면 옷에 냄새
배일까 신경 쓰이지 않냐거나, 그런 것도 먹을 줄 아냐고 진심
으로 되묻는다. 이안은 맛있는 데 장사 없다고 대답하곤 했다.
그런 남자들 대부분은 곱창을 좋아하면서도 이안에게 잘 보이
고 싶어 고상한 레스토랑을 찾기 일쑤였다. 그녀는 주철이 무슨
대꾸를 할지 궁금했다.

"그런 게 맛있냐?"

이안의 예상안은 모두 보기 좋게 빗나갔다.

"곱창 안 좋아해요?"

"너 진짜 좋아해?"

"응, 맛있어요. 쫄깃하고 육즙이 배어나오면 진짜 죽음이고.
거기에 소주 한 잔, 아으."

영화는 때려치우고 곱창이나 먹으러 가자 할까 고민이 되었
다. 이안은 정말 곱창이라면 사족을 못 썼다. 이재에게 곱창을
가르친 것도 이안이었다.

하지만 이안이 곱창 이야기를 꺼낼수록 남자의 얼굴은 우거
지상이 되었다.

"너 혹시 순대국, 내장탕, 선지국, 이런 거 잘 먹냐?"

"없어서 못 먹죠. 양재에 순대국 잘하는 데 알고, 내장탕 먹으
러 부천까지 간 적도 있고, 선지해장국은 술 마신 다음날 필수
코스!"

"널 잘 모르겠다. 고상 떨 것처럼 생겨선."

"응? 그거 무슨 뜻? 먹는 거 차별하는 거예요? 아님 나 고상해 보인다고 칭찬한 거야?"

"대체 데이트할 때 곱창 먹으러 가자는 여자가 어딨어?"

"데이트니까 맛있는 거 먹으러 가야지. 맛없는 거 깨작거리는 게 좋아요? 그럼 그러시든지."

"난 곱창 싫어."

"괜찮아요. 먹다 보면 그 맛을 알게 돼."

"정말 먹게?"

"아님 밥 먹지 말고 집에 가든지."

"……젠장."

집에 가잔 소린 안 했다.

이안은 지정된 좌석에 들어가 앉으며 열심히 키득거렸다. 남자가 영화 시작하기 전까지 '곱창, 곱창' 중얼거렸다. 이안은 남자가 조금은 불쌍해졌다. 하지만 남자도 이제 편식에서 벗어날 나이가 되었다. 그리고 사회생활 멀쩡히 해놓고, 서른여섯이나 먹었으면서 곱창도 못 먹는 법이 어딨는가? 남자들 사회에서 왕따당하기 십상이었다. 그러니 이 정이안님께서 친히 왕따 탈피법을 알려 드려야겠다. 이안은 으쓱거렸다.

남자는 삐쳤는지 이안의 반대쪽 팔걸이에 턱을 괴고 있었다. 남자의 몸이 저만치 기울어져 있으니 같이 보는 맛이 나지 않았다. 이안은 스크린을 보지 않고 남자만 뚫어져라 보았다. 남자의 턱이 몇 번 움찔거리더니 곧 이쪽을 향했다. 입 모양이 '왜?'

냐고 묻는다. 이안은 짐짓 시무룩한 표정을 지었다. 그리고 이안 역시도 풀이 죽어 남자와 반대쪽 팔걸이에 턱을 괴었다.

광고가 끝나고 영화가 시작되어도 이안의 자세에는 변함이 없었다. 다만 얼마 지나지 않아 남자와 닿은 쪽 팔걸이에 올려놓은 손에 남자의 손이 겹쳐졌다. 이안은 남자를 흘끗 보았다. 남자는 그 자세 그대로 영화를 보고 있었지만 이안의 손을 펼치고 그 위를 느긋하게 쓸어내렸다. 따끔따끔한 전류가 톡톡 솟아올랐다. 이안은 간지러움과도 비슷한 느낌에 손을 접으려 했지만 남자는 손가락을 들이밀어 주먹을 쥐는 걸 방해했다. 그리고 영화가 끝날 때까지 손을 맞잡고 있었다.

남자는 간간히 이안의 손등을 엄지로 쓸었다. 마디마디를 검지로 더듬거리고 섬세하고 감각적인 손놀림으로 이안의 손을 애무했다. 이안은 귓불부터 목까지 간질간질해 손바닥에 입을 묻었다. 영화에 몰입할 수가 없다. 돈은 아까운데 손을 놓는 건 더 아까웠다. 예민한 성격인 건 알았지만 감각까지 예민한 줄은 몰랐다. 남자는 마치 손에 눈이 달린 사람처럼 이안의 맨손을 쓰다듬었다. 닿을 듯 말 듯 스치는 손길에 이안은 몇 번이고 눈을 질끈 감았다.

다른 남자들이 같은 짓을 했다면 손을 확 뺐을 텐데. 문득 왼손이 남자에 의해 들려지더니 남자의 입술이 손가락 끝에 닿았다. 이안은 반사적으로 남자의 손을 꼭 쥐었다. 남자와 눈이 마주쳤다. 남자는 천천히 손을 내려놓더니 얌전히 깍지를 끼었다.

영화는 재미있었으리라 짐작된다. 간간이 폭소를 자아내는 장면도 있었고 스토리라인도 꽤 깔끔해서 몰입하기 좋았다. 드문드문 생활감이 묻어나는 개그까지 섞여 정말 재밌었을 것 같지만, 이안은 남들 와하하 웃을 때 쿡쿡 웃는 남자를 보느라, 솔직히 영화를 제대로 감상하지 못했다.

나중에 남자가 재밌었다고 하면 이안도 좋았었다고 대답할 것이다. 웃고 있는 남자가, 눈가에 주름을 잡은 채 활짝 웃는 남자가, 정말 보기 좋았었다고.

"재밌었어?"

영화가 끝나고 두 사람은 긴 통로를 따라 출구로 걸어나갔다. 아직 손을 맞잡은 채였다. 이안은 싱글 웃었다.

"응, 너무 좋았어요."

남자가 이안의 환한 미소에 의아함을 표했지만 곧 함께 웃었다. 살짝, 진 듯 만 듯한 미소였지만 눈가에 서린 웃음의 기운을 이안은 참 좋아했다.

"이제 곱창 먹으러 가요!"

남자의 얼굴이 순식간에 일그러졌다. 이안은 씩씩하게 걸어나갔고, 남자는 어쩔 수 없이 끌려 나갔다. 이안은 속으로, 나는 실은 이 남자가 면상 구기는 걸 제일 좋아하는 게 아닐까 심각하게 고민했다.

"자, 아."

남자의 젓가락이 허공에 매달렸다. 이안은 시침 뚝 떼고 쌈을 내밀었다. 이안은 유독 정성스레 곱창 한 점을 구워 고루고루 노릇해질 때 쌈을 쌌다. 그리고 처음 먹는 남자를 생각해 쌈장과 잘 구운 마늘까지 그득 담아 불쑥 내밀었다. 남자는 쌈과 이안을 번갈아 쳐다보았다.

게 때의 보답이라고. 이안은 더욱 눈부시게 웃었다.

"아, 팔 떨어질 것 같아."

이안이 약한 척을 하니 남자가 눈을 가늘게 좁혔다. 이안은 오른쪽 어깨를 톡톡 두드리기까지 했다. 남자는 잠시 욕설을 뇌까리는 듯하더니 눈 깜짝할 새 쌈을 받아먹었다. 이안은 남자의 기세를 보고 저도 모르게 참견했다.

"꼭꼭 씹어 먹어요. 그거 삼키면 큰일나."

쫄깃쫄깃하고 연한 곱창을 줬는데 남자는 돌덩이를 씹는 사람마냥 으득거렸다. 이안은 남자의 표정 변화에 주력했다. 남자는 이렇게 씹고 저렇게 씹다 고개를 갸웃했다.

"고소하죠?"

남자는 이안이 지켜보고 있다는 걸 깨달았는지 얼른 표정을 수습했다. 꼭꼭 다 씹어 먹은 남자는 물로 입가심을 했다.

"그닥."

"돼지 껍데기 먹자고 하면 죽으려고 하겠네."

"돼지……. 너 그 식성 누구한테 배운 거냐?"

"아빠? 우리 집에선 엄마 빼고 다 좋아해요."

"이재도 보기보다 이런 것들에 강했었어. 내 참, 동생까지 그 식성이라니."

"무슨 말씀, 내가 언니한테 가르쳤는데. 언니도 처음에는 곱창 맛을 몰랐었어요. 아빠가 곱창 먹으러 가자고 나랑 언니랑 데려가면 언니는 한 점이나 먹었을까? 그래서 내가 이렇게 자꾸자꾸 싸줬더니 나중엔 없어서 못 먹더라고요. 자, 그런 의미로 또 아."

주철은 밍기적거려야 소용없단 진리를 깨달았는지 이번에는 덥석 받아먹었다. 이안이 흐뭇하게 남자의 먹는 모습을 쳐다보았다. 대체 누가 한 말인지 모르겠지만, 사랑하는 사람이 먹는 모습만 봐도 배가 부르다는 거, 이젠 알겠다. 하지만 보고만 있자니 너무 맛있는 냄새가 진동을 해서 이안도 결국 상추쌈에 곱창 두어 점을 재빨리 올려놓고 한입에 꿀꺽 삼켰다.

"차가 있으니 소주는 안 되겠죠?"

"마셔. 어차피 난 소주 체질이 아냐."

이안은 소주를 주문해 놓고 남자와 자기 잔에 각각 따랐다.

"소주 체질이 아님 뭐, 양주 체질? 비싸다."

"와인이 좋아. 알코올 도수 높은 건 싫어."

"맥주는?"

"탄산이 싫어."

"까다로우셔라."

"맛을 무시하고 취하는 데만 급급한 주도가들보단 낫지."

"술 약해요?"

"현수보단 강해."

"형부 꽤 강해 보이던데. 근데도 취하는 게 싫다고요?"

"입에 들어가는 것들은 맛을 보라고 입에 넣는 거야. 소주, 고량주, 양주 같은 것들은 내 입맛에 안 맞아."

"그러면서 담배는 또 하지. 모순이야."

"담배 싫어?"

"응. 내 친구들도 많이 피우는데 내 앞에선 잘 못 피우게 해요."

"아버님은?"

"엄마 때문에 금연한 지 오래시죠."

"기본적으로 여자들이 강하군, 그 집안은."

남자는 못 이기는 척 곱창을 뒤적였다. 그러더니 가장 작으면서 거의 바삭하게 구워진 조각을 입에 넣어 오물거렸다. 질색팔색을 하더니 생각만큼 나쁘진 않은가 보다. 이안은 남자가 한 조각을 한참 씹어대는 걸 보고 한숨을 쉬었다. 하지만 집에 돌아가는 길에 삼각 김밥이라도 사먹여야겠다.

"솔직히 말해봐요, 곱창 처음이죠?"

"근처에도 안 와봤어."

"그럼서 왜 싫대요?"

"야만적이라서?"

"내가 미쳐. 정말 고상한 양반 여기 계셨네. 왜 안 해보고 지레 겁먹어요. 이 맛있는 걸 놓치고 살았다니 낭비야, 낭비."

"대신 더 맛있는 걸 먹고 살았지."

"피자, 스파게티, 햄버거?"

"인도 쪽의 향신료가 잘 맞아. 나중에 인도요리 먹으러 가자. 양고기도 한번 먹어야지."

"음. 그거 잘못 조리하면 노린내 난다는 양고기?"

"먹어봤어?"

"아직."

남자가 허리를 쭉 늘였다. 남자의 웃음이 얄밉다.

"꼭 먹여주지."

"기본적으로 고기라면 좋아하니까."

"터키 요리는?"

"케밥 정도?"

"그리스는?"

"몰라요."

"해산물 좋아해?"

"육류가 더 좋아."

"좋아. 그리스 요리 먹자."

"거기 해산물 요리가 주류 아니었어요?"

"그러니 먹어야지."

드디어 복수할 방법을 찾아내셨다 이거로군. 이안은 나중에 그리스 요리를 꼭 찾아봐야겠다고 다짐했다. 아무거나 정말 잘 먹는 이안이었지만 해산물 쪽은 의외로 약했다. 엄마가 해산물을 좋아해서 가끔 해삼, 멍게 등등을 사 오시는데 그럼 이안은 김에 밥을 싸 먹었다. 해산물은 정말로, 특유의 비릿한 냄새가 확 올라와서, 비위에 잘 맞지 않았다. 그래서 몸에 좋고 맛도 좋다는 해산물을 찾아 먹은 적은 거의 없었다.

"난 면 종류도 좋아. 쌀국수, 스파게티 같은 거."

"여자 취향이다."

"넌, 싫어할 거 같다."

"참도 빨리 파악하셨네요."

"그렇게 고기를 좋아하면서 살은 왜 안 찔까?"

"디자이너가 얌전히 스케치만 하는 직업인 줄 알아요? 얼마나 체력을 요하는데. 항상 서서 작업하지, 발품 팔아 옷감 찾아다니지, 견문 넓혀야 하지, 쫓아다닐 데도 많지. 시장 조사는 내 눈으로 직접 하지 않으면 직성도 안 풀리고. 나 사실 주말이면 백화점 같은 데 돌아다니는 거 좋아해요. 딱히 우리 매장만 아니라 전반적으로 고루고루 보는 걸 좋아해요. 가끔은 일층부터 전 층을 싹 돌 때도 있어."

"친구들이 싫어하지 않아? 아무리 쇼핑 중독이라도 그렇게까지 하는 사람은 없잖아."

"응. 그래서 혼자 다녀요. 요즘은 혼자 다녀 버릇했더니 혼자가 더 편하고. 가끔 후배 애들 데리고 다니는데 나보다 먼저 뻗어서 재미없어."

"그럼 내일은 내가 에스코트 하지."

"으응?"

이안은 진심으로 놀랐다. 이안이 자신의 주말 일과를 남자 쪽에 들려주면 열에 아홉은 발뺌하기 바쁘고, 남은 하나는 쇼핑 중독자 같은 이안을 경멸했다. 같이 가자고 말한 사람은 맹세코 처음이었다.

"나도 쇼핑할 때면 기운이 솟는 타입이거든. 마침 남성복 디자이너하고 같이 다닐 테니 이번에야말로 마음에 드는 옷을 살 수 있겠다."

"저기, 혹시 말인데요, 요즘 흔히 말하는 된장남이세요? 좋아하는 음식은 인도, 터키, 그리스 요리에 이탈리안 요리이고, 즐기는 술은 와인이고, 지금 옷차림도 그렇지만 여느 때도 패션 쪽으로는 빠지는 걸 본 적 없고, 구두는 항상 아르마니 아니면 페라가모고, 쇼핑은 보통 여자 이상으로 좋아하고? 혹시 커피는 스타벅스만 마셔요?"

"내가 내린 거 아님 안 마셔."

중증이다. 커피는 무조건 진하고 향긋하고 양 많으면 장땡인 이안과 180도 다를 것이다. 아마 어느 나라 어느 브랜드 커피콩을 사 직접 갈고, 내려 마실 것이다. 그 모습이 너무나 잘 상상되고, 너무나 잘 어울렸다! 이안은 골치가 아팠다.

"된장남이시구나."

"아마도."

"자각도 하면서 된장남이시구나. 와, 재수없다."

"없는 돈으로 빚내서 사는 것도 아니고, 있는 돈으로 쓸 만큼 적당히 쓰고, 향유할 만큼 적당히 향유하며 사는 거야. 그게 왜 재수없는 거지? 난 내 삶에 충실하다 생각하는데."

"의사가 그렇게 돈 많이 벌어요? 난 대학병원 의사들 박봉이란 소리만 들었는데, 아닌가 봐. 어디 쌈짓돈이라도 숨겨놨어요?"

"아, 아버지가 대성 어패럴 회장이야."

이안은 잠깐 귀를 후볐다.

"여보세요, 뭐라고요?"

"너 R브랜드 디자이너랬나? 그럼 그 회사겠구나."

"저기, 그럼 나 지금, 우리 회사 회장님의 독자랑 곱창 뜯고 있는 거예요?"

"그렇지."

이안은 결국 젓가락을 내려놓았다. 스스로도 대범하고 시원 시원한 성격이라 자부했는데 지금은 정말로 막막했다.

"처음부터 알고 있었죠."

"이재한테 들었지."

"근데 왜 말 안 했어요?"

"뭐, 내가 거기 주주라는 거?"

"주주라고요?"

"대 자가 붙는 주주는 아니지만."

"맙소사."

이안이 알기론 대성 어패럴 회장에게는 망나니 아들이 하나 있어, 아버지 말은 지지리도 안 들어 처먹고 아버지가 원하는 길은 절대 걷지 않는다고 했다. 그래서 흔히 있는 부잣집 망나니일 거라고, 아버지 등골이나 빼먹는 버러지 같은 놈인가 보다고 생각했었다. 누구도 그 아들내미가 번듯한 의사 노릇을 하고 있고, 이혼은 했지만 평범한 가정을 꾸린 적 있었으며, 술과 약과 노름에 쩌들기엔 자기 관리가 철저하고, 무엇보다 지금은 이안의 코앞에 앉은 남자라고 말해준 적 없었다.

"그렇게 충격이야?"

"부잣집 아들내미인 줄은 알았지만 이 정도인 줄 몰랐죠. 그럼 혹시 전 부인 집안은?"

"장인어른이 김부석 씨야."

"K식품의 그 김부석 씨? 우리 방금 보고 온 극장 계열 회장님?"

"응."

"어디까지 부자인 거예요?"

"밥이나 먹어."

문득 정신을 차리니 곱창이 반쯤 사라져 있었다. 이안은 또다시 놀랐다.

"이거 다 먹었어요?"

"먹을 만하네."

이건 이안이 아는 주철이었다. 이안은 한숨을 가볍게 내쉬었다. 그래, 이 남자 집안과 전 부인 집안이 대단하다 해서 달라지는 게 뭐 있겠는가. 이안네 회사 회장 아들이라는 게 좀 걸리긴해도, 그것 때문에 주철이 특별히 달라지는 건 없었다. 오히려남자의 성장 배경을 알 수 있었다고 할까.

"그렇게 돈 좀 많으면 곱창 한번 먹어보지. 아껴뒀다 어디에쓰게."

"누구도 나한테 곱창 먹으러 가자고 한 적 없어서. 이런 게 있다는 것만 알고 있었지."

"나 같았음 봉 잡았다고 끌고 다녔을 텐데. 그쪽 주변 인간들은 하나같이 착했나 봐요."

주철이 냉소적으로 입꼬리를 올렸다.

"그런 놈들을 곁에 둘 성격이 아니라서."

지극히 주철다웠다. 이안은 금세 수긍했다. 주철은 자기를 봉으로 알고 이용해 드는 사람들을 곁에 둘 성격이 아니었다. 분명 이안이 상상하는 것 이상으로 차갑고 모진 말로 내쫓았을 것이다. 그리고 점점 더 혼자가 되었을 테고. 주철이 유들유들한성격이었다면 그런 사람들과도 데면데면하게나마 알고 지냈을텐데, 저 칼 같은 성격에 어디 감히.

"나 바로 납득했어요."

"잘했어."

"근데 너무 내쫓으면 외롭잖아요. 정말 호의를 갖고 접근한 사람도 있었을 텐데."

"그걸 선별하느니 의서를 하나 더 보겠다고 생각했었지."

"아무도 필요 없었던 거예요?"

묻는 자신이 더 서글펐다. 그럴 리가 없는데, 아무리 독하고 모진 사람이라도 아무리 강하고 빈틈없는 사람이라도, 고독과 외로움에서 벗어날 수 있을 리가 없는데. 분명 누군가가 필요하긴 했어도 그 점을 인정하지 않았거나, 누가 어째서 어떻게 필요한지를 몰랐을 것이다.

"없었어."

"나는?"

주철의 입가가 서서히 누그러졌다.

"이제 알아보려고."

그래도 참 많이 발전한 건가. 의서보다는 들여다볼 가치가 있다고 인정한 거니까. 이안은 나름 만족했다.

두 사람은 음식 값을 계산한 뒤 차에 올랐다. 이안의 집은 이곳에서 차로 십 분이면 충분히 도착하는 곳이었다. 누가 토요일 아니랄까 봐 도로마다 차가 꽉꽉 들어찼지만 그래도 조금씩 조금씩 전진했다.

"어제는……."

남자가 먼저 말을 꺼냈다. 선선한 바깥바람을 쐬던 이안은 흩날리는 머리카락을 고정하고 남자를 돌아보았다. 남자는 정면을 응시하고 있었다.

"난, 배려란 걸 잘 모르는 놈이야. 이게 자랑이 아닌 것도 알고. 하지만 어제는, 내가 심했던 것 같다."

"혼자 고민한 거예요?"

이안은 남자의 목을 덮은 터틀넥에 머리카락이 떨어진 걸 보고 떼어내었다.

"넌 가끔 모든 걸 아는 사람 같아. 나보다도 어리면서."

"나도 다 알진 못해요. 특히 당신 일이라면 모르는 게 더 많아. 하지만 나도 혼자 고민하고, 많이 생각했으니까, 당신도 그랬으면 좋겠다고 생각해서 말한 거예요."

"너랑 있으면…… 치유받는 기분이 들어. 난 누구든 밀쳐 냈어, 그리고 누구든 날 밀어냈어. 하지만 넌…….."

"내가 특별히 대단한 게 아니에요."

"그럼 네가 나에게 특별해진 것일까?"

"나한테 당신은 특별하니까."

주철은 잠시 말을 잃었다. 이안은 기어에 올린 주철의 손등을 감쌌다. 주철은 이안의 손을 내려 기어를 잡게 하고 이안의 손째 기어를 잡았다. 이안이 다른 손으로 그의 뺨을 가볍게 훑었다. 주철은 그 손마저 잡아 입술에 깊게 묻었다.

"너무 무서워, 너를 향한 내 감정이란 것이. 너무 무거워. 너무, 절박해. 넌 분명 내 곁에 있어주겠다고 말했는데, 난 널 잃을 것만 같아. 그럼 너무 두려워서, 너무 힘들어서, 차라리 지금 널 보내 버리고 싶고…….. 아니, 정말은 널 내 심장에 묻어버리고 싶어. 절대 어디로 도망가지 못하게 붙들고 싶고, 네가 다른 곳으로 눈을 돌릴 수 없게 눈을 가려 버리고 싶어. 이런 내 감정 때문에 네가 더 도망치고 싶어질 거란 걸 아는데, 멈춰지지가 않아. 숨이 막혀. 이건 내가 아니야. 그래서 때론 난 널 사랑하는 게 아니라, 널 증오하는 거라 생각하지. 이런 건 사랑이 아닌 것 같아서."

이안은 그를 물끄러미 바라보았다. 안경테에 가려져 그의 눈빛을 읽을 수 없었다. 이안은 정면에서의 모습보다 이런 측면에서의 모습이 눈에 더 익다는 걸 깨달았다. 항상 그를 보아왔는데, 그가 이쪽을 안 볼 때 더 많이 봤었나 보다. 눈이 절로 갔었나 보다.

지금은 뒷모습만 보고도 그인 걸 알 수 있을 정도로.

"혹시 9월 중순쯤 압구정에 간 적 있어요?"

그는 무슨 소린지 모르겠단 표정이었다. 그러다 문득 고개를 살짝 끄덕였다.

"자주 가는 바가 있어."

"언니는 나보고 경찰견이라고 했어요. 어디에 가든 이재 언니만큼은 잘 찾아냈거든요. 하지만 난 사실은 사람들을 잘 못 찾아요. 언니 말고 내가 먼저 찾아낸 사람은 거의 없었어. 근데 나, 당신은 찾아냈어요."

차가 스멀스멀 나아갔다. 그러다 곧 신호에 걸려 멈추었고, 주철은 슬그머니 이안의 손을 뒤집어 깍지를 꼈다.

"난 항상 둘째였어요. 언니가 있어서, 난 항상 언니 다음이어야 했어. 그렇다고 언니를 원망했던 건 아니에요. 내 안에서도 언니는 항상 첫 번째였으니까. 하지만 계속 허전했어. 부모님의 알뜰살뜰한 애정을 받아도, 언니에게 사랑받아도, 많은 사람을 만나 그들의 첫 번째가 되어도, 허전함은 메워지지 않았어요. 항상 뭔가 빈약했어. 뭔가 부족하고, 뭔가 덜 미친 듯한 느낌만 들었어. 그래서 이런 게 인간이 타고난 고독인가 보다, 인간이란 건 무엇을 해도 만족하는 법 없는 욕심쟁이니까, 나도 그런 인간의 하나니까, 이런 느낌이 당연한 건가 보다 했어요. 그런데 당신을 보면 아닌 것 같아. 어제 상처받은 건 맞아요. 할 말 안 할 말 가리지 않고 그저 오롯이 부딪쳐 오는 당신 때문에, 힘들었던 것도 맞아. 근데, 행복했어. 허전하다, 빈곤하다, 부족하다, 그딴 생각할 겨를이 없었어. 너무 행복해서, 이 사람이 나에게 얼마나 진심인지, 조금의 의심도, 조금의 불신도 없어서, 너무너무 행복했어. 그래서 나도 겁났어요. 이 사람의 이 감정이 나중에 식으면 어떡하지? 나중에 세상 때를 입어 슬슬 거짓말도 할 줄 알게 되고, 나에게 벽을 쌓게 되면 어쩌지? 나 그럼 당신한테 많이 실망할 텐데. 더 많이 아파질 것 같은데."

이안은 남자의 손등을 가만히 쓸었다.

"나한텐 사랑이에요. 숱한 사람 틈에 있어도 당신 찾아낼 수 있는 거, 당신 감정이 버거우면서 행복한 거, 다 사랑이에요. 우린 사랑을 하는 게 아니라 사랑에 미친 것 같아요. 그게 아니라면 당신이 무서워야 하고, 당신 감정에 겁이 나야 하는데, 알아요? 나 지금 가슴이 터질 것 같아. 숨을 쉬는 것도 무섭고, 시간이 흐르는 것도 무서워. 이 순간이 흘러가 버리고 과거가 돼버리는 게 무서워. 당신이 항상 이대로였으면 좋겠어. 항상 그 마음으로 나한테 미쳤으면 좋겠어."

결국 주철이 이안을 끌어당겼다. 신호와 어마어마한 차량으로 정체된 대로변 한가운데에서 두 사람은 타 죽을 것 같은 키스를 나누었다. 이안은 거의 남자 위에 반쯤 올라타고 있었다. 두 사람은 산소가 부족해 입술을 떼었다.

"사랑해요……."

주철의 입술이 사납게, 거칠게, 어떤 기교나 불순한 마음 없이 올곧이 이안에게 부딪쳤다. 이안도 죽을 것처럼 남자를 탐했다. 두 사람은 키스를 나누는 게 아니었다. 격렬하게 부딪쳐 하나로 뭉개지길 바라며, 두 개의 몸뚱어리가 하나가 되길 갈망해 몸부림치는 것이었다.

스쳐 가는 차량의 엄청난 경적음을 배경으로 두 사람의 입술이 간신히 떨어졌다. 주철이 문득 차의 진로를 바꾸었다. 이안은 부푼 아랫입술을 꼬옥 깨물었다. 이안도 주철과 같은 마음이었다. 오늘 밤은, 혼자이고 싶지 않았다.

제 11 장

툭.

코트가 발치에 나뒹굴었다. 이안은 벽에 파묻힐 것 같았다. 남자에게 삼켜질 것 같았다. 그리고 남자를 꿀떡 삼켜 버릴 것 같았다.

입술이, 손이, 눈이, 심장이, 그를 헤집고 그를 허겁지겁 해치우고 그를 긁어냈다. 긁어서, 할퀴어서, 파내서, 붉은 피를 철철 흘리며 뜨겁게 펄떡이는 심장을 삼켜 버렸으면 좋겠다. 질경질경 씹어서 이 남자의 솜털 한 올까지 오롯이 내 것으로 만들고 싶다.

뜨겁고, 아프고, 타오르는 감정에 죽을 것만 같았다. 이안은 남자에게, 남자는 이안에게 매달렸다. 이안은 돌아버릴 것 같았다. 먹어도, 먹어도, 마셔도, 마셔도 부족했다. 절박했다.

남자가 이안의 옷을 쥐어뜯듯 벗겨냈다. 이안이 남자의 터틀넥을 끄집어 올렸다. 드디어 맞닿은 맨살의 뜨거운 감각에 둘은 동시에 한숨을 내쉬었다. 그것도 잠시, 호흡도, 산소도, 원초적인 본능도 잊은 입맞춤이 시작되었다. 이안은 미친 듯이 매달렸다. 미친 듯이 끌어당겼다. 미친 듯이 남자를 집어 삼켰다. 남자가 이안의 바지를 끌어내려 그의 하체를 들이 밀었을 땐 이미 등골을 휩쓴 오르가슴을 맛본 다음이었다.

하지만 아직 시작임을 안다. 아직 본편은 시작되지도 않았다. 이안은 그의 바지를 내렸다. 남자의 브리프가 한꺼번에 내려가며 드디어, 드디어 그가 드러났다.

잠깐 무언가 떠오르긴 했다. 그게 뭔지도 모르는 사이 그것은 사라졌고 이안은 남자의 허리에 다리를 감았다. 남자의 끓어 넘치는 손이 허벅지를 억세게 파고들었다. 동시에, 드디어 그가 이안을 꿰뚫었다.

"아, 하악……!"

"후읍—"

또다시 동시에 터져 나온 한숨. 이안은 녹아버릴 것 같았다. 반쯤 실신 지경이었다. 좋다, 는 표현을 미적지근하게 여긴 적 없건만. 지금은 '좋다'는 표현이 너무나 빈약하고 허술했다. 어떻게 이 쾌감을 '좋다'는 한마디로 함축할 수 있단 말인가.

까무러칠 것 같았다. 숨이 넘어갈 것만 같았다. 그리고 정말 이대로, 이 남자와 함께 죽어도 좋을 것 같았다. 이안은 남자의 어깨에 깊숙이 손톱을 박았다.

남자가 움직였다. 이안은 들썩였다. 사고, 이성, 논리, 터럭만큼도 없었다. 이안은 그저 여자가 되었다. 남자의 품에서 울부짖고 비명을 지르고 사정없이 몰아치는 쾌락에 속절없이 휩쓸리는, 그저 여자가 되었다.

이안은 남자의 등을 긁었다. 가슴을 긁었다. 뭔가 쥐고 있지 않으면, 뭔가 하지 않으면, 몸이 부서져 나갈 것만 같았다. 이대로 돌아버릴 것 같았다. 정말 폭탄처럼 온몸이 뻥 터져 흔적도 없어질 것 같았다. 남자가 밀려들어 올수록, 남자의 힘든 듯한 신음이 귀를 파고들수록, 이안은 아랫입술이 찢어지도록 이를 악물었다.

제발, 제발, 이대로, 아, 제발…….

무엇을 바라는지조차 모르면서 이안은 애원했다. 정말 이대로라면 몸이 견디지 못할 것이다. 섹스는 녹아버릴 듯 뜨겁고 달콤한 거라고? 마치 지옥의 불길처럼 영혼마저 불사르려는 이것은, 그럼 대체 뭐란 말인가? 섹스가 아니다. 섹스일 리 없었다. 만약 이것 역시 섹스라면 세상 사람들은 제대로 된 섹스를 못했다는 뜻이 되었다.

모세혈관까지 욱신거려 온다. 짜릿하다 못해 쩌릿하게 신경 곳곳을 내달리는 쾌감에 이안은 정신을 잃지 않으려 기를 썼다.

하지만 이게 한계였다. 정말이지, 버틸 수가 없었다. 남자의 등에 꾹 박혀 있던 손에서 어느덧 힘이 빠져나갔다.

등이 욱신욱신 쑤셔왔다. 이안은 천천히 눈을 떴다. 낯설면서 낯익은, 어딘가 위화감이 감도는 남자가 시야에 들어왔다. 주철이 안경을 벗고 있었다.

"응?"

"정신이 들어?"

"나……."

"기절했었어."

"어, 얼마나?"

"일이십 초 정도."

"맙소사……."

어느 복 터지는 여자가 섹스 도중 기절하나 했더니, 자기 얘기였다. 예전엔 쾌락 때문에 까무러친다는 말을 소설에서나 봤었다. 요즘에는 너무 식상해서 써먹지 않는다는 얘기도 들었다. 그걸, 이안이 한 것이다. 그런데 기분이 좋다기보다 어처구니가 없었다. 정말 정신을 잃었다니, 실감이 없었다. 정말 믿어지지 않는 건 그 상황에서 죽지 않고 다시 살아났단 현실이었다. 이안은 정말로 죽어버리는 줄 알았다.

이안은 아직도 땀이 맺힌 남자의 얼굴을 쓸었다. 그사이 남자는 이안을 침대로 옮긴 것 같았다. 말은 일이십 초라고 하는데 족히 일 분 이상은 정신이 날아갔던 것 같았다. 남자는 이안의 손을 잡아 손목 안쪽에 살짝 이를 박았다.

손목을 기점으로 손끝부터 어깨까지 짜르르 전류가 흘렀다. 이안은 어깨를 들썩였다. 남자의 입술은 이안의 팔을 거슬러 순례를 시작했다. 결코 성스럽지 못한 순례에 이안은 부도덕한 쾌감을 만끽했다. 남자가 다시 이안과 몸을 겹쳤다. 이안의 허리가 살짝 비틀렸다. 이안은 무릎을 세워 남자의 잔뜩 성이 난 그곳을 슬금 문질렀다.

남자가 퍼뜩 모든 동작을 멈추었다. 이안의 눈가에 요염한 붉은 빛이 피어올랐다. 안경을 벗은 남자는 주철이었지만 동시에 주철 같지가 않았다. 사실 시력은 나쁘지 않은데 저 매운 눈매를 감추려 안경을 쓰는 건 아닐까 싶다가, 그렇게 배려가 뛰어난 남자는 아니었단 사실에 피식 웃어버렸다. 남자는 이안의 아랫배를 살짝 짚었다.

"도발하지 마."

이안은 오히려 허벅지에 좀 더 힘을 실어 남자의 묵직한 그곳을 살금살금 자극했다. 남자의 입가에서 점점 여유가 사라졌다. 이안은 너무나 흡족한 미소로 남자가 잃어버린 여유를 만끽했다.

"정이안⋯⋯."

"아직도 더 시간이 필요해?"

"너 방금 기절했다가⋯⋯."

"이것 때문에 죽을 뻔했어. 그리고 차라리 죽는 게 낫겠다고 생각했어."

남자의 눈이 번뜩였다. 남자가 드디어 이안의 무릎에 자신을 대고 꾹 눌러왔다. 이안의 호흡이 급해졌다. 남자는 이안의 무릎 뒤에 손을 들이 밀어 다리를 높이 세우고는 이안의 발목을, 손목에 했던 것처럼 꾹 깨물었다. 이안은 시트를 움켜쥐었다. 몸이 들썩였다. 남자의 섬세한 손가락이 부드럽게, 농밀하게 말랑한 살을 꾸욱 눌러왔다. 흐벅진 허벅지에 이르러 손등으로 슬쩍 쓸더니 허벅지를 넓게 벌려 그 안쪽에 짙은 단내를 뿜어냈다.

이안은 눈을 질끈 감았다. 남자가 이를 박았다. 희디흰 허벅지엔 분명 붉은 자욱이 남을 것이다. 남자는 그 주위를 끈질기게 핥았다. 다른 한 손은 다른 쪽 무릎 뒤를 간질이듯 문질렀다. 이안은 하체에 집중된 자극에 어쩔 수 없는 신음을 흘렸다.

"어떻게 할까……?"

남자의 눈이 압도적인 지배욕으로 번뜩였다. 이안은 온몸을 부르르 떨었다. 이안이 손을 내밀었다. 남자는 그 손끝을 살짝 물고는 그대로 다시금 이안을 꿰뚫었다.

"하아아앗……!"

다시 시작되었다. 시커먼 불꽃이 날름대는 열락의 불길이. 남자는 이번엔 서두르지 않았다. 이안의 손끝을 물고, 핥고, 빨고, 간질이며 천천히, 천천히, 이안의 안을 휘저었다. 이쪽 내벽에

서 저쪽으로 커다랗게 움직이는 남자가 느껴진다. 이안은 주먹
을 쥘 힘도 없었다. 손이 파들파들 떨려 힘이 들어가지 않았다.

　조금씩, 멀어졌다. 이안은 숨을 들이쉬었다. 그리고 급격하게
치고 들어왔다. 이안의 숨이 격하게 빠져나갔다. 남자가 들어오
고, 나갈 때마다 이안은 숨 쉬는 법을 잊었다. 너무 교묘하게,
너무 감질나게 이안을 자극하던 남자는, 그 이상은 맛보여 주지
않았다. 이안이 사정할 때까지, 울부짖을 때까지.

　"제발, 아아, 제발……."

　이안의 애걸과 동시에 남자가 거칠게 허리를 놀리기 시작했
다. 이안을 자극하며 그도 한계에 다다른 것이다. 말로 하지 않
아도, 눈으로 보지 않아도 알 수 있었다. 가장 내밀하며 가장 솔
직한 두 곳에서 서로의 가장 깊은 욕망의 대화가 오갔다. 이보
다 더 솔직한 남자의 말은 들을 수 없을 것이다.

　남자가 점점 더 절정을 향해 치고 들어왔다. 이안의 몸을 섬
세하게 쓸어내리며 모든 감각을 알알이 곤두세웠던 남자였다.
이안은 그가 닿은 내벽에서, 그가 쳐올리는 그 끝의 감각에서,
남자의 호흡이 스치는 피부에서, 남자의 입술이 닿았던 살결에
서, 모든 것에서 쾌락을 느꼈다. 쾌락이 이안의 곤두선 솜털을
타고 근육을 뚫어 뼛속 깊숙이, 영혼 저편까지 그득히 파고들어
왔다.

　예리하며 묵직하고, 순식간에 전신을 뿌듯하게 채운 쾌감에
이안은 결국 소리 없는 비명을 내질렀다. 남자의 절정이 거의

동시에 찾아옴을 느끼며 이안은 두 번째로 정신을 놓았다.

　몸 구석구석이 새로이 피어나는 것 같았다. 예전에 한번 태국에서 본토 전신 마사지를 받았을 때와는 또 다른, 새로 태어난 느낌이었다. 뿌리 끝까지 그득 채운 충만감, 그리고 계속계속 몸을 찔러오는 날카로운 쾌감의 여진, 이안은 이번에도 자신이 살아 있음에 의아함과 동시에 안도감을 느꼈다. 그래, 고작 한 번 하고 죽을 순 없다. 몸이 안 부스러지고 남아날까 걱정도 되지만 이걸 고작 한 번 해보고 아까워서 어떻게 죽는단 말인가.

　이마를 스치는 부드러운 기운에 눈을 떴다. 남자의 숨이었다. 정수리와 이마를 살짝살짝 건드리는 규칙적인 호흡에 이안은 웃음이 거품처럼 보글보글 솟았다. 남자도 죽을 만큼 피곤했나 보다. 신경질적일 만큼 예민한 남자가 이안을 끌어안고 깊은 잠을 청하고 있다니, 놀라운 일이었다.

　이안은 곤히 잠든 남자를 깨우기 싫어 얌전히 안겨 있었다. 남자는 마치 자기 소유를 주장이라도 하듯 이안을 꼭 끌어안고 다리까지 한쪽 이안의 허벅지에 걸친 채였다. 누가 보면 평생 이렇게 살았는지 알 것이다. 이안도 신기할 정도로 남자의 품이 편안했다. 아까까지만 해도 이 품에서 죽어버리는 줄 알았는데. 남자의 두근두근 뛰는 심장이 느껴졌다. 체온은 적당히 따뜻했고 두 사람은 한 이불을 덮고 있었다. 이불 속 두 사람은 알몸이었지만 이불 속 두 사람을 감싼 공기가 너무나 부드럽고 따뜻해

추위를 느낄 수 없었다.

이안도 졸렸다. 분명 생각해야 할 것들이 몇 가지 있었는데 도무지 머리가 돌아가지 않았다. 그저 생각나는 건, 매번 이렇다면 복상사도 시간문제라는 사실뿐. 하지만 그 정도면 행복하지. 이안은 좀 더 남자 품에 파고들어 잠을 청했다.

"이안아, 이안아."

"으, 으응?"

"전화."

"전화……."

이안은 남자의 목소리에 몸을 더 웅크렸다. 남자는 어느새 침대 밖으로 발을 내딛고 있었다.

"너희 집 아냐?"

이안은 번쩍 눈을 떴다. 이안은 허둥지둥 거실로 달려나갔다. 내팽개쳐진 가방과 흐트러진 짐 속에서 드르륵 드르륵 울리는 핸드폰을 발견했다. 이안은 발신 번호를 보고 기함했다.

"여보세요?"

[대체 왜 전화를 안 받는 거야?]

"어, 엄마……."

[어디야. 늦으면 늦는다고 말했어야지. 지금 몇 시인지 아니?]

이안은 재빨리 손목시계를 돌렸지만 거실이 깜깜해서 보이지 않았다. 이안은 미친 듯이 시간을 찾아 헤맸다. 별안간 코앞에 네모난 세상이 확 밝아지며 조그만 네모 안 AM 12:10이란 표시가 보였다. 평소 엄마는 이 정도 늦는 것 가지고 잔소리하시지 않았다. 다만 그것도 이안이 미리 늦는다고 연락을 했을 때 일이었다. 이안은 오늘 나간다는 이야기도 하지 않았을뿐더러 늦는다고는 입도 벙끗하지 않았기 때문에 엄마는 잔뜩 화가 난 것이다. 이안은 핸드폰을 열어 시간을 알려준 남자를 보고 꾸벅 인사했다.

"미, 미안해, 엄마. 지금 들어가는 길이었어."

[오늘 나간단 말도 없었잖니. 대체 누굴 만난 거야?]

누, 누구냐고? 이안은 어지러이 남자를 훑었다. 남자의 눈동자는 침착하게 가라앉아 있었다. 그리고 벌거벗은 이안의 등에 무언가를 걸쳐 주었다. 당황해서 추위도 모르던 이안은 뭔가 덮여지자 그제야 선뜻 한기를 느꼈다.

"친구라고 해."

수신음을 최대로 높인데다 엄마가 언성을 높이고 있어서인지 남자에게 대화가 다 들렸던 것 같았다. 이안의 눈동자가 흔들렸다. 그리고 눈빛으로 그에게 미안하다고 말했다.

"친구야, 엄마."

[무슨 친구. 뭐 했기에 지금까지 연락도 안 했어?]

"시, 심야 영화 봤어. 이 녀석이 밤밖에 시간이 안 된다고 해서. 진짜 미안해, 엄마. 곧 집이야. 조금만 기다려요. 응, 알았어, 미안해, 미안해. 응, 그냥 주무세요, 열쇠 있으니까. 응, 응."

이안은 간신히 전화를 끊었다. 엄마는 우선은 화가 풀리셨던지 밤 늦었으면 빨리 다니라는 걱정으로 전화를 끊으셨다. 이안은 정말로 가슴을 쓸었다.

거실에 불이 들어왔다. 남자가 그사이 트레이닝 바지를 입은 채 이안에게 다가왔다. 이안에게 덮어준 건 남자가 입은 트레이닝복 세트의 상의였다. 이안은 옷을 어색하게 추슬렀다.

"가봐야 할 것 같아요."

"응."

"뭔가 놓쳤다고 생각했는데, 집에 연락하는 거였나 봐요."

"응. 샤워할 시간은 없겠고. 옷 입어. 데려다 줄게."

남자가 도로 방으로 들어가려 했다. 이안은 남자의 손을 살짝 잡아끌었다.

"친구라고 말해서, 미안해요."

"내가 시켰잖아."

"정말은 남자 친구라고 소개하고 싶었어."

"그런 거 신경 쓰지 않아."

남자가 돌아보았다. 분명 상처 입었으리라 생각했는데 그런 기색은 없었다. 오히려 이안의 허리를 당겨 이안의 불안이 가득한 뺨을 쓸어주었다.

"내가 정말 신경 쓰는 건 다른 거야."

"응?"

"어떻게 해야 내가 그분들한테 사위로 인정받을 수 있을까 하는 것."

이안의 눈망울이 일렁였다. 언젠가, 언젠가라고만 생각하고 있었다. 그 언젠가도 언젠가는 안 올 수 있을 거라 생각했다. 하지만 남자에게는 아니었던 거다. 이안의 눈가에 일렁이던 눈물이 방울방울 맺혔다.

"갑작스러웠다면 미안……. 하지만 내 진심이야. 네가 기회를 준다면, 나란 놈에게 하늘이 마지막 기회를 준다면, 너랑 결혼하고 싶다, 이안아."

"당신……."

"답은 지금 당장이 아니라도 좋아. 내가 무리라는 걸 알아. 너에게 강요하고 싶은 마음도 없어. 하지만, 이게 내가 널 보내려 했던 이유고, 잡을 수밖에 없던 이유다."

주철이 이안의 뺨을 소중하게 보듬어 깃털 같은 키스를 남겼다.

"지금은 집에 갈 생각만 하자. 더 늦어지면 어머님께서 걱정하시잖아."

주철은 이안이 옷을 챙겨 입는 동안 간단하게 씻고 나왔다. 집에 돌아가는 길은 조용하고 조금은 서먹했다. 하지만 집 앞에 도착해서 이안은 남자의 손을 꼬옥 쥐었다.

"나도, 미래에 대한 아무런 생각도 없이 당신을 잡았던 거 아니에요."

"알아."

주철의 눈빛은 다정했고, 다정해서 슬펐다. 주철은 이안의 손
끝에 살며시 입을 맞춘 뒤 돌아섰다. 감기 조심하라는 말도 잊
지 않았다.

남자를 먼저 보내고도 이안은 선뜻 발걸음이 떼어지지 않았
다. 다 컸다고 생각했는데, 다 준비가 됐다고 생각했는데, 막상
닥치고 나니 아니었던 것 같았다. 아직은, 아직은 이 집을 떠나
자기만의 가정을 이룰 마음의 준비가 되어 있지 않았다. 그래서
부모님과 함께 살 거란 꿈을 꾸었는지도 몰랐다.

그래도 언젠가는 이 집을 떠나야 한다면 그때 함께할 사람은
역시 주철뿐이었다. 이안은 천천히 등을 돌렸다. 가장 마지막까
지 마음에 남는 건 자신이 지금 어떤 대답을 했든 주철이 원하
는 답이 안 되었으리라는 것, 그리고 그게 주철에게는 아픈 상
흔이 되었으리란 사실이었다.

제 12 장

"어떻게 오셨나요?"

"열이 나서 잠을 잘 못 자고, 목은 깔깔하고, 어젯밤부터 기침도 시작했어요."

"목, 코, 머리 중에 어디가 제일 아프죠?"

"모, 목인가?"

"아, 해보세요."

"아."

"부었네."

주철은 주사약과 약을 종이에 슥슥 내갈겼다. 이십대 후반에 화장기라고는 눈 씻고 찾아도 찾아볼 수 없는 환자는 간호사의 지시에 따라 엉거주춤 몸을 일으켰다. 간호사의 안내대로 주사실로 따라간 환자는 슬금 바지 벨트를 풀면서도 굉장히 벙쪄 있었다.

"저기, 정말로 이걸로 끝이에요?"

"주사 맞고 처방전 찾아가시면 끝이에요."

"진료가요?"

깔끔한 민트색 카디건을 걸친 간호사는 뭐가 의아하냐는 듯 고개를 갸웃했다. 환자는 간호사 손에 들린 주사를 보고서도 머뭇거렸다.

"진료가 일 분 만에 끝나도 돼요?"

"왜요, 더 짧게 해드려요?"

"하지만 너무 간단해서……."

"내과에서는 우리 병원에서 손꼽히는 선생님이세요. 일부러 곽 선생님께 보이려고 곽 선생님 진료 시간만 맞춰 오시는 환자 분들도 많은걸요."

간호사는 '주사 놓겠습니다'라고 가볍게 중얼거리고 사정없이 바늘을 찔렀다. 날카로운 것에 찔리면서도 둔중히 덮치는 통증에 환자는 저도 모르게 이맛살을 찌푸렸다. 환자는 솜으로 주사 맞은 부위를 문지르면서도 계속 미심쩍어했다.

"그렇게 대단한 분이에요? 보기에는 꽤 젊어 보이던데요."

"벌써 삼십대 후반쯤이신걸요. 워낙 멋쟁이 선생님이라 그러실 거예요."

"실력이 얼마나 뛰어난지 모르겠지만, 저같이 처음 온 사람은 진료비 환불해 달라고 할지도 모르겠네요."

환자와 비슷한 또래로 보이는 간호사가 피식 웃었다.

"아직까진 곽 선생님 진료비를 환불해 달라는 분은 없었어요."

나가서 대기하란 말에 환자가 주사실을 나갔다. 바로 이어 들어온 환자는 오십대 초반의 중년여성이었다. 얼마 전 위경련이 도저 다시 병원을 찾은 환자였다. 이 주 전에 약을 타가며 석 달은 약으로 속을 다스리란 경고를 받았다. 환자는 익숙하게 바지춤을 조금 내렸다.

"몸은 좀 괜찮아지셨어요?"

"곽 선생님 약이 잘 듣잖우? 난 이미 다 나은 것 같아."

"그래도 위는 한 번 다치면 잘 안 낫는 거 아시죠? 석 달 판정 받으셨으면 되도록 석 달 내내 드세요."

"근데 곽 선생님 뭐 좋은 일 있으신가?"

간호사는 솜으로 문지르라고 충고하고는 다 쓴 주사기를 분리수거했다.

"왜요?"

"생전 안 하던 말씀을 하시네."

"뭐라셨는데요?"

"이 주간 잘 먹었다고, 약이 잘 받았다고."

"방금 어떤 환자는 진료 시간이 일 분밖에 안 걸렸다고 진료

비 환불하고 싶다던데요?"

"곽 선생님한테 인간미 넘치는 걱정을 해주길 바라는 게 무리지. 자기 필요한 말만 하는 사람인데."

"능력있다는 뜻이라고 해도 안 믿더라고요."

"나도 처음엔 그랬어. 내가 아파 죽겠는 거랑 이 인간이랑은 상관없다 이거지, 하고 이를 부득부득 갈았었거든."

"그게 선생님 스타일인걸요."

"응. 그렇게 아파 죽겠는 게 곽 선생 손 거치고 나니까 싹 낫데. 이건 우리끼리 말인데, 인간미하고 실력하고는 아무 상관없나 봐."

간호사가 후후 웃었다. 다음 환자를 받으면서 간호사는 문득 생각했다. 곽 선생에게 무슨 좋은 일이 있냐고? 그 반대라면 충분히 있었다. 저번 주 주말에 소문의 이규식 선생과 곽 선생의 전 부인이 결혼을 했다. 이규식 선생이 이 대학병원 출신이고, 동기나 선후배, 은사들이 수두룩함에도 그 결혼에 참가한 사람은 극소수라고 했다. 몇몇 다녀온 간호사들 말에 의하면 어찌됐든 결혼이라서인지 모르지만 두 사람이 참 행복해 보였단다. 전 부인이 데려간 딸내미도 굉장히 들떠서 엄마 손을 잡고 함께 버진로드를 걸었다고. 이젠 이 선생의 사모님이라고 불릴 그 여자는 식 중반부터 눈물을 그치지 못했고, 이 선생은 그걸 다정히 닦아주었더라고. 그래도 참 많이 행복해 보였다고. 그 모습을 보니 두 사람이 곽 선생에게 무슨 짓을 저질렀든 행복했으면 좋겠다는 생각이 들었다고 했다.

사실 이규식 선생이 불륜을 저지른 것, 그것도 하필 직속 선배의 부인과 불륜이었다는 것, 거기에 곽 선생은 이혼하고 이 선생은 불륜 상대와 재혼한다는 것 때문에 정말 많은 말이 돌았다. 이 선생이 소문이 돌기 전 병원을 옮긴 것도 비난을 받는 데 한몫했다. 남겨진 곽 선생 혼자 모든 소문을 감내해야 했기 때문이었다.

하지만 겉으로 내색하지 못해도 반쯤은 이 선생과 여자 사이를 내심 인정하는 사람도 있었다. 곽 선생은 환자들의 평도 그렇지만 함께 일하는 동료 의사나 간호사, 병원 직원들 사이에서도 차고 무심한 사람이라고 소문이 자자했다. 안에서 새는 바가지 밖에서도 샌다고, 밖에서 이렇게 차고 무심한 남자가 집에 돌아가 부인에게 알뜰살뜰 애정을 준다는 게 믿어지지 않았다. 자세한 속사정은 모르지만 부인이 밖으로 나돈 데는 곽 선생의 질릴 만치 차가운 성격이 한몫했을 것이라는 추측도 돌았었다.

반면에 이규식 선생은 정말 의사란 이래야 한다, 는 꿈의 구현이랄까, 워낙 다정하고 착한 성품에 아픈 사람들을 자기 가족처럼 챙기곤 해서 환자며 병원 식구들의 존경과 사랑을 한 몸에 받고 있었다. 그런 사람이 불륜을 저질렀다면 분명 무언가 있었을 거고, 그 무언가가 곽 선생의 냉정한 성격 때문일 거라고 추측하는 사람들이 많았다.

그러니 겉으로 보기엔 어쨌든 곽 선생은 동정과 비난을 한 몸에 받고 있어 곽 선생에게 좋은 일이 일어났다고는 생각되어지지 않았다. 환자에게는 드물게 '약 잘 먹었네요' 소리를 하기도 하니까 특별히 좋은 일이 있는 건 아니라는 생각이 들었다.

한데, 곽 선생이 감기 몸살로 쓰러져 응급실에 실려왔던 날 밤을 꼬박 새우며 곁에서 간호하던 여자가 있다고 하지 않았던가? 응급실 소속 간호사는 전에 곽 선생이 잠깐 침대 좀 빌리자며 데려왔던 여자와 같은 여자라고 했었다. 곽 선생은 친인척이나 지인이라고 특별히 먼저 진료하거나 좀 더 공을 들인다든지 하는 성격이 아니라, 그 당시에도 꽤 의아해했던 기억이 있었다.

곽 선생에게도 새로운 여자가 생긴 건가? 간호사는 기계적으로 환자의 둔부에 주사를 놓으면서 고개를 살짝 저었다.

여자가 생겼다면 곽 선생한테 나쁜 일은 아니겠지만, 누군지 참 고생깨나 하리란 생각이 들어서였다.

주철은 진료 시간에 핸드폰을 켜놓은 역사가 없었다. 그래서 집에서 걸려오는 다급한 전화도 놓칠 때가 많았다. 진료 시간에 핸드폰을 켜놓는다는 것 자체가 프로 정신 실격이라 생각하던 그였는데 지금은 점심시간이 되기 무섭게 핸드폰을 켜놓았다. 지금부터 오후 진료는 없었다. 점심은 느긋하게 먹을 수 있었다.

[여보세요?]

"점심, 시간 돼?"

[으응, 벌써 시간이 그렇게 된 거야? 점심이라⋯⋯.]

일부러 뜸을 들이는 거다, 이 여자. 알면서도 초조해졌다.

"싫음 말고."

여자가 후후 웃었다. 주철은 간호사들의 인사를 받는 둥 마는 둥 한 채 직원 전용 주차장으로 향했다.

[순대 먹고 싶어. 그냥 순대 말고 순대 볶음. 그래! 이 동네에 순대 잘하는 데 있는데, 거기서 만나요.]

순대, 순대, 순대. 곱창에 이어 순대. 주철은 끙 소리를 가까스로 참았다.

"떡볶이는 됐나?"

[떡볶이! 김말이, 고구마튀김, 야채튀김⋯⋯.]

내가 뭔 말을 하리.

"너 살 안 찌는 게 정말 용해."

[먹는 만큼 일하니까. 오늘은 그냥 순대로 참아야겠다. 거기 진짜 끝내줘요.]

뭐든 끝내주지. 주철은 툴툴거렸다.

[아, 혹시 순대 싫어해요?]

싫어해도 먹일 거면서 묻긴 잘 묻는다. 주철은 오늘 점심도 주린 배를 안고 돌아와야 한단 생각에 한숨만 나왔다.

[거기 순대국도 잘하는데⋯⋯.]

"순대 좋다. 나와 있어, 곧 도착하니까."

[응!]

주철은 핸드폰을 조수석에 툭 던졌다. 생긴 건 세계 어느 대도시에 내놔도 빠지지 않을 만큼 세련되고 매력적이면서 어째 식성은 시장통에서 잔뼈 굵은 아줌마 입맛이냐! 조금만 더 있으면 돼지 껍질은 물론이고 족발이며 선지해장국도 먹으러 가자고 할 판이었다. 주철은 생각만 해도 속이 미식거렸다. 나 사실은 결혼 다시 생각해 봐야 하지 않을까? 주철은 스스로 생각해도 한국적 입맛을 가진 사람이 아니었다. 맵고 강한 음식이라면 멕시코 음식이 더 당겼고, 순하고 간간한 음식이 당기면 일식을 찾았다. 지금껏 숙취 있다고 콩나물국을 찾거나, 배고파 죽겠다고 된장찌개를 찾아본 적이 없었다. 쌀밥보다 빵을 먹어야 포만감이 찾아오니 말 다했다.

엄마랑 살 때도 빵을 먹어야 뭘 먹은 것 같았었다. 그 때문에 엄마가 다른 건 몰라도 빵은 항상 챙겨주셨었다.

지금껏 엄마 생각을 하면 항상 주철에게 문전박대를 당해 우는 모습이 떠올랐었는데. 지금은 주철에게 몇 푼 쥐어주며 빵 사먹으라던 엄마의 웃는 얼굴이 떠올랐다. 마음이 뭉클해졌다. 이렇게 편안하게 엄마와의 추억을 떠올릴 수 있다니.

이 은혜를 갚기 위해서라도 순대 정도는 참아줘야 하지 않을까? 주철은 가슴께를 긁적였다.

"어때요?"

"뭐, 나쁘진 않아."

이안은 순대로 유명한 골목에 이르러 차를 길가에 주차하게 하고 골목 안쪽 깊숙한 곳까지 주철을 안내했다. 겉으로 보기엔 정말 허름했다. 벽돌 벽에는 기름때가 져 있고, 유리창은 깨끗하게 닦아도 지워지지 않는 기스와 얼룩투성이에다, 간판은 대체 몇 십 년 전 것인지 알 수 없는 가게였다. 하지만 이미 사람으로 그득 차 있어 이안과 주철은 십 분을 더 기다린 다음에야 자리를 잡을 수 있었다.

주철은 냅킨으로 테이블을 구석구석 깨끗이 닦고 싶은 걸 간신히 참았다. 이안이 행주로 설렁 훔친 테이블에 숟가락을 덥석 올려놓는 걸 보고 기함했다. 그는 재빨리 냅킨을 깔아 그 위에 새 수저를 올려놓았다. 정말 맘 같아선 직접 개수대에 가 꼼꼼하게 수저를 씻어오고 싶었다.

이안은 주철이 무슨 생각인지도 모르고 멋도 없는 플라스틱 컵에 물을 가득 따라 주철 앞에 놓았다. 주문은 이미 들어오며 완료했다. 테이블이 고작 여덟 개인 식당 가득 검은색, 쥐색, 갈색 점퍼투성이였다. 일하는 아주머니와 이안을 빼곤 모두 중년 이상의 아저씨들이란 뜻이었다. 때문에 오늘따라 산뜻한 연노랑 원피스에 하얀 코트를 걸친 이안과 호텔 레스토랑에 들어가도 손색없을 주철의 차림새는 눈에 띄고도 남았다.

아주머니가 종류별로 썰어진 순대가 그득그득한 커다란 접시를 가져왔다. 따끈한 김이 오르는 순대에서는 주철이 기대했던 것 이상의 고소한 향기가 올라왔다.

그리고 역시나 이안이 소스를 반쯤 묻힌 순대 한 점을 집어주었다. 주철은 눈 꾹 감고 받아 최대한 적게 씹고 삼킬 궁리를 했다. 한데 의외로 깔끔하며 풍부한 맛에 주철은 새삼 놀라고 말았다. 순대 속은 일반 분식점에서 파는 당면이 아니라 여러 가지 야채와 다진 고기가 버무려진 채 들어가 있었다. 어떤 육수를 우려냈는지 모르지만 깊은 맛이 더해져 순대가 순대가 아닌 맛이 났다. 정말 쫀득하고, 고소하고, 담백했다. 일절 잡맛이 돌지 않아 정말 신기했다. 그래서 한 점 더 집어 드니 이안이 '어때요?' 하고 물은 것이다.

"이 집이 진짜 원조예요. 이 집이 잘되니까 이 앞에 하나하나 순대집이 들어서면서 순대타운이 생긴 거거든요. 그러거나 말거나 이 집은 고집스레 원래 맛을 유지하더라고요. 이거 다 먹으면 아주머니가 순대국도 주시니까 먹어봐요. 난 여기 순대국처럼 맛있는 데를 양재에 있는 데 말곤 못 봤어."

"순대국은 누가 개발해 준 거야?"

"이 집 소개해 준 건 아빠. 양재 순대국 뚫어준 건 친구."

"남자 친구였겠군."

"응. 내가 순대 좋아한다니까. 기특하지 않아요?"

"그럼 그 기특한 친구 좀 계속 만나지 그랬어."

"그러게. 그놈 참 괜찮은 놈이었는데."

주철은 순간 타이어를 씹는 기분이 들었다. 아마 주철보다 여건 면에서 굉장히 잘 어울리는 놈이었을 것이다. 이안 눈이 그렇게 낮다고 생각하지 않으니까.

"파리에서 삼 년 유학해서 불어도 유창하고, 여행도 많이 다녀서 얘깃거리도 풍부했고, 여행을 많이 한 덕인지 사고도 굉장히 트여 있었고, 돈도 좀 있는 집안이랬고, 애 학벌이 딸리는 것도 아니고, 생긴 것도 그 정도면 괜찮았는데."

저렇게 아쉽게 말한다면 헤어진 게 정말 이상했다. 주철은 무심을 가장하며 순대를 한 점 더 집었다.

"근데 왜 헤어졌어?"

"걔는 사랑은 자유라고 했어요. 누구 노래에 나오는 말대로 보이지 않는 감옥에 가둬두는 게 아니라, 널리널리 날개를 펼치게 해주는 거라고."

근사한 소릴 하는 놈치고 속 꽉 찬 놈 못 봤다. 주철은 순대를 힘껏 질겅거렸다.

"그러더니 맘 따라 날아가 버리더라고요. 나, 채였어요."

이상한 느낌이었다. 이안이 그 남자에게 채였으니 자기를 만날 수 있었다는 걸 알면서도 이안이 채였다니, '뭐가 부족해서?'란 생각이 대뜸 들었다. 좋은 느낌보다는 싫은 쪽이 강하면서도 흡족해하는 기분 역시 동시에 들었다. 이게 아마 가족과 애인의 차이일 거라고, 주철은 생각했다.

"딴 여자한테?"

"응. 나랑 한 이 개월 만났나? 근데 걔 정말 웃겼어요. 걔가 헤어지자고 할 때 내가 좀 어처구니가 없어서 왜냐고 되물었거든요. 근데 그거 가지고 펑펑 우는 거예요. 헤어짐은 언제나 슬프고 사랑의 종말은 언제나 허무한 것, 너에게 상처를 주는 것 역시 그 사람을 향한 사랑이다, 다른 사람을 사랑해 버린 날 용서해라, 그러니 날 순순히 놓아달라. 아니, 내가 언제 자기 없으면 죽고 못 살겠다고 했냐고요. 누가 가지 말라고 질질 잡았으면 말도 안 해. 나한테 그럴 생각이 요거, 요만큼이라도 있었으면 내가 진짜 말도 안 한다고요. 그래서 아, 이 남자는 진짜 아니구나 싶어서 그냥 나와 버렸어요. 참고로 그 남자가 헤어지자고 했던 곳이 그 양재동 순대국집이었어요."

웃음도 나고 어처구니도 없어 픽 웃어버렸다. 이안도 따라 웃었다.

"그래서 나 한동안 그 집 피해 다녔잖아요. 집 앞이었는데."

"지금은 가?"

"응. 너무 맛있어서."

이안이 극적으로 한숨을 푹 내쉬었다. 주철은 픗 웃고 말았다.

이안이 보내고 곧장 빵이라도 사먹어야겠다고 생각했었는데 주철은 어느덧 텅 비어버린 접시를 보고 입을 다셨다. 처음 나올 때만해도 너무 많아! 해버렸는데 다 먹고 나니 어딘가 허전했다. 때맞춰 아주머니가 순대국과 밥을 내왔다. 여느 국밥집 일 인분에는 택도 안 되는 양이었지만 이미 순대 한 접시를 비운 상태에서는 딱 좋은 양이었다.

"맛있죠."

주철은 이번엔 군말없이 인정했다. 진짜 맛있었다. 잡냄새나 비린내가 나리라 짐작했는데 고소한 들깨 냄새와 군침 도는 냄새가 전부였다. 주철은 그 순대국까지 말끔히 비우고는 배가 빵빵해져 버렸다.

"와, 무리했다."

이안의 말에 200% 동의했다.

"늦게 들어가도 돼요?"

"오후에 진료 없어."

"그럼 바로 퇴근?"

"의사를 너무 물로 보는데?"

"그럼 뭐 해요?"

"우선은 대학 교수니까. 수업은 안 해도 연구는 해야 하거든."

"최근에 하는 연구에 대해 입에 올릴 생각 죽어도 하지 말아요. 난 예고, 예대 출신이라 과학하고는 눈곱만큼도 인연 없으니까."

"나도 재미없는 건 얘기 안 해."

"응? 재미없다고요? 그럼 왜 해요?"

"재밌는 것만 해야 한다는 네가 어이없는 거지."

"난 결혼도 재밌을 것 같아서 하는데?"

주철은 자기가 헛것을 들은 줄 알았다.

"당신하고 결혼하면 절대 심심하지 않을 것 같아."

"그런 말은 장난으로······."

하지만 이안의 눈동자는 진지했다. 주철은 말을 삼켰다.

"재미, 라는 게 가볍게 들린다면 어쩔 수 없어요. 하지만 나, 진심이야. 결혼은 언제나 남의 일이었는데 당신 만나면서부터 점점 구체적으로 생각하게 됐어요. 아직은 당신 조건 때문에 부모님 상처 입힐까 봐 겁나는 것도 사실인데, 내가 미적거리느라 당신이 더 상처 입는 게 더 싫어. 난, 당신이 생각하는 것만큼 그렇게 착한 딸이 아니에요."

"우선."

주철은 이안을 막았다. 가슴이 꽈악 막혀왔다.

"너희 부모님을 상처 입히는 건 맞아. 그리고 전에 내가 했던 말이 부담이라면 그거야 지금 내 상태일 뿐, 사람 맘이란 건 언제든 변할 수 있는 거니까······."

"아니잖아."

이안이 주철의 불거진 손등을 가볍게 쓸었다.

"아니잖아요. 나에 대한 마음, 변할 거예요?"

"이안아······."

세상에 변하지 않는 건 없다. 꺼지지 않는 불이 없고, 식지 않는 열은 없다. 그래도 이 마음은, 이안의 곁에 있다면 숯이 되고 재가 되어도 펄펄 끓어오를 것이다. 시간이 지나 이 마음에 적응이 되고 열이 가라앉을 순 있을 것 같았다. 그렇다 해도 이안이 곁에 있다면 언제든 처음만큼, 때론 처음 이상으로 활활 타오를 것이다.

"변할 거야. 사람 마음은 언제나 변하게 되어 있어."

"그래도 늦었어. 당신 단념 안 해요."

넌 내 거짓말 따위 언제든 꿰뚫는다. 너에게 난 그렇게 만만해 보이는 놈인 걸까, 세상에 신이 있어 너에게만 내 거짓말을 걸러 들을 거름망을 설치한 것일까. 아니면 넌 하늘이 내려준 내 단 하나의 선물인 걸까.

주철은 이안의 손을 당겼다. 이안이 그의 손을 맞잡았다. 따뜻하다. 그리고 어쩐지 순대와 곱창 냄새가 배어 있을 것 같은 손이었다. 주철은 피식 웃다가, 천천히 눈을 들었다.

"난, 참 부족한 놈이다."

그래도 네가 내게 기회를 준다면,

"널 행복하게 해주고 싶다."

이안이 예고도 없이 눈물을 주룩 떨어뜨렸다. 주철은 손수건을 꺼내 이안의 뺨을 덮어주었다. 이안은 손수건을 보고 놀라다가 곧 손수건으로 뺨을 꾹꾹 눌렀다.

"정말 실망시키지 않는다니까."

프러포즈 이야기일까, 손수건 이야기일까.

주철이 계산을 하는 사이 이안은 일하는 아주머니를 붙잡았다.

"저 방금 이 사람한테 청혼 받았어요."

"뭐, 정말?"

"여러분! 저 이 사람이랑 결혼해요!"

"맙소사, 정이안, 너 제정신이야?"

"응! 너무너무 행복해! 세상에 소리치고 싶어! 저 이 사람이랑 결혼해요!"

주철이 허둥지둥 이안의 입을 막아 부랴부랴 식당을 빠져나 갔다. 아주머니들의 와자한 웃음소리와 아직도 얼이 나간 아저 씨들을 뒤로하고 두 사람은 순대타운을 빠져나갔다.

"정이안, 내가 너 때문에 내 명에 못 죽겠어."

"응. 오래오래 살아요. 웃으면 오래 산대."

"하여간에……."

이대로 이안을 놓으면 길거리를 지나는 사람마다 붙잡고 '저 이 사람이랑 결혼해요!' 타령을 할 것 같았다. 때문에 주철은 이 안을 꼭 붙들어 품 안에 감쌌다.

"그렇게 좋아?"

"응. 좋아, 너무 좋아!"

"프러포즈 안 했음 섭섭해서 어쩔 뻔했어?"

"그러게……."

그러더니 돌연 눈물을 뚝뚝 떨군다. 정말 정이안 쫓아가려면 한참 멀었다. 방금 전까지 까르륵까르륵 애처럼 웃더니 지금은 또 눈물을 철철 흘리고 있었다. 하지만 주철도 이번만큼은 왜냐고 묻지 않고 이안을 꼭 껴안았다. 이안도 주철의 등을 감싸 얼굴을 묻었다.

"행복해지자, 상처를 입히는 만큼."

"응, 응······."

"행복하게 해줄게. 꼭 약속할게."

"응······."

우리 착한 이안이, 우리 예쁜 이안이. 네가 우는 만큼 난 행복하다면, 넌 더 울겠지? 주철은 이안을 더욱 보듬어 안아 정수리에 부드럽게 입을 맞추었다. 이안이 그를 보지 못해 다행이었다. 하마터면 눈가를 비죽 비집고 올라온 투명한 물방울을 들킬 뻔했다.

제 13 장

주철은 오랜만에 아버지 경준에게 연락을 했다. 경준은 예지를 혜정에게 보낸 이후 주철과 한자리에 마주 앉은 적조차 없었다. 예지에게 그렇게 알뜰살뜰한 할아버지는 아니었음에도 핏줄에 대한 완고한 집착 때문에 그는 아들을 용서하지 못하고 있었다. 이혼 후 추석과 설에 예의상 본가에 얼굴을 비췄을 때, 아버지는 주철을 거들떠보지도 않았었다. 주철은 새어머니에게 만 간략히 인사하고 곧장 자기 집으로 떠났다. 새어머니가 예의 상 주철을 말렸지만 돌아선 주철의 귀에는 분명 안도의 한숨 소리가 들려왔다.

경준의 비서가 전화를 받았다. 주철은 아들이라 밝힌 뒤 경준과 연결되길 기다렸다. 경준의 직통번호를 모르는 바는 아니나 이제껏 한 번도 그 번호로 연락한 적이 없었다.

[회장님께서 손님과 면담 중이십니다. 조금 후에 연락드리겠다고 하십니다.]

"오늘이나 내일 중으로 비는 시간을 알려줘요. 제가 갈 테니."

어차피 집에 가면 서로가 불편했다. 본가는 아버지와 새어머니의 집이었다. 아버지는 새어머니가 있는 곳에서 주철을 아는 척하기를, 주철은 새어머니 있는 곳에서 아버지를 아버지라 부르기를 주저했었다. 새어머니는 두 사람의 사이가 불편한 것에 대해 걱정하면서도 나선 적이 없었다. 자기 때문이란 자각이 있는 건지 없는 건지 헷갈릴 때가 있었다.

때문에 아버지에게 이혼을 통보한 것도, 예지를 혜정에게 보내는 일로 대판 싸움을 벌인 것도 아버지 회사에서였다. 이번에는 재혼 통보까지 사무실에서 하게 되었다. 마음이 묵직해 왔다. 이안은 주철의 가족을 이해할 수 없을 것이다. 화목한 가정에서 부모님과 자식이 서로 사랑하는 게 당연하다 생각하고 자란 이안의 눈에, 자신의 가족이 얼마나 일그러지고 뒤틀려 보일지 상상만으로도 언짢았다. 이안에게는 되도록 이런 가정사를 알리지도, 보이고 싶지도 않았다. 하지만 주철이 아버지가 마련한 경영자로서의 길을 버리고 의사가 되었을 때 아버지가 유일하게 내걸었던 조건이 이것이었다. 때가 되면 본가에 얼굴을 비출 것. 이 집안 장남으로서의 의무를 다할 것. 이안과 결혼하면 좋든 싫든 이안은 이 집안의 맏며느리가 되는 것이고, 아버지는 이안에게 맏며느리로서의 역할을 요구하게 될지도 모른다.

이안에게 주철의 집안을 감추고 숨길 수 없다면, 이안을 저 가족들 앞에 내세워야 한다면, 주철은 무슨 일이 있어도 이안을 지켜내겠다고, 조용히 이를 악물었다. 주철이 받았던 모멸과 수치, 경멸과 비난을 이안은 눈곱만큼도 받지 못하게 막겠노라고. 이안은 그런 대접을 받아도 되는 여자가 아니었다.

그런 의미에서는 혜정에게 많이 미안했다. 혜정이 그의 집안에서 어떤 대접을 받았을지 쉽게 짐작할 수 있었지만, 한 번도 지켜줘야 한단 생각을 해본 적이 없었다. 본가에 다녀올 때마다 낯이 창백해지는 걸 알고 있으면서도 딱한 마음 비슷한 것을 품었을 뿐, 다정한 말 한마디 건넨 적이 없었다. 혜정이 싫은 소리를 안 한다는 핑계로 방치해 두었었다.

이안은 이상한 마법을 부린 것 같았다. 지금까지 혜정에게는 이혼해 줌으로써 모든 보상을 다 했다 생각했는데, 시간이 흐를수록 혜정에게 못했던 것들, 혜정에게 상처 주었던 것들이 새록새록 떠올랐다. 많이 힘들었을 것이다. 정 붙이지 않는 남편, 단지 주철의 안사람이란 이유로 멸시하던 친인척들, 기댈 곳이 없어 참 많이 외로웠을 것이다.

혜정의 마음을 되짚게 되고 나니 자신이 얼마나 무정한 사람이었는지 알 수 있었다. 아이를 보냈던 건 그때나 지금이나, 가장 최소한의 보답이라 여겨졌다. 하지만 지금 주철이 혜정에게 할 수 있는 건 과거를 속죄하고 용서를 구하는 것보다 혜정의 앞에 다신 나타나지 않는 것이다. 자신의 마음을 해소하기 위해 다시 혜정과 규식 앞에 나타나는 건 염치가 없었다. 그리고 주철에게는 더 큰 과제가 놓여 있었다.

혜정에게 용서를 받을 순 없겠지만, 이안에게는 혜정에게 준 상처를 결코 입히고 싶지 않았다. 이안만큼은 언제나 곱고 예쁜 모습 그대로였으면 좋겠다. 그는 완벽한 인간이 아니기 때문에 그가 막는다 해도 어쩔 수 없이 이안이 상처받을 때가 있을 것이다. 하지만 그 상처를 최소한으로 줄일 순 있을 것이다.

혜정에게는 결혼하고도, 이혼 후에도 나쁜 남편일 수밖에 없다며, 주철은 씁쓸하게 웃었다.

[한 시간 후의 시간이 비십니다. 내일부터는 국내를 떠나 계시기 때문에.]

"한 시간 후에 가겠습니다. 아버지께 말씀드려 주세요."

[알겠습니다.]

재혼에 대한 아버지의 반응은 쉽게 예상할 수 있었다. 혜정과의 결혼은 아버지가 주선한 것이었다. 양가 집안에 하등 손해볼 게 없다 생각한 결혼이었으나 헤어짐은 예상외로 쉬웠다. 그 집에서 이 이상 혜정의 속이 문드러지는 걸 참을 수 없어했기 때문이다. 게다가 혜정의 외도로 주철의 집안에서도 이혼을 반대하진 않았다. 혜정의 외도를 양가 집안에서 어떻게든 쉬쉬하고 없던 일처럼 넘어가려 했지만 이번엔 규식이 나선 것 같았다. 결국 아버지들 사이의 모종의 협약을 뒤로하고 두 사람은 갈라설 수 있었고, 이혼으로 인한 양가 집안의 피해는 극히 적었다. 오히려 주철의 집안 쪽에서 이득을 본 게 있다는 이야기도 언뜻 들었다. 한 가정의 파탄까지도 한 기업의 영양분이 되는 곳이었다.

아버지는 주철을 기다리고 있었다. 하지만 금세라도 이동할 수 있을 만큼 옷을 갖춰 입은 모습이었다. 주철도 말을 길게 할 생각이 없었다.

새삼 아버지를 봐도 자신과는 참 닮은 구석이 없단 생각이 들었다. 어머니가 세컨드였다고 해도 이렇게까지 닮지 않은 걸 보고 주철을 자기 아이라고 인정하지 않을 수도 있었는데, 당시 아버지는 무슨 생각이었을까.

경준은 육십대 초반의 모습이라고는 상상도 안 될 만큼 정정했다. 어디 나가 사십대라고 해도 믿겠다. 말끔하고 깨끗하게 가다듬은 머리 스타일부터, 주름이 거의 없는 얼굴, 아직도 날씬한 몸매에 완고한 고집이 가득하지만 남자다운 생김새까지. 주철이 형이라 불러도 손색없을 외관이었다.

"무슨 일이냐."

살가운 인사는 기대하지도, 준비하지도 않았다.

"재혼할 겁니다."

경준과 주철 앞에 각각 커피를 놓고 비서가 물러가자 경준이 천천히 입을 열었다.

"참 모자란 놈이구나. 재혼이라고? 너에게 그럴 자격이 있다고 생각하는 거냐?"

아버지가 언성을 높인 적은 단 한 번뿐이었다. 그 뒤로 예지를 혜정에게 보내겠다고 했을 때 얼굴이 시뻘게지긴 했어도 언성을 높인 적은 없었다. 주철은 아버지가 격분하는 모습은 상상이 되지 않았다.

"아버지께서 자격을 운운하시는 게 우습습니다."

굳이 어머니 일을 꼬집으려는 건 아니었다. 주철은 찻잔 한 번 들지 않은 채 일어섰다.

"상견례 날짜가 정해지면 다시 찾아오겠습니다."

"그 집안에서 널 허락한다고 하던? 어지간히 네놈 배경이 탐이 난 모양이구나. 네놈 성정을 알면서도 네놈하고 결혼을 시키려 든다니."

주철의 마음에 큰 파도가 일렁였다. 하지만 주철 역시 경준의 아들이었다. 주철은 내색하지 않았다.

"이제 말씀드릴 겁니다. 적어도 이쪽 집에선 허락을 받았다고 안심시켜 드리려고요."

"네 아비가 뭐 하는 작자인지 말해라. 그럼 마다할 집안이 어디 있겠냐."

마음에 인 커다란 파도가 잔잔하게 가라앉았다. 이안, 이안의 가족, 그들을 생각하면 웃음밖에 나오지 않을 일이었다.

"되도록 말하지 않을 겁니다. 오히려 더 반대하려 드실 테니까요."

그런 집구석에 이안일 보내 얼마나 더 고생하게 될까 생각할 분들이, 이안의 부모님이었다. 주철의 집안사와 집안 배경을 알면 더 기함을 하고 이안을 꽁꽁 싸맬 분들이었다. 주철은 할 수 있다면 집안을 밝히고 싶지 않았다. 하지만 밝히지 않는 게 더 큰 결례임을, 이제는 알고 있었다.

"아이는, 예지는 어쩔 게냐."

"혜정이 아이입니다."

"네놈에게 그러고도 아비가 될 자격이 있다고 생각해!"

주철은 진심으로 놀라웠다. 아버지가, 아비 될 자격을 운운하실 줄 정말 몰랐다. 게다가 언성을 높이실 정도로 격분하다니. 주철은 정말 의외였다.

"뭐가 걱정이신 겁니까? 제가 예상한 아버지 반응이 아닌데요."

"아비가 제 자식 걱정하는 건 당연한 거야!"

"그럼 제가 걱정되어 이십여 년을 무심하게 버려두신 거군요."

경준이 따라 일어났다. 얼굴이 하얗게 질린 채였다.

"너, 너 언제를……."

"아버지와 함께 살지 않았을 때가 더 행복했던 것 같습니다."

"난 너에게 부족한 거 없이……."

"네. 부족한 건 없었습니다. 저도 단지 아버지가 필요한 나이는 아니라고 생각했고요. 하지만 지나보니 이젠 알겠습니다. 나쁜 아빠든, 좋은 아빠든, 자식은 그저 아빠를 찾게 된다는 걸요. 무관심이 가장 아프다는 걸요, 아빠는 그저 아빠면 된다는 걸요. 지금에서야 인정하게 될 줄 몰랐습니다만, 전 아마도, 아버지가 필요했던 것 같습니다. 아버지의 재산과 아버지가 주신 새 가정과 새 환경이 아니라, 그저 아버지가 필요했던 것인지도요. 그래서 아버지가 손을 벌려주셨을 때 뒤도 돌아보지 않고 아버지를 따라왔던 것 같습니다. 어린아이의 고집으로 인정하지 못했던 걸, 이십여 년이 지난 지금에야 인정하게 되네요."

아버지는 얼이 반쯤 빠져나가 있었다. 항상 바늘로 찔러도 피 한 방울 안 나올 분이라 생각했었다. 형이라 불러도 손색없을 젊은 외모에 몇 만의 직원을 거느린 한 제국의 제왕, 주철과는 눈곱만큼의 접점도 없는, 그저 정자 제공자라고 생각했었다. 게다가 경준이 자신을 자식으로 인정한 게 놀라울 만큼 닮지 않은 부자였으니.

아주 어린 시절에는 외관이 닮지 않아도 자신은 틀림없이 아버지의 아들이라고 생각했었다. 그것만이 그 집안에서 버틸 수 있는 동아줄이 되었다. 지금도 이렇게 다른 생각과 다른 생김을 가졌어도, 그는 경준의 아들이라 믿고 있었다. 아버지에게 물질적인 것 외에 받은 게 없다면서도 어느새 자기 눈높이보다 아래에 있는 아버지를 발견한 지금은, 왠지 아버지도 아버지라서 자식인 자신을 어느 정도는 염려하고 걱정하지 않았을까 하는 생각도 들었다.

이것 역시 이안이 심어준 얼토당토않은 마법일 것이다. 경준이, 새어머니의 눈치가 아니었더라도 주철의 성장과 미래에 눈곱만큼의 관심도 갖지 않던 경준이, 아버지로서 자신을 사랑했을지도 모른다니. 하지만 그렇게 생각한다 해서 손해 볼 건 없었다.

"나중에 제 안사람이 될 사람하고 같이 오겠습니다. R브랜드 디자이너라고 하더군요. 아버지 기대를 신나게 산산조각 낼 아가씨입니다. 나중에 비서실장과 다시 약속을 잡겠습니다."

"금요일, 집으로 데리고 오너라."

주철이 문 앞에 다다를 즈음 아버지가 입을 열었다. 주철은 고개를 꾸벅 숙였다.

"지난번 제사 때 새어머니께서 아버지 건강을 걱정하시더군요. 시간 되시면 병원에도 한 번 들르세요. 진료비 정도만 받을 테니까."

아버지를 평생 모신 비서실장은 육십대 중반 제 나이로 보이는 사람이었고, 누구 하나 살갑게 주철을 대하지 않는 집안에서 유일하게 진심 어린 관심을 보여주던 사람이었다. 비서실장은 주철이 나오는 걸 보고 자리에서 일어섰다. 주철은 비서실장에게도 살짝 꾸벅였다.

"금요일에 아버지 좀 빌리겠습니다."

"알겠습니다. 그런데 무슨 일로?"

"결혼할 아가씨 좀 보여 드리려고요."

"재혼하십니까?

"네. 저한텐 아까운 아가씨지만요."

비서실장은 친히 비서실 입구까지 동행해 문을 열어주었다.

"많이 변하셨습니다."

"이 나이가 되어서야 내가 변해야 세상도 변한다는 걸 깨달았달까요."

"나이가 얼마나 되든 받아들이기 힘든 일이지요. 재혼하실 분의 영향이라면, 좋은 분을 만나신 것 같군요."

"아버지는……."

주철은 입을 다물었다. 아무래도 창백해진 채 혈색이 금세 나아지지 않는 아버지가 마음에 걸렸다. 비서실장은 입구에서 주철의 말을 기다렸다.

"아닙니다. 검진은 꾸준히 받고 계시죠?"

"고혈압 증상이 있다고 하셔서 약을 처방받았습니다."

"그 연세에 그 정도면 정정하신 거지. 아무튼 잘 부탁드립니다."

"조심해서 돌아가십시오."

비서실장은 조용히 회장실로 돌아갔다. 다른 비서가 이미 찻잔을 치운 다음이었다. 경준은 소파에 힘겹게 기대앉아 있었다.

"주철인, 갔나?"

"네. 배웅하고 왔습니다."

"잘했어."

경준이 눈가를 지그시 눌렀다. 비서실장은 무거운 마음으로 경준을 살폈다.

"괜찮으십니까?"

"그래. 저 녀석이 만난다는 아가씨 좀 조사해 봐."

"알겠습니다."

"그 가족들까지도. 내가 자기 흠이 될까 봐 전전긍긍하더군."

"좋은 분을 만난 것 같습니다."

"아까는 자기 속 이야기를 다 하더군. 처음이었어."

비서실장은 두 부자 사이의 깊은 골을 지금껏 봐왔다. 경준은 주철에게 끔찍하고 좋은 아빠는 아니었을지 모른다. 경준에게 주철과 주철의 친모의 존재가 방해가 되었던 것도 사실이었다. 하지만 경준은 모든 반대에도 불구하고 주철을 자신의 호적에 입적했다. 그것이 주철의 친모에게 해줄 수 있는 최소한의 보상이라 생각했고, 주철에 대한 최소한의 의무라고 생각해서였다. 현재 사모님은 주철을 입적할 요량이라면 이혼하겠다며 강경하게 나왔고, 지금 사업의 기반은 사모님의 집안에서 대준 것이기 때문에 경준은 사면초가에 빠졌었다.

그래도 경준은 주철을 데려왔다. 이혼할 각오로 펄펄 뛰었던 사모님이었지만 당시에는 아이를 못 낳는 여자는 칠거지악의 으뜸으로 꼽혀 쫓겨나도 할 말 없었기 때문인지, 결국엔 주철을 받아들였다.

경준은 가업을 잇게 하기 위해서라는 명목을 대었지만 사실은 그저 아들이었기 때문이다. 사랑을 줄 줄 모르지만 사랑하기 때문이었다. 아이를 키워본 적이 없고, 아들은 이미 세상 물정을 어느 정도 아는 사춘기 소년이라, 경준은 아이를 어찌 대해야 할지 몰랐던 것뿐이었다. 아이를 어려워하고 아이를 멀리하다 결국 되돌아갈 수 없는 골이 패였다. 아들이 아버지에게 사랑받지 못한다는 생각을 갖고 있는 걸 알면서도 경준은 둘의 관계를 되돌릴 수 없었다. 그게 경준의 가슴에 평생 한이 되었다는 걸 비서실장은 알고 있었다.

또 하나, 주철의 친모에 관해서도. 주철의 친모를 그렇게 보낸 뒤 경준이 얼마나 피폐해졌는지, 그로 인해 더더욱 아이를 보살필 수 없었음도, 그는 알고 있었다.

"이제 출발하실 시간입니다."

"금요일 저녁을 비워둬. 주철이가 처 될 아이를 데려오겠다더군."

"들었습니다. 사모님께도 연락드릴까요."

"그래."

경준은 천천히 자리에서 일어났다. 옷가지를 단정히 여미고 어깨를 넓게 벌린 그는 이제 한 기업의 회장 곽경준이 되어 있었다.

"다녀오지."

주철은 오랜만에 이재와 현수의 집에 들렀다. 현수는 퇴근 전이었고, 이재의 엄마 연희와 이재가 재현을 돌보고 있었다. 연희는 새삼 보아도 이안의 삼십 년 후 모습 같았다. 나이를 먹어도 곱고 가늘가늘한 미모는 여전했다. 그리고 시간이 얼마가 지나든 주철을 보면 낯이 딱딱해지는 것도 여전했다. 주철의 입가에 가는 떨림이 스쳤다.

"오랜만이네요."

"네. 그동안 안녕하셨습니까."

주철에게 한 번도 안부 인사를 들어본 적이 없어서인지 연희의 표정에 살짝 놀람이 스쳤다.

"잘 지냈어요. 곽 선생도 좋아 보이네."

"네, 덕분에요."

이재는 차를 내오겠다며 주방에 들어간 참이었다. 주철은 일부러 이재가 자리를 비워줬다는 걸 알고 있었다. 이재라면 이안과 자기의 사이를 현수에게 다 들었을 터였다.

"재현이 좀 안아봐도 될까요?"

"그래요."

주철은 이 집에 들어와 습관적으로 손을 씻고 나왔다. 그 뒤에 아이를 안고는 혹시나 자기 얼굴을 잊어버리지 않았을까 한참을 쳐다봤다. 아이는 살짝 설어하다 곧 신나라 하며 팔 다리를 버둥거렸다. 주철이 피식 웃어버렸다. 아무래도 재현이와 그의 궁합은 좋은 편인 것 같았다. 주철은 속으로 중얼거렸다. '네 이모부다, 인석아'.

"알아보나 보네."

"재현이가 워낙 붙임성이 좋은 녀석이잖습니까."

"제아무리 핏덩이라도 자기 예뻐하는 사람은 알아보는 법이지."

"아기 보는 게 피곤하진 않으신가요?"

연희는 안 그래도 어깨를 주물주물 주무르고 있었다.

"안 그래. 벌써부터 힘에 부친다고 하면 인석이 네댓 살 먹을 때쯤엔 어쩌라고. 그땐 한 놈 더 있을지도 모르는데."

"둘째 계획이 있다던가요?"

"딱히 둘째겠나? 이안이 아이도 있을 테고."

주철은 순간 가슴이 철렁 내려앉았다. 이안이 말했나? 아니면 이재나 현수가?

"이안이요?"

"그 가시나가 요즘 좀 수상해서. 뭐, 이건 꼭 선생한테 할 말은 아니지만."

엄마의 눈치란. 주철은 속으로 가슴을 쓸어내렸다. 재현은 그 사이 살짝 투정이 났던지 뻗쳤거렸다. 마침 이재가 와 차를 내려놓고 재현을 안아 들었다. 재현을 낳은 뒤 은행을 그만둔 이재였다. 그럼 애만 보며 살 거라고 물으니 다른 꿈이 있단다. 당장은 아이를 키우는 데 전념하겠지만 재현이가 어느 정도 자라고 나면 그 꿈을 실현하겠노라고.

"형, 좋아 보이네. 안 그래, 엄마?"

"그러게 말이다. 곽 선생한테도 뭐 좋은 소식이 있나 보지."

"방금 아버지를 뵙고 왔거든요."

"그래? 형 아버지를?"

아버지를 만난 다음에 좋은 일이 있냐고 질문을 받긴 처음이었다. 하지만 스스로도 마음이 편안했기 때문에 그런 질문을 받는 게 이해가 되었다.

"여전히 틱틱대는 부자 사이지만."

"아버지랑 사이가 별로야?"

"조금. 평생 아버지한테 사랑받지 못한다고 생각했었어."

연희가 다시 재현을 받아 다독다독 잠을 재웠다. 재현은 할머니 품에서 익숙하게 자리를 잡고 몇 마디 웅얼웅얼대다 곧 잠잠해졌다.

"그래서 아버지한테 서운하고 맺힌 게 많았나 봐. 아버지만 보면 울컥했으니까."

"사내놈이라 그래."

연희가 한마디 거들었다.

"아무리 아버지라고 해도 지고는 못 사는 거지."

"그런가요?"

"남자애라면 적당히 반항도 하고, 적당히 밖으로도 돌고, 그러는 게 좋아. 사내놈은 그래야 배포가 두둑해지거든."

265

"아, 난 싫다, 우리 재현이가 나한테 반항하고 그러면."

연희가 이재를 흘끗 보았다.

"사내애랑 제 아빠 관계를 말하는 거야. 남자들이란 언제까지나 애라서 아무리 아빠가 되었다고 해도 쉽게 져주질 못하거든. 그래서 사람은 시야가 넓어야 한다는 거야. 부모 자식이란 건 서로 사랑하면서도 외로울 때가 많은 법이거든. 분명 서로를 아끼고 사랑하는데 내 시야가 좁고, 내 마음이 좁으면 포착이 안 되거든. 내가 사랑받고자 하는 방향이, 사랑을 주는 사람과 항상 방향이 같을 순 없으니까. 어른이 됐다면 그만큼 시야도 넓어지고 마음에 안정이 찾아와서 이젠 자신이 생각지도 못했던 방향에서 자신을 향하는 사랑을 알게 되지. 그 단계만 넘어서면 아마 세상은 훨씬 살 만하게 변할 거야."

"그렇대, 형. 형은 그 단계를 넘어서는 중인가 봐."

뭐랄까, 처음으로, 주철은 처음으로 이안과 이재의 근원을 발견한 기분이었다. 그리고 주철의 엄마도 같은 생각이었으리란 생각이 들었다. 부모의 사랑도 몰라주는 자식이 야속하고 속도 상하지만 끝까지 기다리셨을 것이다. 언젠가 당신 자식이 당신 마음을 알아줄 날이 오리라고. 그래서 보답하라는 게 아니었다. 그저 넌 사랑받은 아이니까 행복해질 거라고, 그 사실을 알게 될 말을 기다리셨을 것이다.

재현이가 색색 깊은 잠에 들었다. 연희가 조심스레 아이를 내려놔도 아이는 뒤척이지 않았다. 세 어른은 동시에 한숨을 푹 내쉬었다.

"백일 때는 그냥 식구들끼리 간단히 밥이나 먹으려고. 형도
와."

주철은 슬금 연희의 눈치를 보았다. 연희는 좋다 싫다 말하진
않았지만 이재를 말리지도 않았다.

"다다음 주 토요일?"

"응. 우리 집에서 하는 거니까 좀 일찍 와서 거들고."

"끝까지 부려먹네."

"이제 한식구인데 뭘."

공기가 바싹 얼어붙었다. 주철은 주철대로 연희는 연희대로
얼어붙었다. 이재는 그런 두 사람을 보며 너스레를 떨었다.

"안 그래? 선배랑 친형제나 다름없는걸 뭐."

정이재, 너 언제부터 여우과로 돌아선 거냐?

연희가 슬슬 집에 돌아가겠다고 했다. 여느 때는 보통 대중교
통을 이용한단 말에 주철이 충동적으로 나섰다.

"저도 집에 가려는 참이었는데, 모셔다 드릴게요."

"아니, 괜찮아요. 항상 가는 길인데. 재현이랑 더 놀다 가요."

"아닙니다. 모셔다 드릴게요."

"그래, 엄마. 형네랑 양재 집이랑 되게 가까워. 가는 길이니까
신세진다 생각하지 말고."

"그렇다면……."

연희는 이재가 부추기는 것보다 주철이 다시 한 번 권했다는

게 더 놀라운 것 같았다. 두 사람은 이재의 배웅을 받아 이재의 집을 나섰다.

"의사 노릇은 할 만해요?"

"의사, 싫으십니까?"

"만날 아픈 사람만 보는데, 그게 뭐가 좋다고."

"그래도 사윗감으로 1순위에 속하는데요."

두 사람이 차에 오르느라 대화가 끊어졌다. 안전벨트를 매며 연희는 차를 쭉 훑었다.

"이 정도 차를 끌고 다닐 정도면 의사 사위 타령할 만도 하겠네."

"나쁘진 않죠? 집안에 의사 하나 있어도 괜찮으실걸요."

"어느 의사냐에 따라 다르지."

퇴근 시간이 지난 다음이라 차는 시원하게 달려나갔다. 잠시 입을 다물었던 연희가 지나가듯 물었다.

"이혼은 왜 한 건가? 이재는 잘 모르겠다고만 해서. 늙은 아줌마가 주책이라 생각해 줘요. 난 화목한 애들 곁에 곽 선생 같은 이혼 경험자가 있는 게 좋다고 생각하지 않으니까."

연희를 항상 유약하고 누군가에게 보호받아야 할 사람이라 생각했던 주철이라, 연희의 단도직입적인 질문에 다소 당황했다. 뒤에서 꿍얼꿍얼 흉 볼 줄은 알아도 욕먹을 각오하고 대놓고 물을 줄도 몰랐다. 아마 연희도 뭔가 생각하는 게 있어서일 것이다.

"안사람을 사랑하질 않았습니다. 아이를 생각해서 참아야 한다는 건 알았지만 참을 수가 없더군요. 안사람이 기다리는 집에 돌아가, 안사람이 차린 밥을 먹고, 나만 보는 그 사람 곁에 있어야 한다는 게 지옥 같았습니다."

"나쁜 남자로군."

"나쁜 놈이었죠."

"왜 전 부인을 사랑하지 못했던 거지? 다른 사랑하는 사람이 있었나?"

이안보다 단수 높은 고단수였다. 주철은 피식 웃어버렸다.

"당시에는요."

"그 사람하고는 왜?"

"이미 결혼해서요."

"최소한의 양심은 있다는 겐가?"

"아뇨. 그렇게까지 갖고 싶던 사람이 아니었단 뜻 같습니다."

"참…… 나쁜 사람이로구만."

연희의 한숨이 무거웠다.

"하지만 내 나이쯤 되면 어느 한쪽만의 잘못이란 건 없다는 걸 알게 되지."

넓고 부드럽게 주철의 흠을 감싸주는 말이었다. 엄마니까, 그 이안, 이재 자매를 키운 엄마니까 할 수 있는 말이었다. 주철은 아직 그가 이재와 현수의 친구라고만 생각하기 때문에 나온 말임을 알 수 있었다.

"제가 탐탁지 않으시겠지만, 전 그래도 현수와 이재가 좋습니다. 그 친구들 곁에 있으면 저도 행복해질 수 있다는 믿음이 생겨요."

"그래. 남에게 영향 받아 깨질 정도면 이미 지들 사이에 금이 갔다는 것이겠지. 재혼 생각은 안 하나? 집에서도 바라실 것 같은데."

"생각해 둔 사람은 있습니다."

"이번엔 도망칠 궁리 안 하고?"

연희가 대체 어디까지 알고 있는 건지 모르겠다. 느닷없이 핵심을 찌르는 말에 주철은 손바닥에서 땀이 났다.

"도망치지 못하게 전전긍긍하는 게 다입니다."

"능력있는 여자인가 보군."

"과하게 좋은 여자이죠."

연희가 소녀처럼 푸훗 웃었다.

"자네 어머니가 들으면 좋아할 법한 말은 아니야."

"어머니는, 열다섯 살 때 돌아가셨습니다."

"으흠, 어쩌다가."

마치 마음을 다독이는 듯한 어조였다. 주철은 어머니의 사고에 관해 간략히 설명했다. 연희는 전보다도 더 무거운 한숨을 내쉬었다.

"누군가를 원망하진 않나?"

"스스로를 많이도 원망했습니다."

"지금도?"

"지금은, 조금 덜합니다. 저를 좇아왔던 것 역시 어머니의 결단이었다고 말해준 사람이 있어시요."

"그렇지. 엄마의 욕심이었던 거야. 제 아이는 제 손으로 행복하게 해주고 싶은 법이니까. 그래도 아들이 이렇게 듬직하게 자랐으니 자네 어머니는 그쪽에서도 편안하실 게야."

"……고맙습니다."

연희는 집 근처에 다다른 걸 보고 주철에게 방향을 가리켰다. 주철은 이미 잘 아는 골목을 따라 연희의 집까지 다다랐다.

"내 눈치 보지 말고 언제든 재현이 보러 놀러와. 재현이도 곽 선생을 무척이나 따르니까."

"명심하겠습니다."

"그럼, 조심해서 돌아가게."

주철은 연희가 들어가는 것을 확인하고 좀 더 차를 이동시켜 이안에게 전화를 걸었다.

[주철 씨? 어디예요?]

"너희 집 근처."

[정말? 어라, 엄마다. 잠시만요.]

잠깐 전화가 먹통이 되더니 곧 연결되었다.

[지금 나갈게요. 어디라고?]

"어머니 지금 오셨다며. 나와도 돼?"

[돼요, 돼.]

주철은 차 밖에서 이안을 기다렸다. 이안이 트레이닝복을 입은 채 종종거리며 뛰어왔다. 이안은 주철을 발견하더니 무작정 폴짝 안겼다. 주철은 쿨럭대며 이안을 받았다.

"보고 싶었어."

"나도."

"뭐야, 정말. 간만의 비번이라서 나랑 놀 줄 알았더니."

"아버지, 뵙고 왔어."

"정말? 왜요?"

"나중에 너 인사시키겠다고. 금요일 시간 돼?"

이안은 여전히 주철의 목에 팔을 두른 채로 고개를 끄덕였다. 주철은 이안을 물끄러미 내려다보다 입술을 내렸다. 이안은 천천히 그의 입술을 맞이했다.

"사랑한다."

이안의 눈가에 금세 눈물이 맺혔다.

"뭐야, 정말……."

이안의 어머니와 했던 대화는 아주 잠시만 비밀. 지금은 이안과 함께 있는 시간을 만끽하고 싶었다. 이안은 따뜻하고 보드라웠다. 그리고 주철을 힘껏 안고 있었다. 이토록 사랑스러운 사람은 다신 없을 것이다.

주철은 몇 번이고 사랑한다 읊조렸다. 이안은 조금씩 주철 품을 파고들었다. 주철은 이안을 부둥켜안으며 한숨을 내쉬었다.

어떻게 놔준다지……. 정말 맘 같아선 이대로 확 납치해 그의 동굴에 가둬두고 싶었다. 언제 어느 때든 볼 수 있게, 언제 어디서든 품을 수 있게.

주철은 천천히 아버지와의 대화, 연희와의 대화를 들려주었다. 그리고 재현이의 백일에 초대되었던 것까지. 이안은 다 듣고 있었다. 그리고 묵묵히 주철을 보듬어 안았다.

"어머님이 많이 놀라고 당황하실 거야."

"응. 그래도, 그래도……. 우리 엄마니까, 이해해 주실 거예요."

주철도 이젠 그 말의 의미를 십분 이해할 수 있었다. 결국 자식이 행복하다면 끝까지 고집을 세우지 못할 연희였으니까.

"이제 들어가 봐. 감기 걸리겠어."

이안은 귓불까지 빨갛게 얼었으면서도 고개를 저었다. 주철은 이안의 입술을 와락 빼앗았다.

"안 들어가면, 다신 안 돌려보내."

주철의 속삭임에 이안의 뺨이 빨갛게 달아올랐다. 그래도 물러서지 않는다. 이안은 이런 여자였다고, 주철은 잠시 잊고 있었다. 주철은 할 수 없이 이안과 함께 이안의 집까지 걸었다.

"이제 조금만 기다리면……."

"응……."

두 연인은 세상의 이목을 잊고 다시금 입을 맞추었다. 점점 더 농밀해지는 키스를 느끼며 주철은 정말로 간신히 이안을 떼어내었다.

"내일, 이안아, 내일⋯⋯."

"응, 응⋯⋯."

둘의 키스가 이어지기 직전, 저 멀리서 발자국 소리가 들려왔다. 주철은 어색하게 이안에게서 떨어졌다. 돌아서지 않으려는 이안을 애써 돌려보내고, 이안이 보이지 않을 때까지 주철은 그 자리를 지켰다. 이안이 집에 들어간 다음에도 주철은 이안이 사라진 현관을 바라보고 있었다.

제 14 장

연희는 여느 때와 마찬가지로 재현을 돌본 다음 장을 보고 집에 돌아가는 길이었다. 사실 이재가 일을 그만뒀기 때문에 재현이를 돌보는 의미가 없어졌지만 그래도 일주일에 두세 번은 재현이를 돌보러 갔다. 재현이가 태어나면서 이재와의 사이가 많이 좁아진 것도 사실이라서였다. 이재는 큰아이답게 믿음직하고, 말보다는 행동으로 보이던 아이였다. 그래도 엄마 욕심은 어쩔 수 없는지 소소한 잔정도 나누고, 속사정이나 속고민도 털어놔 주었으면 하는 바람이 있었다. 집안일로 자신도 모르게 이재에게 너무 많이 입장을 밀어붙인 게 아닌가 반성하기도 했었다. 이젠 좁아질 일이 없으리라 생각했던 두 사람 간의 거리가 재현이 덕분에 눈에 띌 만큼 쑥쑥 줄어들었다. 연희가 재현이를 보러 가는 두 번째로 가장 큰 이유였다. 첫 번째야 눈에 넣어도 아프지 않을 재현이를 보러 가는 것이었고. 손자랑 조카는 첫정이라는데 이안이 아기도 재현이만큼 예뻐할 수 있을까 조금 걱정이었다.

세 식구 먹을 장을 보는데도 짐이 꽤 묵직했다. 걷다 보니 점점 묵직해져 낑낑대는데 누군가 살갑게 말을 건넸다.

"이제 들어가세요?"

한동네 사는 민씨네였다. 보통은 아이 이름으로 아이 엄마를 부르기 마련인데 민씨네는 희한하게 집안의 성이 호칭이 되었다. 연희는 자신보다 그리 어리지 않으면서 둘째 애가 이제 중학생인 이웃사촌을 보고 살짝 인사했다. 민씨네는 뭐가 이렇게 무겁냐며 봉투를 빼앗아 들려 했다. 한동네에서 최소 십 년은 함께 살았고, 민씨네가 살갑고 싹싹한 것도 잘 알지만 짐을 통째로 맡길 순 없었다. 그래도 무거운 짐을 잊게 해줄 수다 상대를 만나 다행이라며 가던 걸음을 걸어나갔다.

"요즘 큰 손주 보러 다니신다면서요?"

"응. 이제 곧 백일이야."

"아이고, 벌써 백일? 꼬물꼬물 예쁘기도 하겠네. 누굴 더 많이 닮았어요?"

"언뜻 보기에 사위 닮고, 요기조기 뜯어보면 이재도 닮고. 엄마 아빠 고루고루 닮았어."

"잘도 생겼겠다. 나중에 사진이나 보여주세요."

"응. 근데 자기도 이제 들어가는 거야?"

"막내 놈 학원 보내고요, 찬거리가 없어서 이것저것 사 왔어요."

큰아이는 이제 대학생이 되어서 집에서 저녁을 같이 먹은 게 손으로 꼽을 정도라며 투덜거린다. 그래도 힘든 고3 났으니 일 년 정도 풀어준다고 해 될 게 있으랴 싶단다. 연희도 먼 옛일 같던 때를 더듬어 맞장구쳤다.

"근데 곧 둘째 사위도 보세요?"

연희는 뜬금없이 이게 뭔 소린가 싶었다.

"왜, 어젠가 그젠가, 우리 그이가 술자리 때문에 차를 놓고 온 적이 있는데요. 이안이랑 어느 번듯한 총각이 서로 떨어지질 못하고 있더래요. 우리 그이가 오는 소리를 들었는지 이안이는 홀랑 들어가고, 총각도 곧 가버릴 줄 알았는데, 우리 그이가 오든 말든 이안이 들어가서 안 보일 때까지 그 자리를 지키더라지 뭐예요? 이안이가 그렇게 예쁘면서도 지금까지 연애 일로 소문난 적이 없잖아요. 그래서 우린 형님이 곧 둘째 사위 보려나 보다 했잖아요?"

"생김새는 어땠대?"

"키가 이렇게 훤칠한 데다 무슨 기생오라비, 이건 그이 표현이고요, 처럼 야리야리하더래요. 밤이라 자세히는 못 봤는데 언뜻 봐도 꽤 잘생긴 편이었다고. 근데 우리 그이가 딴 건 몰라도 사람이 참 됐다고 하더라고요. 이안이가 들어갈 때까지 그 자리 지키면서 이안이가 잘 들어갔는지 아닌지 다 확인하더라는 거예요. 나야 뭐, 집 앞까지 데려다 줬음 되는 거지 뭘 현관까지 들어가는 걸 다 봐주나 싶었지만."

연희는 끙차 힘을 줘 짐을 다른 손으로 옮겼다. 어제나 그제라. 연희는 곰곰이 생각에 잠겼다.

"혹시, 회색 티에 회색 바지 입지 않았대?"

"회색 티? 뭐 감잡히는 게 있으세요?"

"아니, 뭐."

"옆모습만 봐도 참 잘생겼다고 하는 거 보면 옷은 잘 못 본 거 같던데. 아, 그리고 이안이 상대로 보기에는 좀 나이도 많아 보인다고 했고."

"아, 안경은? 혹시 안경도 끼고 있었데?"

"안경? 그랬던 것도 같고…… . 제가 본 게 아니라서요. 그이한테 물어볼까요?"

연희는 결국 자리에 멈췄다. 가슴이 불안하게 펄떡였다. 설마 하니. 아니다, 아닐 것이다. 이안이도 참 싫어하지 않았던가. 하지만 엊그제 이재네 집부터 차를 얻어 타고 왔을 때 이안이 연희가 온 걸 확인하자마자 뭐 사 오겠다고 집을 뛰어나갔었다. 빈손으로 돌아온 걸 보고 의아해했지만 이안에게 뭔가 물어볼 분위기가 아니라 말을 건네지 못했었다.

이안에게 만나는 사람이 있고, 지금까지와는 다른 분위기라

이안이도 슬슬 보낼 때가 됐다고 마음의 준비를 하긴 했다. 하지만 그 상대가 설마…….

"형님?"

"아냐. 물어볼 게 뭐 있어."

"누구, 아는 사람이에요?"

연희는 애써 미소를 만들어냈다.

"아니었음 좋겠지만."

바깥에서 만날 줄 알았다가 주철의 본가로 안내 받은 이안은, 새삼스레 스타일을 체크했다. 10월에 맞춰 얌전한 실켓 블라우스와 무릎까지 떨어지는 감색 스커트를 입고 감청 빛이 도는 차분한 코트를 걸쳤다. 그것만으로는 심심해서 감색과 흰색이 나염된 스카프를 목에 둘렀는데 돌연 스카프 때문에 너무 튀지 않을까 걱정되었다.

"스카프 풀까?"

이안이 입속말로 중얼거린 걸 주철이 들은 것 같았다.

"너 디자이너라고 말했어. 디자이너답게 안 입고 가면 오히려 실망하시지."

"디자이너라고 했어? 그리고 또 뭐라고 했어요?"

"우선 말 좀 하나로 통일하자. 너 은근히 말 놓는데, 내가 너보다 여덟 살은 많거든?"

"어차피 같이 늙어가는 처지에 여덟 살이면 어떻고 여든 살이면 어때."

"아주 맞먹어라."

"그보다 나 좀 봐요. 나 괜찮아?"

주철은 안경 너머로 힐끗 이안을 보더니 현관이 열리기 직전 이안의 입술에 쪽 입술을 부딪쳤다. 이안이 기겁하며 굳어졌다. 주철이 피식 웃으며 자기 입술을 엄지로 쓸었다.

"날름 삼키고 싶을 만큼."

"곽주철 씨."

"어서 와요."

거의 동시에 현관이 열렸다. 이안은 덕분에 다시 긴장할 새가 없었다. 결국 평생을 볼 사람인데 처음이라고 너무 격식을 차릴 게 뭐 있으랴 싶어, 이안은 여느 때처럼 스스럼없는 미소를 만들었다.

"안녕하세요."

문을 열어준 사람은 꽤 아담한 체구의 미인이었다. 중년의 나이임에도 곱고 단정한 미모는 이안의 엄마와는 또 다른 느낌이었다. 이안의 엄마는 산전수전 공중전을 다 겪은 후에도 여전한 미모라 자연스레 빛이 뿜어져 나온다는 느낌이라면, 이 여사님은 한평생 온실 속 화초처럼 공들여 가꾸었다는 느낌이었다. 이안의 엄마는 자신의 여리여리한 외모 때문에 사람들이 자신을 여리고 약하다고 쉽게 판단하는데 발끈하는 편이라면, 이 여사님은 여리고 약하게 봐주지 않으면 충격을 받을 편인 것 같았다.

앞으로는 이 사람도 어머니로 삼아야 할 테지. 이안은 여사님의 안내에 따라 이안의 집만큼이나 넓은 거실로 이동했다. 대문에서부터 현관까지 족히 오 분은 걸린 걸 보고 느끼긴 했지만, 참 부자였다, 주철의 본가는. 주철도 지분을 얼마만큼 소유하고 있다고 했으니, 주철이 작정하면 이만한 집 한 채를 꾸려 나갈 수도 있을 것이다. 하지만 이안은 절대 그렇게 두지 않겠노라고 주먹을 모았다. 이 집 청소하는 데만 몇 날 며칠이 걸릴지 모르는데!

거실에서는 주철의 아버지로 보이는 사람이, 그리고 이안으로서는 사보 표지에서나 몇 번 보았던 곽경준 회장님이 이안을 맞으려 서 있었다.

"어서 오시게."

꽤 듣기 좋은 음성이었다. 그리고 어딘지 분위기 같은 게 주철과 닮아 있었다. 주철과 닮은 모습을 발견하니 마음이 그제야 안정이 되었다.

"안녕하세요. 정이안이라고 합니다."

먼길 오느라 수고 많았다는 의례적인 인사가 오간 뒤, 도우미 아주머니가 상차림을 마쳤다는 말에 따라 식당으로 이동했다. 무슨 집이 식당이 다 있었다. 이안은 '식당'을 보고 조금 아득해졌다.

"입맛에 맞을지 모르겠어요."

입맛에 맞든 아니든 어쨌든 먹어치워야 할 상황이었지만, 식탁을 보니 저절로 감탄사가 튀어나왔다. 이안의 빈약한 상상력으로는 잡채와 갈비가 올려진 푸짐한 한식이 고작이었다. 하지만 식탁 위에는 대략 프랑스식이라 짐작되는 상차림이 완비되어 있었다. 번쩍번쩍 빛나는 식기들은 100% 은제라 장담할 수 있었고, 딱 사 인분 차려져 따끈하게 김이 오르는 수프와 애피타이저는 여기가 한 가정집인지 레스토랑인지 분간할 수 없게 했다.

이안은 주철의 에스코트에 따라 자리를 잡았다. 이 집에서 뭘 더 놀라야 할지 모르겠지만 이게 시작이라는 건 알겠다.

"굉장히 호화로운데요. 맛있는 냄새도 나고요. 잘 먹겠습니다."

"이안이는 이런 것보다 사실 순대나 곱창을 더 좋아해요."

이안은 주철을 쏘아보았다. 주철은 아는 척도 안 했다.

"어머, 그런 줄 알았으면 한식으로 준비할 걸 그랬네요."

"사실 식성이 무난한 편이라 뭐든 잘 먹어요. 순대랑 곱창은 별미로 좋아하죠."

"제가 이안이 때문에 순대랑 곱창을 먹어봤다는 거 아니겠어요."

어쭈, 자기 본진에 왔다 이거지. 맛있게 먹을 땐 언제고 딴소리셔? 이안은 결국 주철을 발로 툭 쳤다. 주철은 간지럽다는 시늉도 하지 않았다.

"처음 곱창 먹을 때도 얼마나 엄살을 떨었는데요. 그래도 자기 몫은 착실히 먹었어요. 순대 때는 어땠는데요? 무슨 그런 야만적인 음식을 먹느냐는 듯 얼굴을 이렇게 찌푸려서는 혼자서 순대국까지 다 해치웠거든요."

이안은 툴툴거리듯 대답했다가 이 자리가 시댁 부모님께 처음 인사드리는 자리란 걸 퍼뜩 떠올렸다. 다 대꾸하고 나서야 아차 싶어 입을 다물었지만 이미 늦어 있었다. 이안은 이게 남자의 수라는 걸 뒤늦게 알아차렸다. 그래, 가식 떠는 모습은 사양이다 이거지? 내가 나중에 첫인상이 안 좋아서 온갖 타박 다 먹음 댁 덕분인 걸 아시라고.

"근데 맛있었어요. 지금껏 먹지 못하고 산 게 아까울 정도로요."

"신기하구나. 네 입에서 그런 말이 다 나오고."

아버지였다. 어머니 쪽은 조용히 수프를 뜨고 있었다. 어떤 예의범절을 교육받았는지 모르겠는데 시댁 부모님 쪽에서 식기끼리 부딪쳐 달그락거리는 소리를 들어본 적이 없었다. 이안은 저렇게 고상하게 밥 먹다간 수프가 코로 들어가도 모를 거라고 혀를 내둘렀다.

"집이 양재라고 했던가?"

아버지의 말에 이안은 조금 놀랐다. 주철이 이안에 대해 소소한 것까지 다 말한 줄은 몰랐다.

"네. 지금 사는 집에서 쭉 살아왔어요."

"학교는 어디?"

이안은 거의 면접 보는 심정으로 줄줄이 학교 이름을 읊었다.

"지금 우리 브랜드 디자이너로 일한다고."

정말 면접이었다. 딱딱한 질문에 모범답안이 준비된 대답이라니.

"네. R브랜드 디자인팀 부팀장으로 일하고 있습니다."

"주철이하고는 어떻게 만나게 됐나요?"

그나마 부드러운 여자 음성이 끼어드니 분위기는 상당히 누그러들었다. 어머니의 질문에 이안은 술술 대답했다.

"주철 씨 친구하고 제 언니가 재작년에 결혼을 했어요. 그 덕에 알게 됐습니다."

"친구라면?"

"서, 아니, 윤현수요."

"윤 팀장 말이냐?"

아버지의 질문에 주철이 고개를 주억거렸다.

"그럼 얼마 전에 이모가 되었겠군."

이것도 주철이 말한 것일까? 현수가 애아빠가 됐대요, 소릴할 만큼 각별한 부자 사이로는 보이지 않았다. 이안도 대답하고 나서 마음에 뭔가 남아 꺼림칙했다.

다음 코스가 이어 나오는 동안 대화가 중단되었고 이안은 재빨리 머릿속을 정리했다. 주철과 부모님 사이가 소원한 건 이미 알고 있던 바였다. 주철이 친모에 대해 얘기하면서 언질 받은 바였고, 실제로 봐도 살가운 부모 자식 사이가 아님을 바로 알수 있었다. 그렇다고 해서 마치 회식 자리에 끌려 나온 듯한 분위기가 이어질 줄은 몰랐다. 시부모님 될 사람들은 굳이 노력해서 화기애애한 분위기를 만들 생각도 없는 것 같았다. 그 자리에서 이안이 푼수처럼 수다스레 이야기꽃을 피울 수도 없는 노릇이었다.

얼마 전에, 이안이 주철의 부모님께서 이안을 마음에 안 들어하시면 어떡하나 걱정한 적이 있었다. 주철은 듣고 그럴 리 없다고 단정했는데, 그 이유를 알겠다. 주철과 이안에게 관심이 있어야 마음에 들든 안 들든 하지. 이 자리는 의례적으로 가져야 할 자리니까 만들어진 것일 뿐, 시부모님 될 사람들은 정말은 이안에게 예의상의 관심밖에 없었다.

결혼은 이런 게 아닐 텐데. 결혼을 하든 안 하든, 한가족으로 받아들일 새 식구를 만나는 자리인데 이토록 무관심하다니. 마치 주철의 일은 이 집에서 전혀 중요하게 다뤄지지 않는 것 같았다. 이안은 솔직히 충격이었다. 자식이 필요해 주철을 데려왔다면서 제대로 자식 대우를 해준 것 같지가 않았다. 그들에게 자식에 대한 정의가 자신의 정의와는 많이 다른 것 같다는 생각이 들었다.

식사가 끝나가는 동안 이안은 참 많은 생각을 했다. 주철의 지금 성격이 형성된 배경을 알게 된 것 하나와, 이 자리가 자신을 시부모님께 선보이는 자리이기도 하지만 시부모님 역시 자신에게 선보이는 자리라는 것. 그리고 시부모님은 이안에게 자신들이 어떻게 비춰지는지 신경을 쓰지 않는다는 것. 이안이 당연히 받아들여야 한다는 고압적인 태도였다면 차라리 화를 내며 어떻게든 고쳐 볼 의지가 생길 텐데, 아예 무관심으로 일관하니 손쓸 여지가 없었다.

식후 디저트는 거실에서 먹기로 하고 자리를 이동했다. 긴 식사 시간 내내 많은 대화는 없었다. 예비 시부모님은 이것저것 물어오긴 했지만 대답하는 이안은 이미 알고 있는 걸 확인시킨다는 느낌밖에 들지 않았다. 그리고 그들이 알고 있는 사실이 주철의 입에서 나간 것은 아니리란 느낌도. 정말 이력서와 자기소개서를 제출한 뒤 면접을 보는 기분이었다.

"아직 이안 씨 집에는 결혼 이야기를 꺼내지 않았다지?"

아버지 쪽의 의외로 날카로운 질문이라 이안은 오히려 어리둥절했다. 아주 무관심하다는 건 아니라는 건가?

"네. 하지만 이제 곧 말씀드릴 거예요."

"내 아들이 부모님께 밝히기에 떳떳하지 못하단 뜻인가?"

"아버지."

주철이 중재에 나서려 했다. 이안은 항상 마음 깊숙한 곳에 숨겨둔 죄책감을 찔린 기분이었다. 그리고 처음으로 곽경준이 주철의 아버지로 보인 순간이기도 했다.

"제가 말렸습니다. 그리고 이 이야기는 이미 끝난 걸로……."

"내 아들에게 흠이 없다곤 할 수 없지. 하지만 요즘 세상에 이 정도 흠 없는 사람은 없을뿐더러, 누구보다 조건 면에서 뛰어나다고 자부하네. 그런데도 부모님께 떳떳이 밝힐 수 없다는 건 그쪽 집에서 욕심이 과하다는 뜻 아닌가?"

"아버지!"

구구절절이 옳은 말이었고 마음이 쓰려왔지만 이안은 이제야 비로소 안심할 수 있었다. 사이가 얼마나 나쁘든 좋든, 경준은 주철의 아버지였다.

"하나이든 둘이든 자식은 자식이라고 생각합니다. 저희 부모님 욕심은 자식 가진 부모라면 누구든 가질 수 있는 욕심이라고 생각합니다."

"제법."

경준이 천천히 손을 모아 몸을 앞으로 수그렸다. 공격적인 태세에 이안도 슬슬 공격적인 마음을 준비했다.

"말 하나는 빠지지 않는 아가씨로군. 그렇게 당돌하게 나오면 내가 좋아하리라 생각했나? 아가씨의 건방진 태도에 이 결혼을 반대하리라 생각하진 않나?"

"아버지!"

주철은 이안을 잡아 벌떡 일어났다.

"너무 오래 지체했던 것 같군요. 돌아가겠습니다."

"대체 네가 부족한 게 뭐라고 이 아가씨한테 절절매는 게냐! 왜 네가 그 집 눈치를 봐야 해!"

이안은 반쯤 넋이 나가 두 부자의 대치를 바라보고 있었다.

어머니는 완전히 제삼자였다. 저렇게까지 무심할 수 있다니, 어떤 면에선 존경스럽다.

"이제 와 제 결혼을 반대하는 아버지가 더 우습습니다! 왜 이제 와 제 걱정을 하는 척하십니까? 여느 때처럼 제가 무슨 지랄을 하든 내버려 두시면 되지 않습니까! 아버지께 피해가 되게 하지는 않습니다!"

"주철 씨……!"

"이미 이안이 집안에 대해선 다 알아보셨을 테죠. 그리고 이안이 집안이 강하게 나올 이유가 전혀 없다고 판단하셨겠죠. 하지만 우리 집안이 이안이 집안에 비해 잘난 건 단 하나, 돈이 더 많다는 것밖에 없습니다. 그 외에 이안이 집안보다 잘난 건 하나도 없어요! 아버지 말씀이 맞습니다. 전 이안이 집안 눈치를 보고 있어요. 만약 우리 집안을 알게 돼서 나한테 더 질려 버리면 어떡하나, 이안일 못 주겠다고 반대하시면 어떡하나, 이안이가 부모님께 상처를 입히면서까지 날 선택하려 할까."

이안은 주철의 손을 꽉 잡았다. 주철이 더욱 힘껏 이안을 잡았다.

"이안이에게 상처 주실 거라면 가만있지 않을 겁니다. 이 결혼 반대하신다면, 절대 가만있지 않을 겁니다!"

주철은 그대로 집을 나섰다. 이안은 제대로 인사도 드리지 못한 채 끌려 나갔다. 하지만 인사를 했다고 해서 시부모님 될 분들이 받아주었으리란 보장도 없었다.

주철은 차에 올라 거칠게 차를 출발시키곤 한동안 말없이 달리기만 했다. 이안도 굳이 주철에게 말을 붙이지 않았다.

얼마나 달렸을까, 이곳은 어디일까. 주철은 서서히 제정신으로 돌아온 것 같았다. 그는 갓길에 차를 세우고 핸들에 얼굴을 묻었다. 이안은 기다렸다. 지금까지는 이안이 먼저 손을 내밀었다. 지금도 얼마든 먼저 손을 내밀 수 있었다. 하지만 주철이 이안을 원하길 바랐다. 이안이 스스로의 의지로 위안을 주는 것과 주철이 위안을 바라주는 것에는 하늘과 땅과 같은 차이가 있었다.

이안은 안타깝게 기다렸다. 날 필요로 해줘요, 내가 내 멋대로 당신 곁에 있는 게 아니라는 믿음을 줘요. 당신이 정말로 내가 필요하다는 걸, 내가 믿게 해줘요.

주철이 몸을 천천히 세워 이안을 당겨 안았다. 이안은 그의 가슴에 이마를 박았다.

"미안하다."

뭐가요?

"너한테 상처 주려던 게 아니었어."

이안은 새삼 눈물이 돌았다. 이 남자는, 아버지와 싸움으로 상처 입어 헤맸던 게 아니었다. 이안에게 미안해서, 막을 수 없던 자신에게 화가 났던 것이었다. 이안은 자신이 생각했던 것 이상으로 사랑받는 게 아닐까 하는 생각을 했다. 그리고 그는 생각 이상으로 강한 사람이었다. 이안이었다면 경준과 주철 같은 말다툼을 했다면 한동안 재기하기가 힘들었을 것이다. 너무 아프고, 너무 독해서. 그래서 위로가 되길 바랐는데, 주철은 그 너머를, 이안을 생각하고 있었다.

"아버지랑 싸워서 어떡해요."

"싸움이 된다는 것 자체가 우스운 거야. 정말 네가 아니었음, 아버지에게 아버지답게 굴 자격이나 있냐고 쏘아댈 뻔했어."

이안은 몸을 바로 했다. 주철의 뺨은 눈동자만큼 건조했다.

"예지를 애엄마한테 보낼 때 말곤 아버지가 나에게 관심을 가진 적이 없었어. 그래서 오늘도 조용히 넘어가리라 생각했지. 왜 갑자기 아버지답게 굴고 싶어졌는진 모르겠지만 그것 때문에 상처가 됐다면……."

"나도 처음부터 환영받을 거라고 생각하진 않았는데요 뭐."

주철이 이안의 뺨을 쓸었다.

"넌 그래도 충분해."

"날 너무 과대평가하는 거예요."

"아니야. 네가 널 과소평가해."

이안의 뺨이 사르륵 붉어졌다. 항상 가시 돋친 말만 뽑아내던 남자라고 누가 믿을까. 어쩜 저렇게 쑥스러운 말을 진심으로 할 수 있는지.

곧 주철이 다가왔다. 이안은 반사적으로 몸에 열이 돋았다. 주철이 다가오면, 그의 희미한 소독약 내음이 다가오면, 언제나처럼 몸이 반응했다. 이안은 문득 주철을 밀어냈다.

"담배……."

"응? 담배?"

"담배 냄새가 없어."

그러고 보니 언제부터였던가. 주철이 담배를 태운 모습을 본 적이 없었다.

"담배, 끊었어요? 언제?"

"네가 싫다고 그랬잖아."

남자가 살짝 눈을 피했다. 이안은 웃음도 나고 눈물도 나서 결국 웃으며 눈물을 조금 흘렸다.

"믿을 수 없어. 내가 싫다고 안 해요?"

"안 해도 뭐라 하지."

"응. 미안하잖아."

"딱히 널 위해서만은 아니니까 그렇게 감동하지 말라고."

"그럼 또 뭐 있는데."

"미래의 2세라고 할까……."

어쨌든 두 사람을 위해서란 뜻이었다. 이안은 결국 눈물을 주룩주룩 흘리고 말았다. 주철이 그걸 보더니 당황해서 이안을 당겨 안았다. 왜 우냐고, 투정 부리듯 중얼거리는 그가 사랑스러웠다. 이안은 고개를 들어 그의 입술을 찾았다. 주철은 여느 때만큼이나 뜨겁게, 그리고 진하게 입을 마주 댔다. 이안의 눈물 때문에 키스는 짭조름한 맛이 났다.

"아버지가 저렇게 나오시긴 했지만 우리 결혼을 반대하려는 건 아닐 거야. 노친네, 불만이었겠지. 당신은 이렇게 잘났는데 당신과 당신이 일군 집안을 반대하는 가족이 있다는 것이. 지금은 심술이 나서 그렇지, 나중에 내가 아버지한테 다시 말할게."

"아버지는 정말 당신을 걱정하는 건지도 몰라요."

"또 시작이다. 넌 사람들을 너무 좋게 봐."

"아니에요. 지금은 못 믿겠지만 내 말이 틀림없어."

"네, 네. 어련하겠어."

둘은 한결 가벼워진 분위기 속에서 이안 집으로 향했다. 이안의 집 거실 불이 켜져 있었다. 이안은 별로 늦은 시간이 아니라 맘 편히 차에서 내렸다.

주철이 따라 내렸다. 이안은 그럴 필요 없다고 먼저 가라는데도 주철은 이안이 집까지 들어가는 걸 봐야 직성이 풀리겠단다. 이안은 결국 다시 남자에게 다가가 한 번 더 꼬옥 껴안고 아쉬움을 달래며 떨어졌다.

"내 꿈 꿔요."

"싫어."

"왜?"

"못 견딜 것 같아."

이안은 고개도 들지 못하고 킥킥 웃었다. 사람은 너무 쑥스러워도 웃을 수 있는 모양이었다.

"오늘 수고 많았어. 몸살 앓지 않게 푹 쉬어."

"응. 자기도."

이안은 그를 부를 호칭을 예전부터 고민해 왔다. 그냥 주철 씨라고 부를까, 못 이기는 척 오빠라고 부를까. 드디어 그를 무어라 호칭할 사이가 됐는데 주철 씨나, 오빠나 다 딱딱한 것 같았다. 그래서 고심 끝에 골랐다. '자기'라는 달달한 호칭을. 그리고 지금 그의 반응을 기다리고 있었다.

주철이 멈칫 굳었다.

"자기란 말 싫어요?"

"진작……."

"응?"

"내가 못 견딜 거라고 했지."

주철이 이안의 턱을 들었다. 이안은 '아이'라는 알 수 없는 콧소리를 내며 마지못해 턱을 들었다.

그와 동시였다.

"이안이니?"

현관이 활짝 열림과 동시에 그들에게 빛이 쏟아진 것이. 이안과 주철은 꼼짝없이 굳어졌다.

제 15 장

이안은 엄마가 이렇게 화가 난 걸 오랜만에 보았다. 엄마가 외할머니 빚 때문에 힘든 걸 뻔히 알면서도, 외할머니가 염치없이 이거 해달라, 저거 해달라, 안 해주면 아쉬운 푸념을 늘어놓기 일쑤라, 참다못한 이안이 버럭 성을 낸 적이 있었다. 그때만큼 엄마가 화를 낸 걸 본 적이 없었다. 어른에게 분풀이하는 애로 키운 적 없다고, 외할머니가 얼마나 충격을 받을지 생각해 본 적 있냐고. 이안은 엄마만 당하는 게 싫다며 울며 대들었다. 엄마는 그러자 십 년은 더 파삭 늙은 것처럼 힘없이 '힘들게 해서 미안하다' 고 사과하셨다. 엄마가 왜 사과해야 하는지 알 수 없었지만 결국 자신 역시도 엄마를 힘들게 한 걸 깨달았다. 이안은 결국 펑펑 울며 엄마와 외할머니에게 사과했다.

그 이후 외할머니가 달라진 건 없지만 최소 열 번은 할 싫은 소리가 여덟아홉 번으로 줄긴 했다. 이안이 폭발한 게 아주 나쁜 효과만 있었던 건 아니었던 것 같았다. 그래도 그 이후에는 외할머니로 인해 엄마에게 화를 내거나 싸우려 든 적은 없었다.

그게 고등학교 갓 졸업했을 때니까, 약 십 년 전 일이었다. 그리고 지금, 그날 이후로 처음으로 엄마의 진짜 화낸 모습을 볼 수 있었다.

"이게 무슨 일인지 말해봐."

하지만 그렇게 화를 낼 정도로 싫을까? 이안은 엄마가 이해되면서도 한편으로는 불만도 피어났다. 주철의 조건만으로 주철을 싫어한다는 건 엄마답지 않은 행동이었다. 자식 일이라고 좀 더 예민해지고 좀 더 날카로워지는 건 이해할 수 있지만, 이렇게까지 화를 낼 일인지는 모르겠다.

"이안이와 결혼을 전제로 만나고 있습니다."

주철이 선뜻 대답했다. 주철의 본가에 비해서 화장실 정도의 크기만한 거실에 주철은 죄인처럼 무릎 꿇고 앉아 있었고, 부모님은 그 맞은편에 살기등등한 채 앉아 있었다. 솔직히 아빠는 이게 무슨 사태인지 몰라 어리둥절했지만 엄마의 기색을 보고 우선은 엄마 편에 서기로 한 것 같았다. 이 집에서 절대적인 엄마 편이 있다면 그건 다름 아닌 아빠일 것이다.

"정말이지……."

엄마가 관자놀이를 꾹꾹 눌렀다. 주철의 나직한 대답으로 엄마의 눈 밑이 순식간에 창백해졌다.

　"그럼 날 데려다 준 다음에 이안이랑 만난 것도?"

　이안은 살짝 놀랐다. 그날 동네사람이 이안과 주철을 본 모양이었다. 이안은 지금껏 남자를 사귀면서 집까지 데려온 역사가 없었다. 그런 소문이 얼마나 빨리 도는지 뼈저리게 잘 알고 있기 때문이었다. 주철 때는 뭐에 홀렸는지, 주철이 집까지 데려다 주는 것을 너무나 자연스럽게 받아들였다.

　"어, 언제부터예요. 두 사람 사이, 언제부터야."

　재현이 태어난 직후였던가. 이안은 조심스레 대답했다. 엄마는 벌써 석 달이나 됐다는 말에 더 기가 차 했다. 그때까지도 이안은 주철이라면 이를 갈고 있었다. 그런데 느닷없이 사귀고 있다니, 결혼까지 염두에 두고 있다니.

　"조만간 찾아뵙고 인사드릴 예정이었습니다. 저와 이안이, 결혼하기로 했습니다. 허락해 주십시오."

　더 숨길 게 뭐 있으랴. 이안은 주철의 결정에 이의를 제기할 생각이 없었다.

　"오늘 주철 씨 부모님 뵙고 오는 길이야."

　엄마는 잠깐 눈을 질끈 감았다. 엄마의 안색이 점점 더 파리해졌다. 이제껏 잠잠하던 아빠가 나섰다.

　"이름이 뭐라고? 전에 한번 인사는 했었지."

　"곽주철이라고 합니다. 인사가 늦어 죄송합니다. 이재 산후조

리원에서 한번 뵀었습니다. 현수, 이재 신랑의 친구로 이안일
만나게 됐습니다."

"그, 의사라던?"

"네."

아빠의 안색도 마찬가지로 굳어졌다. 엄마에게서 주철에 대
해 대강은 들었을 것이다. 아빠는 자세를 고쳐 앉았다.

"그럼 곽 선생 집에서는 뭐라고 하시던가?"

"이제 처음 인사드리러 갔어."

"네가 부족하다는 거야?"

엄마가 번쩍 눈을 떴다. 이안은 괜히 주철의 본가에 갔던 이
야기를 했다고 후회했다.

"우리 이안이가 왜?"

엄마의 공격의 방향이 주철에게 고정되었다. 주철은 덤덤히
대답했다.

"저희 아버지께서 대성 어패럴 회장님이십니다."

"그럼 그렇게 돈 많고 잘난 집에선 우리 이안이가 부족하다는
거야?"

주철이 희미하게 미소 지었다.

"그렇게 말씀하실 줄 알았습니다."

주철은 곧 정색을 하고 대꾸했다.

"아버지의 허락은 중요하지 않습니다. 저희에게는 어머님과
아버님의 허락이 더 중요합니다."

"결혼은 양가 모두에게 중요한 일이야. 이안일 가족으로 받아들이겠다는 집에서 반대를 한다는데, 우리 허락만이 중요하다면 그 말을 믿을 수 있겠나?"

"아버지께서는 제 조건이 어머님, 아버님께는 많이 부족하다는 걸 믿지 못하시는 겁니다."

"그렇게 제 자식 잘난 줄 아는 분이라면 우리 이안이도 잘났다는 걸 아셔야지."

"아버지 일은 제게 맡겨주세요. 결국에는 허락하실 겁니다."

"자네 어머니는. 아까부터 어머니 이야기는 안 하는데."

이안이 나설 여지가 없었다. 이안은 그저 주철 옆에서 말없이 힘을 보태고 있었다.

"새어머니십니다. 친어머니는 열다섯 살에 돌아가셨습니다."

"그래, 그랬다고 했지."

엄마가 절절한 가슴속을 토해내는 듯한 한숨을 내쉬었다. 엄마의 화가 조금은 누그러져 있었지만, 그렇다고 두 사람 사이를 허락한 것도 아니었다. 주철이 엄마에게 친모에 관해 말했다는 게 의외라 이안은 잠시 어리둥절했다.

"이안이도 다 아나?"

"응. 이미 들었어, 엄마."

"아무리 생각해도 곽 선생에게 마음에 드는 구석을 찾기가 어렵구나. 곽 선생, 이런 말해서 미안하지만, 곽 선생이 의사이고, 갑부집 외동아들이란 것이 오히려 더 마음에 걸리네. 자네는 이혼을 한 번 한 적이 있어. 부부 사이에 일어난 갈등을 참지 못하고 단칼에 잘라내는 걸로 해결했단 말일세. 한 번이 어렵지 두 번째는 쉬워. 같은 일을 또 반복하지 않는단 보장이 없어. 그리고 의사라니. 그래, 의사라는 건 자네의 꿈이었을 테고 좋아서 하는 일일 테니 뭐라 할 말은 없지. 갑부집 아들로 태어난 것도 원해서는 아니었을 거야. 하지만 그 집에 이안이가 들어가서 할 고생을 생각하면 마음이 갑갑해져. 난 평생을 가난하게 살아왔네. 지금이야 집안이 안정되고, 이이나 내 밥벌이 할 만큼은 먹고 산다지만 부자와는 정말 거리가 머네. 이안이도 그런 환경에서 자랐어. 이안이가 풍족한 집안에 시집가서 돈 걱정 없이 살길 바라긴 했지만, 대성 어패럴이라니, 그런 재벌가에 시집가길 바란 건 아니야. 사람은 제 분수란 게 있기 마련이네, 우리 자랑스러운 아이이고, 우리가 어디 내놔도 남부끄럽지 않을 아이지만, 그 사회에 속하게 된다면 얘기가 달라지네. 이안이가 그 사회를 접하면서 겪을 고충을 생각하면 난 자다가도 벌떡 일어날 거야."

엄마는 무의식중에 가슴을 문질렀다.

"그리고 솔직히 자네 성정도 그리 눈에 차지는 않아. 난 큰사위처럼 더분더분하고 시원스런 사람까진 아니더라도 성격이 온순하고 우리 이안일 끔찍이 생각해주는 사람이면 충분하다고 생각했네. 하지만 자네는 너무 예민해. 상처가 많기 때문이란 걸 아네. 맘 깊은 곳에 누구보다 많은 한이 서린 것도 아네. 그래서 더 이안이가 힘들어질 것 같아 걱정이야. 그리고 아이는 어쩔 건가. 지금은 애엄마에게 보냈다지만 함께 살고 싶은 게 본심일 거야. 그런 마음도 없는 사람을 이안이가 택했다고 생각하진 않네. 하지만, 이안이 남의 자식을 키우는 꼴은 내 눈에 흙이 들어가도 못 봐. 난, 이 결혼 반대하네."

차라리 버럭버럭 화를 내며 호통을 치셨다면 편했으련만. 엄마는 떨리는 음성을 애써 추스르며 조근조근, 주철이 안 되는 이유를 하나하나 꼬집어내었다. 하나도 틀린 말이 아니었고, 부모님 입장에서는 정말로 당연한 이야기였다. 특히 아이 이야기에 이르러선 이안도 더는 할 말이 없었다. 이안도 자신없었다. 아무리 주철을 사랑하지만 주철의 아이를 내 아이만큼 사랑할 자신이, 내 아이처럼 보듬고 아끼며 키울 자신이.

만약 두 사람의 결혼이 성사된다 해도 아이 문제는 언제까지나 물속에 가라앉은 모래 앙금처럼 두 사람 사이에 남을 것이다.

엄마의 논리 정연함을 이해했다. 그러나 납득할 수 없었다. 엄마의 논리와 엄마의 마음을 고려해서 이 결혼을 물리기엔, 이안의 마음이 너무 멀리 와버렸다. 이젠 주철 없이 남은 생을 살라면 '미쳤어요?' 라고 되물을 판이었다.

이제야 만났다. 이제야 만나게 되었다. 진심으로 나 하나만 사랑해 줄 사람. 지독하리만치 나 하나만을 보고, 나 하나만을 바라는 사람. 이안이 같은 무게의 감정을 되돌려 준다 해도 부족하다 할 사람. 전심전력을 다해 사랑해도 부족할 사람, 이 육신과 이 영혼을 다 바쳐 사랑한다 해도 부족할 사람, 드디어 만나게 되었다. 이안은 이 사람을 포기할 수 없었다.

"제가 이안이에게 부족하다는 걸 잘 압니다. 저도 염치가 없는 부탁이란 걸 잘 알고 있습니다. 그래도 전 물러설 수 없습니다. 이안이가 필요합니다. 한 번은, 아니, 정말 여러 번, 이안일 욕심내는 마음을 포기하려 노력했습니다. 처음 봤을 때부터 이안이가 탐이 났습니다. 이안이와 함께라면 정말 행복해질 것 같아서요. 하지만 말씀하신 대로, 저에게는 이혼 경력이 있고, 아이가 있습니다. 불우한 가정사도 흠이 될 뿐, 이안이를 만나는 데 보탬이 되지 않았습니다. 그래서 몇 번이고 포기하려고 했는데……."

주철의 음성이 차츰차츰 잦아들었다.

"그럴 수가 없었습니다. 이런 놈이라서 죄송합니다. 제 과거를 바꿀 수도, 지울 수도 없습니다. 제가 못 믿을 놈이라는 거, 저 역시 잘 알고 있습니다. 그래도 제발 부탁드립니다. 이안이를, 주십시오. 평생이 걸려서라도 이안일 행복하게 해주겠습니다. 제가 할 수 있는 건 약속뿐이지만 평생토록 이 약속을 지키기 위해 살겠습니다."

주철은 머리를 깊숙이 숙였다. 어느새 주철과 이안의 손이 닿아 있었다. 이안은 더듬더듬 주철의 손을 찾아 꼭 쥐었다. 주철도 강철 같은 단단함으로 이안의 손을 감쌌다.

엄마는 결국 눈물이 그렁그렁한 눈을 꾹 감고 안방으로 돌아갔다. 엄마가 문을 닫은 후 아빠가 주철을 일으켜 세웠다. 주철의 얼굴도 젖어 있었다. 아빠는 부드러운 티슈를 뽑아 주철과 이안에게 한 뭉텅이씩 안겨주었다.

"우선 일어나게. 뭘 그리 잘못했다고 무릎을 꿇고 있어."

세 사람은 주방으로 자리를 옮겼다. 이안은 차를 타겠다고 했지만 아빠는 병맥주를 꺼냈다.

"술은, 할 줄 아나?"

"조금은 할 줄 압니다."

"난 술은 잘 못해. 하지만 술자리는 좋아하지."

아빠는 곧 이안에게 엄마에게 가보라고 했다. 이안도 알겠다며 두 사람만 남기고 안방으로 향했다.

주방에 남은 두 사람은 말없이 술잔을 기울였다. 주철은 사실 맥주를 좋아하진 않았지만 이 집 맥주는 희한하게 달았다. 아마 짠 눈물을 맛본 다음이라서일 거라고, 주철은 맥쩍게 생각했다.

"남자의 로망이라는 게 있지."

이안의 아빠는 체구가 작지만 다부지고 강건하단 인상이었다. 이 집 여자들과 함께 있을 땐 부드러운 인상이었지만 주철과 둘만 남자 고집과 인고의 세월이 고스란히 드러난 인상이 되었다. 하나, 그것도 곧 술 한 잔이 들어가니 부드럽게 풀렸다.

"여자들이 좋아하는 참 인연이라는 것도 있고. 이안이가 자네한테는 참 인연이라 생각하나?"

"그런 생각은 해본 적이 없습니다."

"솔직한 친구군. 그래, 이런 질문은 너무 개인적인 거지만 난물을 자격이 있다고 생각하네만. 이혼은 왜 하게 된 건가?"

주철은 연희에게 들려줬던 이야기를 그대로 옮겼다. 이안의 아빠는 중간중간 혀를 찰 뿐 가타부타 말을 덧붙이지 않았다.

"그러면 다시 결혼하기까지 쉽진 않았을 텐데."

"이안이가 아니었다면 또다시 아버지께서 주선한 여자와 가정을 이루었을지도 모릅니다."

"아버님이 어려운 건가? 아니면 다른 이유가 있어서 아버지의 뜻을 따르는 건가?"

"일종의 타협입니다. 전 아버지 뒤를 이어 경영 전선에 뛰어들었어야 했습니다. 하지만 제멋대로 의사의 길을 선택했죠. 제 뜻을 억지로 꺾지 않는 대가로 아버지는 몇 가지 조건을 제시하셨고, 전 그 조건을 받아들였습니다."

"타협과 조건이라. 부자라기보다 무슨 계약관계 같구먼."

주철은 이안의 아빠가 권하는 술을 받아 또 한 모금 길게 들이켰다.

"비슷한 걸 겁니다. 저를 데려와 키우시긴 했지만 지금까지 정말 아버지로구나 하고 느낀 적은 없었습니다."

"데려와 키우다니? 친부가 아니신가?"

주철은 할 수 없이 친모에 관한 이야기도 간략하게 대답했다.

"평범한 가정은 아니로군. 하지만 이 세상에 평범한 가정은 사실 몇 안 되는지도 몰라. 어릴 때부터 고생이 많았겠어."

희한한 집안이었다. 딱히 동정하거나 섣불리 위로하는 것도 아닌데 마음이 편안히 가라앉는다. 이런 사람들이 있어 아직 세상은 살 만한 것인가 하는 생각마저 들었다.

"그렇게 데려온 친자식을 지금껏 외면한 채 두었다고. 하지만 집안을 잇기 위해 데려왔다면서 왜 자네에게는 경영자로서의 길을 고집하지 않으신 건가?"

주철은 그것 역시 아버지의 무관심이라고 답했다. 막상 데려온 자식이 성에 차는 놈이 아니고, 다시 내다 버릴 수도 없으니 거둬들이긴 하지만, 관심도 두지 않는 것이었다고. 주철은 솔직히 진심으로 그렇게 믿고 있었다.

"그래, 그럴 수도 있겠군."

이안의 아빠는 새 병을 꺼내 똑 따고 다시 주철의 잔을 가득 채웠다. 주철은 벌써 한 병째 비우고 있었고, 이안의 아빠의 잔은 고작 한 모금 정도 줄었나 싶었다. 연거푸 들이킨 술 때문에 머리가 핑 돌았지만 이 정도로 취할 주철은 아니었다.

"근데 부모 맘이란 건 말이야, 자식으로서는 짐작도 못할 때가 많은 법이거든. 뭐, 이건 내가 부모 입장이니 하는 잔소리라 생각해도 좋네. 처음에 난 이안이가 간호사나 의사, 아니면 유명 대기업에 취직해 안정된 자리를 잡아주길 바랐어. 이안이가 지금도 그렇지만 예전에도 손재주가 뛰어났거든. 둘째라 그런지 많이 영리하고 눈치도 웬만큼 빠르고. 그래서 뭐가 되든 돼

주리라 생각했다네. 이재 엄마야 만날 아픈 사람 접하는 의사, 간호사가 뭐 좋냐고 하지만 아무튼 난 전문직에 종사해도 좋겠다고 생각했어. 한데, 이 녀석이 고등학교를 예고를 가겠다는 거야. 아직 젖비린내가 풀풀 나는 어린애가 제 앞가림은 알아서 할 테니 걱정 말라더군. 어찌나 기가 차고 어이가 없던지. 이재 엄마랑 나랑 몇 날 며칠간 저 애를 얼렀는지 모르네. 화도 내고, 협박도 하고, 애원도 하고, 살살 어르기도 하고. 하지만 다 통하지 않았어. 결국 예고에 진학해도 중간에 인문계로 돌아설 수 있다는 말에 우리는 반쯤 양보하기로 했지. 제풀에 지치면 그때 받아주마, 그때까지는 원껏 하고 싶은 걸 해봐라. 남들보다 일이 년쯤 늦는다고 세상이 망하진 않는다, 하고. 그런데 저 녀석, 예고를 졸업하더니 예대까지 가버렸어."

이안의 아빠는 안주가 없어서 심심하다더니 냉장고를 뒤적여 신김치와 멸치볶음을 꺼냈다. 맥주 안주와는 기가 막힌 상극을 이루었지만 그것들 역시 맛있었다. 주철은 신김치를 한 입 먹고는 시큼하며 아삭아삭한 맛에 저도 모르게 군침을 꿀꺽 삼켰다. 그리고 맥주를 먹으니 짠 맛이 누그러들어 훨씬 부드럽게 넘어갔다. 인생의 지혜인가, 주철은 머리를 갸웃했다.

"당시에 우리 집안 분위기가 얼마나 살벌했는지 모르네. 이안이 편은 이재밖에 없었지. 우리는 자식들이 우리 맘도 몰라준다고 정말 서운해했어. 우리는 아이들이 똘똘하고 영리한 만큼 더 안정적인 자리를 잡아 편하게 살기를 바랐거든. 꿈을 이루는 것도 소중하지만 편하고 평범한 삶이란 것도 소중해. 살다 보니 평범하다는 게 얼마나 어렵고, 또 얼마나 중요한 건지 알게 되었지. 그래서 우리 아이들도 그렇게 평범한 행복을 누리길 바랐는데, 이안이가 알아서 험난한 길을 걷겠다지 뭔가. 아, 이야기가 너무 샜구만. 여하튼 그래. 자식이 바라는 바와 부모가 바라는 바가 항상 일치하질 않아. 당시에 이안이 녀석이 속 이야기를 하지 않아서 그렇지, 자기를 이해해 주지 못하는 우리를 참 많이 원망했을 거야. 우리도 이안이가 우리 속도 몰라준다고 얼마나 가슴을 쳤는데. 부모 자식은 일촌이면서도 때론 생전 얼굴 한 번 맞대지 않은 남보다 더욱 멀게 느껴질 때가 있더군. 서로를 위한 건데, 그게 받아들여지지 않을 때. 서로를 위해서라고 한 건데, 상대 쪽에서는 그게 간섭과 참견이라고만 느낄 때. 그때 부모가 느끼는 서운함과 외로움을 짐작할 수 있겠나?"

"아버님께서는…… 저희 아버지를 이해하신다는 말씀이십니까?"

"내 생각이 다 옳다고 할 순 없네만. 그래도 현재의 자기 가족에게 상처를 입히면서까지 자네를 데려온 아버님이라면, 그 역시 부모란 생각이 드네. 아마 자네가 생각한 것 이상으로 자네를 생각하고 계실 게야. 다만 자네가 바라는 방향이 아니고, 자네가 필요할 때 원하는 만큼 돌아오지 않았더라도, 부모의 사랑이란 건 한쪽 면만 봐선 알 수 없는 법이니까."

이안의 엄마와 같은 말을 했다. 부부는 역시 닮는 법인가. 생김생김은 다르지만 분위기라던가 생각하는 방식이 닮아 있었다. 이런 부모 밑에서 이안이 자랐다. 이안이 얼마만큼 사랑받고 얼마만큼 예쁨받으며 자랐을지 짐작할 수 있었다. 주철은 뜬금없이 이안의 아빠에게 감사를 드리고 싶었다. 이안일 예쁘게 낳아주시고 키워주셔서 감사합니다. 이안일 이안이답게 자라도록 키워주셔서 정말 감사합니다.

"뭐 하다가 이야기가 이렇게 샜누. 아, 그래, 결혼. 나랑 이재 엄마가 자식들한테 유독 극성스럽기도 해. 우리 아이들이 화목한 가정에서 바르게 자라 맘도 따뜻하고, 능력도 있는 남자랑 연을 맺길 바랐지. 하지만 무엇보다 바란 건 우리 자식들을 우리 이상으로 사랑해 줄 사람이었어. 난 자네가 어떻게 살았는지 모르고, 이재 엄마에게 어떻게 보였는지도 잘 모르네. 하지만 자네가 우리 이안이 아끼는 마음은 알겠어."

이안 아빠는 술을 마저 마시려다 멈칫멈칫 멈추었다. 술은 주철이 몇 배는 더 마셨는데 취기는 이안 아빠 쪽이 더 많이 오른 모양이었다. 주철이 슬그머니 그만 마시는 게 좋겠다고 운을 띄웠다.

"가끔은 나도 말술을 하고 싶은데 말이야. 내 소싯적에는 소주 한 잔에 응급실에도 실려갔다네. 이만큼이면 정말 많이 는 거야. 큰사위 때는 딱 한 모금밖에 안 마셨었으니, 그때보다도 늘었지?"

"급성알코올 쇼크라면, 한 모금이라도 위험하십니다."

"이거이거, 의사 사위, 의사 사위, 다들 노래 부르더니 그럴 만하구먼. 병명까지 들이대니 겁이 나서 술이나 하겠어."

이안 아빠가 주철의 어깨를 툭툭 두드렸다.

"기운 내. 우리 마누라지만, 쉬운 상대는 아니야."

"아버님께서는……."

"나? 난 마누라가 좋다면 무조건 OK인 사람이야. 별로 힘이 못 돼."

주철은 이안 아빠를 따라 일어났다. 이안 아빠는 얼근히 취한 상태에서도 휘청이진 않았다.

"아버님께서 저희 아버지를 보시듯 제가 저희 아버지를 볼 날이 올지는 모르겠지만, 더 생각해 보겠습니다."

"그래. 맘의 골이란 게 말 한마디에 후딱후딱 낫는 거면 이 고생 안 하고 살지. 그나저나 우리 마나님은 아직도 토라져 계시나."

이안이 들어가니 연희는 자리를 펴는 중이었다. 연희는 이안을 아는 척도 하지 않았다.

"엄마."

"말은 참 그럴싸하게 잘하는구나."

"그게 그 사람 진심이야, 엄마. 엄마도 알잖아."

"내가 어떻게 알겠니. 그리고 넌 그 남자를 얼마나 만났다고 다 아는 것처럼 그래."

"솔직히 투닥거리고 싸운 시간이 더 많았지만, 그래서 더 서로의 바닥까지 아는 것 같아."

"참 대단한 사이로구나."

연희는 요 위에 드러누웠다. 이안은 곁에 가 웅크려 앉았다.

"엄마, 그렇게 싫어?"

"말도 걸지 마. 그렇게 싫다 싫다 노래 부를 땐 언제고."

"나도 정말 싫었어. 정말 내 취향 아니었어. 근데 지금은 저 사람 없이 못 살 거 같아."

연희는 잠시 이불을 뒤집어썼다 힘없이 일어났다. 연희는 며칠 밤은 철야한 사람처럼 초췌해 있었다.

"뭐가 그렇게 좋니, 어디가 그렇게 좋아. 살가운 사람은 아니다. 오히려 상처가 많아 예민한 사람이야. 절대 널 편하게 할 사람이 아니야."

"응, 맞아. 근데, 저 사람도 내가 없음 안 된대. 그리고 자기를 많이 고치고 있어. 엄마, 옆에서 보면 내가 민망할 만큼 나한테 많이 맞추고 있어. 가끔은 너무 미안해. 내가 뭐라고, 나한테 저렇게 잘 보이고 싶어서 애쓰나 싶은 게, 남자답지 못하단 생각도 들어. 근데, 너무 고마워. 그렇게 내가 좋은가, 그렇게 내가 필요한가 싶어서, 너무너무 고마워."

"대체…… 다른 사람도 있잖아."

이안은 재빨리 눈물을 닦았다.

"응. 다른 사람도 있어. 나도 엄마, 아빠가 얼마나 상처받을지 생각했어. 특히 엄마가 얼마나 힘들어할지, 생각만 해도 나도 많이 아팠어. 근데, 그래도 저 사람이 좋아. 그래서 엄마 아빠한테 미안하고…….”

연희가 이안의 어깨를 힘없이 툭툭 때렸다.

“하고 많은 사람 중에 이혼남 만나려고 그랬어? 지금껏 혼자 산 게 다 저런 남자나 만나자는 거였어?”

이안은 눈물이 뚝뚝 떨어져도 아랑곳없이 엄마를 껴안았다. 엄마는 정신적으로 많이 지쳤는지 그저 이안에게 안기고 말았다.

“나, 저 사람 아니었음 결혼 생각 안 했어, 엄마.”

이안은 처음으로 연희에게 속내를 고백했다. 엄마가 듣는다면 많이 속상해할 고백을.

“언니가 결혼하기 전까지, 난 결혼하지 않고 언니랑 엄마, 아빠랑 넷이서 같이 살려고 했어. 우리 식구만 있으면 난 부족한 게 없으니까, 결혼은 딱히 안 해도 된다고 생각했었어. 내가 디자이너가 되겠다고 고집을 부린 것도 내 꿈이기도 하지만, 평생토록 일할 수 있는 직업이라 생각했기 때문이었어. 예고, 예대를 나왔으니 디자이너를 그만둬도 미술학원 정도는 할 수 있겠구나 싶었지. 그럼 내가 꼬부랑 할머니가 돼도 우리 네 식구는 부양할 수 있다고 생각했었지.”

“왜 결혼을…….”

“정말은 그랬나 봐, 우리 가족만큼 사랑할 수 있는 남자를 만나지 못해서였나 봐. 그리고 지금까지 이유를 대자면, 아들이 없는 우리 집에서 내가 아들 몫을 해야 한다고 생각했었어. 언니는 비범하잖아. 언니는 정말 평생 결혼을 안 할 줄 알았어. 그럼 나도 결혼하지 않고 우리 넷이서 언제까지나 오붓하게 사는 것도 좋겠단 생각이 든 거야."

"엄마가, 혹시라도 너한테 아들 몫을 바랐었니?"

이안은 더욱 엄마를 꼭 껴안았다.

"전혀. 엄마는 나한테든 언니한테든 아들 몫을 요구한 적 없어. 그냥 내 욕심. 엄마 아빠한테 더욱 완벽한 딸이 되고 싶다는 욕심이었어. 엄마 아빠만 남겨두고 난 다른 집 식구가 되는 게 너무 싫었어. 내가 결혼하고 나면 누가 엄마 아빠를 모시고 살아? 언니가 결혼한 다음에 더 그 생각이 강해졌어. 근데 엄마, 난 결국 완벽한 딸이 못 되나 봐. 주철 씨가 결혼하자는데 엄마 아빠 생각이 안 났어. 그냥, 그냥 너무 행복했다? 세상에다 대고 외치고 싶었어. 나 이 남자랑 결혼한다고, 이 사람이 날 사랑하는 남자라고. 그러다 바로 엄마 아빠가 생각나더라. 내가 얼마나 못되고 이기적인지…… . 엄마 아빠한테 너무 미안해서 펑펑 울었어. 그걸 보더니 저 남자가…… 행복해지재, 상처를 입히는 만큼. 그리고 행복하게 해주겠대. 내 마음 다 알아주더라. 내가 말하지 않아도 이미 내 마음 다 알고 있더라. 엄마, 나 그래서 더 행복해서 울었어. 아, 이 남자라면 정말 나 행복해지겠구나 싶어서, 정말 이 사람 놓치고 싶지 않아서…… ."

어느새 엄마가 이안을 다독이고 있었다. 이안은 몇 번이고, 몇 번이고 중얼거렸다.

"엄마, 미안해, 정말 미안해. 나만 행복해지겠다고 엄마 아빠 상처받는 거 나 몰라라 해서 미안해. 근데, 엄마 아빠 맘 다 안다면서도 저 사람 포기하지 못하겠어. 그래서 최대한 숨겼어. 엄마 아빠가 상처받는 거 최소한으로 줄이고 싶어서, 엄마 아빠 반대에 부딪쳐서 방해받는 걸 최소한으로 줄이고 싶어서."

이안은 고개를 들 수 없었다. 말하면 할수록 엄마 가슴에 피멍이 맺히는 게 보일 것만 같아서, 엄마의 타 들어가는 속이 훤히 보일 것만 같아서.

"미안해, 미안해……."

엄마의 한숨이 무거웠다. 이안은 얼른 소매로 눈가를 닦아냈다. 엄마가 티슈를 뽑아 눈물을 닦아주었다. 이안은 다시 눈물이 나올 것 같아 입술을 꼭 깨물었다.

엄마는 한동안 이안의 얼굴을 훑었다. 엄마가 살짝 떨리는 손으로 이안의 손을 꼭 잡았다.

"그렇게 그 사람이 좋아?"

"응……."

"엄마가 반대해도?"

"미안해, 엄마……."

"막을 수 없었어? 저 사람이 어떤 사람인지 알고 있었잖아."

"막고 싶지 않았어. 그러기엔 너무 많이 좋아하고 있었어."

이안은 중얼중얼, 미안하다는 말을 뱉었다. 결국 흘러내린 눈물이 똑똑 떨어져 엄마의 손등을 적셨다. 엄마가 다시 뺨을 닦아주었다. 한없이 부드럽고 다정한 손길이었다. 이안은 엄마의 손을 잡았다.

"행복해질 거야, 우리."

"엄만 한 번도 네 고집을 이긴 적이 없었어."

"엄마……."

"그러니까 엄마 아빠랑 꼬부랑 할머니가 될 때까지 같이 살겠단 바보 같은 꿈은 접어야 돼, 알았지?"

이안은 절레절레 고개를 저었다.

"제일 행복한 꿈이었는걸."

"엄마는 그게 더 슬퍼. 우리 이안이, 제일 많이 알고 있는 게 엄마인 줄 알았는데, 정말은 잘 모르고 있었어."

"엄마 잘못이 아니야. 엄마가 알까 봐 정말 많이 숨겼어."

"그래, 그래."

이안도 엄마의 뺨을 닦아주었다. 엄마는 슬쩍 고개를 돌려 티슈로 얼굴을 말끔히 닦아냈다.

"사실은 이미 짐작하고 있었어. 곽 선생이 문득문득 하는 말이 네 말버릇이랑 닮은 게 있어서. 그리고 우리 집 앞에서 곽 선생을 봤다는 것도 그렇고, 곽 선생이 우리 집을 너무 잘 아는 것도 그렇고. 그래, 이미 눈치 챌 수 있었는데."

"그랬음 말렸겠지?"

엄마의 미소는 힘이 쭉 빠져 있었다.

"말린다고 듣게?"

이안은 결국 배시시 웃고 말았다.

이안과 연희가 나오니 주철과 아빠가 막 주방을 나선 참이었다. 네 사람은 어색하게 거실에서 마주쳤다. 누구 하나 섣불리 말을 꺼내지 못하는데 아빠가 나섰다.

"이 친구는 이제 곧 가겠다고 하네. 근데 술을 한잔해서 깰 때까지 쉬다 가게 하려고."

"술 마셨는데 운전은 무슨. 쉬었다 가라고 해요."

아빠가 능청스레 웃어 보였다.

"들었지? 마나님 허락이 떨어졌어. 술 깰 때까지 쉬었다가 가."

"아니, 대리운전을 부르면……."

"괜히 돈 쓰지 말게. 우리 집이 정 불편하다면 말리진 않겠지만."

"엄마."

"이 정도 심술도 못 부리니? 반대한다는 말을 꺼내기 무색하게 취소해야 하는데, 이 정도 체면은 세우게 해줘."

주철은 술이 확 깼다. 지금 자기가 들은 말이 꿈인지 생시인지 분간이 되지 않았다. 주철이 멍하니 있자니 이안 아빠가 연희를 끌어 어깨를 다독였다.

"잘 생각했어."

"정말 잘한 건지."

"어머님……."

연희는 조금 불긋해진 눈가로 주철을 흘긋 쏘아보더니 곧 한숨을 내쉬었다.

"집에서 허락이나 받아와. 이안일 고생시킬 집이라면 내가 쫓아가 담판 지을 테니."

"명심하겠습니다. 고맙습니다, 어머님."

주철이 허리를 깊이 숙여 인사했다. 이안이 일으킬 때까지 주철은 그러고 있었다. 고개를 든 주철은 재빨리 얼굴을 훔쳤다.

"약속은 반드시 지키겠습니다."

"아직 자네를 다 믿는 건 아니야. 아이 문제에 대해서도."

"아이는, 데려오고 싶은 맘이 있는 건 사실입니다만 데려오지 않을 겁니다. 경험상으로도, 아이는 엄마와 함께 있는 게 좋다는 걸 깨달았습니다. 먼 훗날의 일까진 장담할 수 없지만 아이일로 이안일 고생시키진 않겠습니다."

연희는 좋아해야 할지 화를 내야 할지 갈피를 잡을 수 없는 듯 보였다. 연희는 하지만 주철과 손을 꼭 잡고 있는 이안을 보고 결국 '졌다'고 인정했다.

"뭐에 씌인 것 같네. 이재 방이 비었으니까 거기서 재우고, 난 이만 가서 쉴란다."

"그래, 오늘 무리 많이 했어. 들어가자고."

아빠가 이안에게 엄마 몰래 손을 흔들어주고는 안방으로 들어갔다.

둘만 남은 상황에서 주철이 이안을 꼬옥 껴안았다. 이안도 그를 한껏 보듬어 안았다.

"어떻게……."

주철은 목이 잠기는지 헛기침을 했다. 이안은 그의 질문을 알아듣고 답해주었다.

"내가 당신 없으면 안 된다고 했어요. 당신하고라면 정말 행복해질 것 같다고, 아니면 평생 노처녀로 늙어 죽겠다고."

"너……."

"농담. 엄마가 그냥 져줬어요. 내가 울면서 매달린 것도 있지만, 자기가 진심인 걸 아셨던 것 같아."

주철이 이안의 관자놀이에 입을 맞췄다. 이안은 언제 부모님이 다시 나올지 몰라 내심 불안하면서도 주철의 입술을 찾아 맞부딪쳤다. 두 사람의 호흡이 흐트러질 즈음 주철이 입술을 떼었다.

"고마워. 고마워, 이안아……."

"나도, 고마워요."

"더 힘들 줄 알았어. 더 널 힘들게 할 줄 알았어."

이안은 주철의 가슴에 얼굴을 파묻었다. 주철은 온 마음을 다해 이안을 안았다.

"정말로 행복해지자. 행복해지자."

이안은 들리지 않을 작은 목소리로 대답했다. 이미 많이, 행복하다고.

안방에 들어온 연희와 이안의 아빠 승훈은 각자 한숨을 푹 내쉬었다. 연희는 따끈한 방바닥에 앉아 이부자리 밑을 파고들었다. 승훈도 옆에 나란히 앉았다.

"잘한 걸까?"

"좀 더 버티지 그랬어."

"이안이가 그렇게 우는데……. 좀 더 맘을 모질게 먹어야지 하다가 나도 모르게 그만……."

"좀체 안 우는 녀석이었잖아, 막내면서도."

"원체 착하고 순했던 애라 잘 안 울었었죠."

승훈이 연희의 등을 자기 쪽으로 돌리게 해 어깨를 주물러 주었다. 연희는 그러지 말고 등 좀 문질러 달라고, 아까부터 너무 놀랐던지 속이 펄떡펄떡 뛴다고 했다. 승훈은 능숙하게 연희의 등을 슬슬 문질렀다.

"근데 당신은 반대 안 해요? 나보다도 더 펄쩍 뛸 줄 알았는데."

"뭐, 너무 정신이 없었잖아. 난 이안이가 누굴 만나는지도 모르는데 난데없이 결혼하겠다고 하니."

"거짓말. 곽 선생이 의사라니까 마음에 든 거죠. 옛날에 이안일 의사 시키고 싶어할 때부터 알아봤어."

"의사 좋잖아, 안 좋아?"

"이혼남이잖아요."

"이혼남이지."

"그래도 반대는 안 하네."

"내가 반대를 한다면 그놈 야리야리한 생김새 때문에 반대하겠지. 사내놈이 대체 어디에 쓰려고 그렇게 골골대던지."

"맞아, 난 그것도 별로였어. 큰사위처럼 듬직한 놈은 아니더라도 비쩍 곯은 놈은 아니길 바랐는데."

"게다가 생긴 것 좀 봐. 소싯적에 여자깨나 후리고 다녔을 놈이야."

"이안이가 남자 얼굴을 봤던가……."

"그래도 그런 놈들이 맘 한번 잡으면 야물딱지게 잡지."

연희가 승훈의 손을 찰싹 쳐냈다.

"솔직히 말해봐요. 곽 선생이 의사가 아니었음 어쩔 뻔했어?"

"그래도 이안이가 좋다면 좋은 거지."

"언제부터 애들 일에 대범해지셨을까."

"당신도 솔직해져 봐. 그놈이 무릎 꿇고 고개 꾸벅 숙일 때 간이 철렁했지? 보통 윗사람들 앞에서는 잘 보이고 싶어서 없는 말도 지어내고 있는 것도 과장되게 부풀리는데, 그놈은 너무할 정도로 솔직하게 나왔잖아. 술 한잔할 때도 그래, 대체 이놈은 세상을 어떻게 살아왔는지 나한테 벽이 없더라고. 하지만 원래 그런 놈은 아니었겠지. 분명 뭔가가 그놈을 그렇게 바뀌게 한 걸 거야. 그게 이안이라면 내가 반대할 명분이 없어지잖아."

"난 맘에 안 든다고요."

"아이 일은 나도 걸려. 나중에 그놈 좀 불러다가 따끔하게 한소리 해야겠어."

연희는 입속말을 중얼대더니 자리에 드러누웠다. 승훈도 옆에 나란히 누웠다.

"불 끄고 와요."

"아? 응."

승훈이 불을 끄고 꿈지럭대며 다시 연희 옆에 자리를 잡았다.

"이안이가."

연희가 어렵사리 말문을 열었다.

"우리랑 같이 살 생각이었대요, 결혼하지 않고. 우리한테 아들 몫을 해주고 싶었대."

"우리가 뭐 실수한 게 있었나?"

"그냥 자기 생각이었다는데 알 수 있나."

"이안이가 어렸을 때부터 엄마 아빠 타령을 많이 하긴 했지. 그래도 그렇지."

"그런 거 보면 결혼하겠달 때 얼른 시켜야 하지 않나 싶기도 하고."

"그래서, 엄마 아빠 나 몰라라 할 정도로 그놈이 좋대?"

"그렇대요. 내가 참, 기가 차서."

"우리 딸들은 너무 솔직해서 탈이지. 그럴 땐 좀 돌려 말해도

319

좋은데."

"이안이까지 보내고 나면 집이 더 휑해지겠죠?"

승훈은 커다랗게 하품을 했다.

"개라도 키워볼까?"

"그럴까. 화분 어지럽히는 건 싫은데."

"그럼 새는?"

"시도 때도 없이 울잖아요. 그러지 말고 손자나 보러 다녀야 겠네."

승훈에게 답이 없었다. 연희가 고개를 돌리니 승훈은 이미 저만치 잠의 나라로 날아가 있었다. 연희는 승훈의 목까지 이불을 올리고는 나직하게 중얼거렸다.

"그래도 결국은 애가 행복하다는데, 내가 어찌할 수가 없었어."

"좋은 엄마라 그래."

자는 줄 알았던 승훈이 잠꼬대처럼 중얼거렸다.

"애들이 언제 이렇게 다 커버렸을까. 뭐 해준 것도 없는데 혼자서 다 큰 것 같아. 나중에 뭐 해준 거 있냐고 원망 받으면 어쩌지?"

"그럴 애들인가."

"당신은 뭘 믿고 그렇게 자신만만해요?"

승훈이 결국 눈을 가느다랗게 떠 연희를 잡아당겼다. 연희는 못 이기는 척 승훈의 팔을 벴다.

"우리 안 여사가 키운 아이들이잖아."

"애들이 다 컸다고 생각하니까 못해준 것들만 생각나."

"그래서 시집보내기 싫어?"

연희는 대답하지 않았다. 그리고 그들 위에도 포근한 잠의 기운이 덮쳐 왔다. 연희는 잠시 후 꿈결처럼 생각했다.

'더 행복해지겠다는데, 어느 엄마가 말릴 수 있겠어……'

제 16 장

모르는 번호로 오는 연락들은 대부분 광고 전화라 이안은 전화를 잘 안 받는 편이었다. 핸드폰이 잠잠해졌나 싶게 곧이어 이안의 사무실 직통 전화가 울렸다. 일 관계자였다면 먼저 사무실로 전화했을 텐데 희한하다며 이안은 전화를 받았다.

[정이안 씨? 곽경준 회장님 비서실입니다. 잠시만 기다려 주세요.]

이안은 순간 멍해졌다. 함께 콘셉트 회의를 하던 팀장이 얼른 전화를 끊고 오라는 눈치를 주었다. 이안은 애매하게 웃어 넘겼다.

[나 주철이 아비 곽경준이오.]

역시. 잘못 들은 게 아니었다. 말투나 목소리에서 처음 만났을 때의 위압적인 분위기가 풍겨 나왔다.

"네, 안녕하셨어요?"

[점심때 시간 좀 낼 수 있나?]

점심때 약속은 없었다. 이안은 괜찮다고 대답했다.

[차를 보낼 테니 타고 와요.]

"장소를 알려주시면 제가……."

[시간 뺏는 쪽의 최소한의 성의라고 생각하고.]

그렇게까지 말씀하신다면야. 이안은 목덜미를 긁적였다. 차가 도착할 시간을 이르고는 경준은 전화를 끊었다. 이안은 자리로 돌아가지 않고 골똘히 생각에 잠겼다.

"부팀장, 회의 안 할 거야?"

깐깐하고 예민하고 까다롭기로 둘째가라면 서러운 게 팀장이었다. 이안은 어깨를 으쓱하고 팀장 옆에 앉았다.

"팀장님, 제가 회장님 며느리가 될 가능성이 몇 %나 있을 것 같아요?"

팀장은 정말 가소롭다는 듯 고개도 들지 않고 대꾸했다.

"나이가 몇인데 신데렐라 타령이야?"

"그러게요. 신데렐라를 꿈꿔본 적은 없었는데 말이죠."

"정신 제대로 박힌 여자라면 그런 개망나니를 두고 신데렐라를 꿈꾸지 않겠지."

주철이 회장의 아들이란 사실을 알기 전까진 이안도 흔쾌히

동의하던 사안이었다. 하지만 이안은 연필 끝을 테이블에 톡톡
치며 불만을 표시했다.

"그렇게까지 나쁜 놈 아니라고요."

"뭐야, 부팀장은 그 개망나니 알아?"

"개망나니도 아니고요. 의사예요, 어엿한."

그래도 팀장은 굴하지 않았다.

"흥, 그래 봐야 애나 퍼질러 놓고 집안은 나 몰라라 하는 개망
나니 가장이겠지."

어째 부인할 게 없다. 이안은 의자에 느슨하게 앉았다.

"그러게 잘 좀 하지."

"무슨 말 했어?"

이안은 자세를 고쳐 앉았다.

"참 힘들겠다, 싶어서요."

"뭐가? 근데 부팀장은 회장 아들을 어떻게 알아?"

"뭐, 어쩌다 보니요."

팀장은 더 묻지 않았다. 이안이 제출한 기획안을 보며 한 군
데를 콕 집을 때 이안이 다시 물었다.

"근데 어쩌다 개망나니란 소문이 돈 거예요?"

"회사 자체가 뭐니 뭐니 해도 가족 기업이잖아. 윗대가리들이
대부분 곽 씨라고. 그 집안 대소사는 안 좋은 이야기도 다 흘러
들어 오게 돼 있어. 그리고 그 집안 인간들 중 회장 아들에 대해
좋게 말하는 인간을 못 봤어. 게다가 엄연히 하나밖에 없는 후

계자면서 여태 밖으로 도는 거 보면 몰라? 틀림없이 의사라는 허울 좋은 명목을 씌워 회사에 들이지 않는 걸 거야."

"안 그래요."

이안은 주먹을 움켜쥐었다. 화가 났다. 주철의 친척들이 주철에 대해 험담을 하고 다녔다는데, 그 틈바구니에서 주철이 평생을 살아왔다는데. 누구보다 가족이라면 더 아껴주고 더 감싸야 했던 것 아닌가? 어느 계열사에서든 알아주는 망나니로 만들고 나면 자기들도 후련하단 말인가? 의사를 하고 있는 게 뭐, 허울 좋은 명목을 씌워 밖으로 내돌리는 거라고? 그렇게 의사가 만만해 보이는가? 주철이 혹여 판검사나 고급 공무원이 됐다 해도 똑같은 소리를 할 인간들이었다. 이안은 코끝이 아려왔다. 너무 화가 나 주체할 수가 없었다.

"부팀장?"

"팀장님, 저 점심때 약속이 생겨서요. 회의는 오후에 했으면 좋겠는데요."

부탁을 들어줄 팀장이 아니었는데도 이안은 우선 말하고 보았다. 이런 기분으론 일에 집중할 수가 없었다. 팀장은 시계를 흘끗 보더니 들고 있던 서류를 내려놓았다.

"그래, 밥 먹고 하지 뭐. 다 먹고 살자는 짓인데."

"그리고요."

이안은 자료를 정리하며 일어섰다. 팀장도 테이블을 정리하다 이안을 올려다보았다.

"좋은 사람이에요. 망나니 소릴 들어도 좋을 사람 아니라고요."

이안은 결국 한소리 하고 말았다. 어리둥절해하는 팀장을 뒤로 이안은 팀장실을 나갔다. 직원들이 점심시간을 앞두고 살짝 들떠 있다가 이안의 어두운 안색을 보고는 멈칫 굳었다.

"부팀장님, 무슨 문제 있어요?"

유재였다. 사무실에선 꼬박꼬박 부팀장님이라고 호칭했다.

"아니야. 나 점심 약속 있어서 먼저 나가요. 다들 맛있게 먹고."

이안은 코트와 지갑, 핸드폰을 챙겨 누가 잡기 전에 얼른 복도로 나왔다. 아직 점심시간 전이라 복도는 한산했다. 이안은 코트에 팔을 꿰고 비상구로 향했다.

주철이 진료 시간이라 전화를 받을지 모르겠지만, 우선 전화를 걸었다. 여느 때면 신호음이 한 번 울리기 무섭게 받던 사람이 두 번, 세 번이 울려도 받을 기미가 없었다. 역시 진료 중인가 싶어 전화를 끊으려는데 주철의 목소리가 들려왔다.

[이안아? 이 시간에 웬일이야.]

목소리를 들으니 새삼 마음이 울컥했다. 이안은 주철이 들리지 않게끔 살짝 코를 훌쩍였다.

"진료 중 아니었어요? 내가 방해했나?"

[의사도 화장실은 가.]

화장실 간다는 핑계로 나왔나 보다. 바쁠 텐데, 나중에 연락

하면 되는데. 이안은 결국 눈물이 톡 떨어져 입술을 꼭 깨물고
말았다.

[무슨 일 있어?]

"무슨 일은."

[점심 같이 먹을까?]

경준이 아들에게 허락 받고 이안에게 연락한 게 아니란 것쯤
은 알고 있었다. 그리고 지금 경준과의 약속을 얘기하면 주철이
한달음에 달려오리란 것도. 하지만 이안은 주철이 없는 자리에
서 경준과 대담을 하고 싶었다. 조금쯤은 원망도 섞어서.

경준과 헤어진 다음에 사후 보고를 해야겠다고 이안은 마음
을 굳혔다.

"으응. 약속 있어요."

[그래, 어디 아픈 건 아니지?]

이 남자가 걱정을 해줄 때면, 그냥 누구나 해주는 걱정과 염
려인데도 눈물이 났다. 이안은 주철이 이상하게 생각할 걸 알면
서도 곧바로 대답을 하지 못했다.

[이안아……]

이안은 결국 삼층쯤에 이르러 비상구 계단 중턱에 쭈그려 앉
았다.

왜 얘기 안 했어요. 당신, 가족들이 당신 힘들게 했다는 거.
한평생 당신을 비난하고 손가락질만 할 뿐이지 정말 당신을 알
려 했던 사람은 아무도 없었다는 거. 왜 말하지 않았어요.

가족이라 더 아프고 더 힘들었을 텐데, 기댈 곳 없어 항상 외
롭고 고독했을 텐데, 왜 내색하지 않았어요, 왜 말해주지 않았
어요. 다른 건 너무하다 싶을 만큼 노골적으로 다 말하면서 왜
이런 건 얘기해 주지 않아요.

내가 힘들까 봐? 내가 감당하지 못할까 봐? 아니면 당신은 쇳
덩어리로 만든 남자라 흠집 하나 나지 않아서?

나 지금 당신이 너무 많이 보고 싶어요. 근데 당신 보면, 막,
울어버릴 것 같아. 당신 불쌍하고 미워서, 그냥 울어버릴 것 같
아. 바보라고 욕하고 때리면서, 왜 이제야 내 앞에 나타났냐고
한참 울 것 같아.

그래서 그랬구나, 우리 많이많이 행복해지자고. 당신, 행복했
던 적이 없어서. 나한테 미움 받지 않으려고, 내 사랑은 꼭 잡고
싶어서, 그래서 그렇게 당신을 변화시킨 거구나.

"나 당신 진짜 사랑하나 봐."

주철은 말이 없었다. 갑자기 통로 쪽이 웅성웅성거렸다. 벌써
점심시간이 된 것이다. 약속 시간에 늦었다. 이안은 서둘러 남
은 계단을 따라 내려갔다.

"나중에 또 연락할게요. 밥 맛있는 걸로 먹어요."

[나도.]

주철의 대꾸가 이상하다고 생각했다. 전화를 끊기 전, 이안은
그게 사랑한다는 고백의 대답이라는 걸 깨달았다. 이안은 핸드
폰을 꼭 쥐었다. 내가 당신 많이많이 사랑해 줄게요, 당신 가족

들 몫까지, 우리 엄마랑 아빠랑 언니랑 다같이. 그러니까 우리,
행복해져요.

　경준이 보낸 차는 조용한 골목 어귀에 멈추었다. 겉보기에는
일반 주택으로 보였는데 대문이 열리더니 한복을 곱게 차려입
은 노인이 그들을 맞이했다. 운전기사는 차에 남고 이안만 안으
로 안내되었다. 너른 정원을 지나 도착한 한옥에서는 향긋하고
그윽한 향이 풍겨오고 있었다. 이안은 노인의 안내대로 어느 방
에 들어갔다.
　경준이 이안을 보고는 자리에서 일어났다. 이안은 그와 정식
으로 악수를 나누었다.
　"늦어서 죄송합니다."
　"우선 앉지."
　경준은 주철의 아버지라고 하기에는 믿어지지 않을 만큼 젊
어 보였다. 동안이라거나 그런 개념이 아니라 한창 때의 남자라
는 느낌일까, 퇴직까지는 한참이란 느낌이었다. 그런 사람이니
한 기업의 회장직에 있는 것일까. 원기 왕성하다거나 정력적이
라기보다 눈빛이 차분하고 형형해서 위엄있어 보였다.
　마주 보고 앉은 상에는 이미 상다리가 휘어질 만큼의 많은 반
찬이 마련되어 있었다. 적지도 많지도 않은 반찬들이 깨끗하고
흰 그릇에 담겨 있어 무척이나 정갈하고 맛깔스러워 보였다. 경
준이 먼저 수저를 들어 이안도 밥을 먹기 시작했다. 보기만큼

깔끔하고 정갈한 맛이었다. 된장국 하나조차도 범상치 않아 이안은 저도 모르게 '맛있다'고 생각했다.

"입에 맞나 모르겠군."

"무척 맛있어요. 그리고 다들 소화되기 좋을 것 같은 음식들이네요."

"저번 식사는 소화하기에 부담스럽긴 했지."

이안은 굳이 그런 의미로 말한 건 아니었지만 정정하지도 않았다. 경준에게 직접 전화를 받았을 땐 긴장했던 게 사실이었다. 하지만 같이 마주 보고 밥 먹는 지금은 참 말 없는 식사 상대일 뿐이었다.

반찬을 종류대로 다 먹고 통통하거나 순하거나 아삭아삭하거나 쌉싸래한 나물 반찬에 찬사를 날리는데 경준이 입가심을 했다.

"왜 내 아들과 결혼하려는 거지?"

이상한 질문을 한다.

"사랑하니까요."

그리고 이번에 덧붙여진 이유가 있었다.

"그리고 행복하게 해주고 싶으니까요."

두 번째 이유에 경준이 처음으로 안색이 미미하게 바뀌었다.

"주철이 행복하지 못하다고 하던가?"

"주철 씨를 사랑하는 제 욕심이기도 하지만, 아니라고도 못하겠네요."

이안은 젓가락을 놓았다. 이안도 경준에게 용건이 있었다. 경준의 처분만 얌전히 기다리자고 이 자리에 온 게 아니었다.

"외람되지만, 한 가지 여쭙고 싶은 게 있습니다."

경준은 말해보라는 듯 잠자코 있었다.

"아드님이 행복해지길 바라시나요?"

경준의 숱 많은 눈썹이 꿈틀거렸다. 동시에 경준의 눈빛이 물과 같은 덤덤함에서 번뜩이는 날카로움으로 바뀌었다. 이안은 순간 놀랐다. 눈을 번뜩이는 경준이 마치 주철처럼 보여서. 아무리 닮지 않았다, 않았다 해도, 두 사람은 엄연히 친부자지간이었던 거다.

"질문의 의도는?"

"아버님께서 아드님을 사랑하지 않으신다고 생각하진 않아요. 하지만 아들의 행복에 무관심한 것도 사실이라 생각합니다."

"주철이한테 무슨 소리를 들은 건가?"

이안은 표정을 누그러뜨렸다. 경준은 조금 긴장하고 있었다. 그런 면이 인간답게 보였다.

"말로 하는 사람이 아니란 거, 아시나요?"

경준은 대답하지 않았다.

"저는 누구보다 주철 씨가 행복해지길 바라고 있습니다. 매 순간순간, 그것이 행복이란 것을 모를 정도로 만끽하도록 만드는 게 제 꿈입니다."

경준은 다시 입술을 축였다.

"아가씨답지 않은 말을 하는군. 그런 말은 보통 남자 쪽에서 하지 않나?"

"그리고 이 생각은 주철 씨도 똑같이 하고 있다고 생각해요. 다만 전 입 밖으로 말할 줄 알고, 주철 씨는 말하지 않는다는 차이일 뿐이라고 생각합니다."

"……대단한 자신감이군. 그래서 내가 진정 내 아들의 행복을 위한다면 이안 양과의 결혼을 허락해야 한다? 그렇다면 내가 왜 이안 양을 여기로 불렀다고 생각하나?"

이안도 여러모로 생각해 보았다. 하지만 경준의 진정한 속뜻까지 헤아릴 수는 없었다.

"모르겠습니다."

"듣자 하니, 집에서 반대하실 거라고. 내 아들에게 이혼 경력이 있어서?"

"허락해 주셨습니다."

경준의 자세가 비딱해졌다.

"그것 참 희소식이로군. 그 짧은 사이에. 왜, 주철이 내 아들이라고 말하니 부모님께서 달리 보시던가?"

정말 그 아들에 그 아버지였다. 어쩌면 말버릇이 저렇게 똑같은지. 처음 주철을 보았을 때가 저절로 떠오르지 않은가.

"주철 씨에게는 아버님의 배경만이 유일한 매력이라고 생각하시나요?"

경준의 안색이 살짝 일그러졌다. 분명 질문에 질문으로 대답하는 이안을 건방지다고 생각할 것이다. 그렇지만 이안은 시아버지 될 분이라고 무작정 고분고분하게 나갈 생각이 없었다. 시댁에게는 져주는 게 편한 거라는 말을 귀에 못이 박히도록 듣고 살았지만, 억지로 꾸며낸 고분고분함이 양쪽 모두에게 이득이 될 거라 생각하지 않았다. 이안은 솔직하게 나가기로 했다.

"저희 아버지께서는 주철 씨의 솔직함이 마음에 든다고 하셨어요. 저희 어머니는 사실 찬성하긴 했어도 아직까진 주철 씨를 탐탁지 않게 생각하시지만, 주철 씨가 절 사랑하는 걸 인정하셨고요. 저희 부모님은 주철 씨와 함께라면 제가 더 행복해질 것이라 믿고 저희 두 사람을 인정해 주신 거라고 생각합니다. 아버님의 재력과 명예에 대해선 오히려 걱정하고 계실 뿐이었어요. 주철 씨와 저, 모두 전문직에 종사합니다. 저희가 싫다고 할 때까지 일할 수 있어요. 그럼 평생 먹고 살 걱정은 안 할 수 있을 테고, 주철 씨는 모르겠지만 적어도 저와 저희 집안은 그 정도면 충분하다고 생각하고 있습니다."

이윽고 방의 문이 열리고 식사를 치우러 사람들이 들어왔다. 이안을 안내했던 노인과 거의 같은 연배로 보이는 여인이 매실차를 권했다. 여인은 돌아가지 않고 잠시 자리를 지켰다. 여인이 권한 매실차는 달콤하면서 부드럽고 어딘가 시원한 맛이 나는 것으로, 시중에서 파는 음료라기보다 직접 제조한 음료 같았다. 차를 반쯤 비우니 속이 한결 차분히 가라앉는 게 소화에 도움이 될 것 같았다.

이안은 자기 얘기에 대한 경준의 반응을 기다렸지만 여인이 있기 때문인지 경준은 입을 열지 않았다. 여인은 음료와 함께 무언가를 챙겨 경준에게 건넸다. 알약이었다. 경준은 익숙하게 약을 받아먹고 음료를 쭉 비웠다. 여인이 나간 뒤 이안은 경준의 말을 기다렸다.

"지금 본 사람이 내 누이일세."

누이? 이안은 살짝 긴장되었다. 주철에게 손가락질 해대던 친척의 하나일까 봐서였다. 하지만 여인의 인상으로 봐선 도무지 누군가를 험담하고 태연하게 아이를 홀대할 사람으로 보이지 않았다.

"내 누이도 역시 집안에서 인정받지 못했지. 아버지가 첩에게서 본 자식이란 이유 때문에."

이안의 눈동자가 일렁였다. 경준은 갑자기 십 년은 늙어 보였다. 경준은 조금 실례하겠다며 벽 가까이에 놓인 보료에 올라 벽에 기대앉았다. 긴 한숨을 내쉬는 경준은 새삼 살펴보니 눈밑이 거뭇거뭇하고 살짝 패여 있었다. 워낙 형형한 안광을 과시하다 보니 놓친 부분이었다. 하지만 지금은 한 기업의 회장이라기보다 그 나이 연배의 한 중년으로 보였다.

"누이의 존재를 알게 된 건 결혼한 지 얼마 되지 않아서였네. 아버지의 사진과 물품을 몇 개 들고 찾아왔어. 하지만 그것만으로는 증거가 될 수 없었고, 다들 아버지가 돌아가신 다음에 나타난 누이의 존재를 귀찮게만 여겼네. 누이를 쫓아내는 건 아버지의 뒤를 이어 기업을 물려받은 내 차지였어. 난 누이를 냉대하며 내쫓았지. 누이는 마지막으로 내 나이를 묻더니, 네가 내 동생이구나, 하고는 가버렸네. 그 후로 내가 누이의 존재를 쫓았어. 아버지의 딸, 내 누이가 확실했지. 하나, 우리 집안사람은 누구 하나 확실한 증거가 있음에도 누이를 인정하려 들지 않았네. 난 그게 누이에게 평생 미안했지. 내가 부족해서, 내 능력에 못 미쳐서, 누이 가슴에 평생 지워지지 않을 한을 안겨줬으니까. 주철일 데려온 것도, 반은 누이 때문이었네. 보상 심리였지. 누이에게 해주지 못했던 걸 내 아이에게만큼은 해주겠다고. 그래서 애를 제 어미한테서 떼어놓고 데려왔어. 지금까지도 그 결정은 후회하지 않네."

경준의 시선은 창밖 너머 먼 곳을 향했다.

"잘 키울 생각이었어. 내 아이니까, 내 하나밖에 없는 아이니까, 그 아이가 원하는 건 무엇이든 주려고 했네. 하지만 애엄마가 어처구니없이 가버렸어. 몇 번이고 날 찾아와서는 아들을 돌려달라던 어미였었네. 난 아이를 생각해서 물러가라고 했어. 내가 훨씬 더 좋은 환경을 제공할 수 있다고, 그러니 당신도 아이를 위해 물러가라고. 그러다 죽었어. 내가, 아이를 제 어미한테서 뺏어서, 그래서 죽었네."

경준이 문득 명치를 꾹 눌렀다. 경준의 안색이 파리해져 이안은 불안해졌다.

"그 이후론 주철일 볼 수 없었네. 볼 면목이 없었어. 나만 아니었으면 그 녀석은 지금까지 제 어미랑 잘살았을 거야. 내 욕심 때문에, 내가 그 아이에게서 어미를 빼앗았어. 그래서 그 아이가 하고 싶다는 건 다 들어주었네. 내가 해줄 수 있는 건 그것뿐이라서. 그리고 그 아이를 사랑해 줄 만한 여자를 골라 결혼도 시켰네. 여러모로 보나 평판도 좋고 심성도 고운 아이였어. 난 그 아이가 마음에 들었지. 하지만 그 아이로는 주철인 행복해지지 않았네."

경준이 힘겹게 눈을 감았다. 이안은 경준의 말을 막고 싶었다. 지금은 태평하게 이야기를 나눌 때가 아니라 병원을 찾아가야 할 때였다. 경준의 안색은 점점 하얘지더니 급기야 식은땀까지 흘렸다.

"아버님, 얘기는 나중에 하고 우선 쉬세요. 안색이⋯⋯."

"암 수술을 받았네."

"네?"

경준이 깊은 심호흡을 시작했다. 이안은 뭘 어찌해야 할지 몰라 그저 경준 곁을 지켰다. 식은땀은 티슈로 닦아내니 경준이 희미하게 눈을 떴다.

"위암 2기였어. 하지만 지금은 괜찮아."

하나도 괜찮아 보이지 않았다. 곽 씨 부자의 고집은 정말 알아줘야 할 것이다. 왜 괜찮지 않은 걸 괜찮다고 고집을 부릴까. 그러다 손해를 보는 건 그들 자신인데.

"좀 누우세요."

이안은 능숙한 솜씨로 경준의 넥타이를 끄르고 단추를 연 뒤 자리에 눕혔다. 경준이 힘없이 픽 웃었다.

"주철이가 행복해지길 바라느냐고 했지. 사실 난 그 질문에 대답할 입장이 아니야. 한 번도 그 아일 행복하게 해주지 못했네. 이안 양을 보자고 했던 건 그저 알고 싶어서였네. 주철이가 여느 때랑 다른 모습이라, 그게 이안 양 때문이라면 대체 어떤 사람인가 싶어서. 두 사람의 결혼을 반대하지 않아. 오히려 내 아들을 받아준다면, 이안 양 집안에 감사해야지."

급격히 힘을 잃어가는 목소리에 이안은 진짜로 겁이 났다. 이안은 핸드폰을 들었다. 이안이 핸드폰을 든 모습을 보고 경준이 억지로 일어나 앉았다. 이안은 허둥지둥 경준을 말렸다.

"더 누워 계세요."

"주철이에겐……."

[여보세요?]

핸드폰 너머 주철의 목소리가 들렸다.

[이안아?]

"이제 다 나았어. 주철이에게 폐 끼치고 싶지 않네."

정말이지 이 부자는! 이안은 결국 왈칵 소리쳤다.

"부모가 아픈 걸 자식에게 숨기는 게 더 민폐예요!"

이안은 눈가를 슥 닦아냈다.

"주철 씨, 여기 알려줄 테니까 당장 와요. 주철 씨 아버지하고 같이 있어. 위암 2기로, 얼마 전에 수술을 받으셨대요. 지금도 뭔가 약을 드시긴 했는데……."

[어디라고?]

이안이 전화를 끊고 깊게 깊게 심호흡을 했다. 눈물이 자꾸 차 올라왔다. 이안은 티슈를 거칠게 뽑아 눈두덩을 꾹 눌렀다.

"아버님, 속 이야기를 해주신 건 감사하지만 저한테 주철 씨를 떠맡기기엔 아직 이르시거든요. 말로는 괜찮다면서 왜 유언처럼 아버님 속 이야기를 하세요? 왜 다 끝난 사람처럼 말씀하세요? 아니거든요, 아직 다 끝난 거 아니거든요. 아버님은 주철 씨 친어머니에게서 주철 씨를 빼앗아 친어머니를 죽게 했다고 하셨죠. 주철 씨는 무슨 생각을 했는지, 혹시 생각해 보셨어요? 주철 씨는 자신이 아버지를 선택하는 바람에 친어머니를 죽게 했다고 생각하고 살았어요. 지금도 그렇게 생각하고 있어요. 각자 아파하고 슬퍼했으면 이젠 됐잖아요. 어머님께서 사랑하셨던 두 남자가 서로 보듬어서 행복해져야 하늘에 계신 어머니도 행복해지실 것 아니에요. 주철 씨가 곧 올 거니까 쉬고 계세요. 더 말씀 마시고요. 아버님께서 뭐라 한 마디만 더 하시면 저 정말로 화낼 거예요."

이안은 울다가 말하다가 심호흡하다가, 정말 바빴다. 문이 열리고 주철의 고모 되는 분이 다시 들어왔다. 여인은 경준이 드러누운 걸 보고 삽시간에 창백해졌다. 여인은 서둘러 누군가를 불렀다. 이안을 안내해 줬던 노인이었다. 두 사람은 부부인 것 같았다. 두 사람이 당황해 허둥거리는 틈을 타 이안이 끼어들었다.

"주철 씨를 불렀어요. 지금 당장 오겠대요."

"그전에 응급실에 가는 게 낫지 않을까?"

여인과 노인은 걱정이 한가득이었다. 그들의 소란에 종업원들도 몰려들었다. 이안은 경준의 창백한 낯을 보고 늦기 전에 응급실에 가야겠단 결심을 굳혔다. 한데 경준이 힘겹게 말문을 열었다.

"주철이가 올 거야. 그놈이 보면 돼."

"하지만."

"누이······."

경준은 크게 숨을 들이쉬었다. 그뿐이었는데도 여인은 경준을 설득하길 포기한 것 같았다. 그래도 여차하면 병원에 데려갈 거라고 엄포를 놓고 여인은 종업원들을 모두 돌려보냈다.

여인이 돌아와 경준의 팔을, 노인은 경준의 다리를 주물렀다. 이안도 거들었다.

"놀라게 했네요."

여인의 음성은 무척이나 부드러웠다. 이안은 고개를 저었다.

"남의 일도 아닌데요."

"경준이한텐 들었어요. 주철이와 결혼한다고."

"네. 오늘 보자고 하셨을 땐 너 같은 애는 며느리로 못 들인다, 하시는 줄 알고 겁먹었었어요."

여인과 노인이 풋 웃었다.

"그럴 리 없어요. 경준이가 주철이한테 얼마나 약한데요."

이안의 손이 멎었다. 이안은 차츰 숨이 진정되는 경준을 힐끗 보았다.

"그것 참, 처음 듣는 말이네요."

"워낙 내색 안 하는 성격이라 그래요. 자기 자식 안 예쁜 부모가 어디 있겠어요."

그렇죠. 이안은 고개를 끄덕였다. 그 말, 주철 씨한테 들려주고 싶어요.

믿기 힘든 시간 내에 주철이 도착했다. 주철은 주변 사람은 아랑곳없이 이안에게 다가왔다.

"무슨 말이야? 아버지가 위암 수술을 받으셨다고?"

대답한 사람은 여인이었다.

"한 달 전 일이야. 퇴원한 지 얼마 안 됐고."

주철은 낯선 눈으로 여인을 훑었다. 이안은 새삼 놀랐다. 여인이 곽 씨 집안에서 인정받지 못하는 줄은 알았지만 주철까지도 여인을 모르는 줄은 몰랐다. 이안은 저도 모르게 주철의 옷 깃을 꼭 쥐었다.

"난 경준이 누나 되는 사람이야. 항상 말로만 듣다가 보는 건 처음이구나."

"고모시라고요? 하지만 아버지께는……."

"손아래 누이만 있지. 난 너희 할아버지가 바깥에서 낳은 딸이란다."

주철은 말을 잃었다. 하나, 곧 정신을 차리고 경준을 진찰했다. 주철은 갖고 온 가방에서 뭔가 열심히 꺼냈다. 이안이 위암 2기에다 수술을 받았다는 이야기를 진즉 알려줘서인지 급한 대로 약품을 챙겨온 거 같았다. 주철은 경준이 이전에 먹었다는 약을 훑더니 자기가 갖고 온 약에서 뭔가를 덜어냈다. 경준은 말없이 주철이 내민 약을 받아 입에 털어 넣었다.

"응급조치일 뿐입니다. 갑자기 증상이 악화됐다는 건 이상이 있을 수도 있다는 뜻이니까 다시 한 번 정밀 검사를 받아야 합니다."

주철은 의사처럼 딱딱하게 지시했다. 이안은 주철의 손을 살짝 당겼다. 주철은 이안을 보지도 않고 무겁게 눈을 감더니 고개를 앞으로 수그렸다.

"왜 말씀해 주지 않으셨습니까."

여인이 노인과 함께 방을 나섰다. 이안도 따라 나서려다 주철에게 꽉 잡혔다. 이안은 주철 곁에 앉아 주철의 손등을 쓸어내렸다.

경준은 여전히 힘없는 목소리였다.

"아픈 게 자랑은 아니지."

"제가 의사라도 말씀입니까?"

경준은 대답하지 않았다. 이안은 두 사람의 골이 점점 더 깊어가는 게 눈에 보일 것만 같았다. 그렇다고 섣불리 누구 한 사람 편을 들 수도 없었다. 이안이 할 수 있는 일은 두 사람을 지켜보고 두 사람을 응원하는 일이었다. 부디 마음의 골이 해소될 수 있기를, 두 사람 모두에게 힘을 줄 수 있기를.

"너에게 폐 끼치고 싶지 않았다."

"아픈 건 아버집니다. 제게 폐가 될 게 없습니다."

이안은 주철의 손등을 꼭 감쌌다. 주철은 주먹이 부서져라 움켜쥐고 있었다.

"워낙 급작스러웠다. 내가 수술 받은 건 네 어머니도 몰라."

"그게 대체……."

"여린 사람이다. 내가 아프다고 하면 세상이 망하는 줄 아는 사람이야. 걱정 끼치고 싶지 않았다."

"아버지 부인이에요. 아무리 그렇다 해도……."

"병원은 어쩌고 온 거냐."

주철의 어깨가 가늘게 진동했다. 이안은 안타까운 마음으로 지켜보았다.

"너무 일찍 걱정해 주시는군요."

경준에게서 무거운 한숨이 터졌다.

"언제나 그렇지."

주철이 무언가를 느꼈던지 고개를 들었다. 두 사람의 시선이 부딪쳤다. 경준이 이내 시선을 돌리긴 했지만 주철은 여전히 경준을 바라보고 있었다.

"이안 양 집에서 허락을 받았다고. 나한테 허락을 받았다고 말씀드린 게냐?"

"아니오. 솔직하게 말씀드렸습니다."

"대책없는 놈. 네가 거짓말이라면 두드러기가 나는 놈인 줄 몰랐구나. 그럼 오늘이라도 가서 전해라. 네놈 집에서도 기꺼이 찬성이니까 상견례 날이나 잡자고."

주철은 멍해 있었다. 기뻐하는 사람은 오히려 이안이었다.

"아버님, 정말이세요?"

"시아버지한테 화내겠다고 엄포 놓는 며느리는 싫지만 말이다."

주철이 이안을 돌아보았다. 이안은 경준이 아픈 걸 생각해 노골적으로 웃진 못하고 있었다.

"죄송해요. 그때는 제정신이 아니었어요. 하지만 이제 가족이 될 거니까, 저도 아버님께 솔직해지려고요."

경준이 슬쩍 시선을 이안에게서 주철에게로 옮겼다. 경준이 한숨 쉬듯 말했다.

"네놈 눈도 참."

경준은 그러더니 누이를 불러달라고 했다. 주철이 멈칫하자 경준이 말을 이었다.

"언젠가 다 설명할 날이 오겠지. 고모니까 잘 모셔라."

주철과 이안이 문을 여니 여인이 기다리고 있었다. 경준이 부른다고 하니 서둘러 경준 곁에 다가갔다. 경준이 너무 걱정하지 말라며 다정하게 속삭였다.

"매부가 몸을 추스르면 병원에 데려갈 테니 걱정하지 말게."

노인이었다. 주철의 고모부가 되는 사람. 주철은 어색하게 감사 인사를 전했다. 노인은 그것으로도 족했는지 선하게 웃으며 여인의 뒤를 따라 경준 가까이에 갔다.

여인과 노인이 돌아와 경준은 자기들이 돌볼 테니 걱정 말라며 각자 일터로 돌아가라고 했다. 경준이 위암 수술을 받을 때 곁에 있던 경험이 있으니 맡겨달란다. 주철은 깍듯하게 허리 굽혀 인사한 뒤 식당을 나섰다.

주철의 차에 오르기 전, 주철이 이안을 당겼다. 주철은 조금 화가 난 듯 보였다. 이안도 짐작되는 바가 있었다.

"언제 약속했던 거야?"

"점심시간 직전에 연락 왔었어요."

"전화했을 때 말해줄 수 있었잖아."

이안은 주철의 허리에 팔을 둘렀다. 주철은 뻣뻣했지만 이안을 밀치지도 않았다.

"나도 아버님께 하고 싶은 말이 있었어요. 근데 내가 아버님 만난다고 하면 자기가 쫓아올 것 같잖아. 그래서 말 안 했던 거예요."

"말할 생각은 있었고?"

"그럼. 내가 자기한테 비밀이 뭐가 있다고."

이안은 주철이 '자기'란 호칭에 약하다는 걸 알고 있었다. 주철도 나름 화난 상태를 유지하려 했지만 곧 포기하고 이안을 풀썩 끌어안았다. 그의 긴 한숨을 듣고 이안은 조금 슬퍼졌다.

"많이 놀랐죠."

"얼마 전에 만났을 때도 안색이 안 좋다 생각했지만."

"그게 아버님 성격이던데요. 자식에게 폐가 될 것 같아 아픈 것도 숨기는 게."

"나는 몰라도 왜 새어머니한테까지? 새어머니는 아버지가 생각하는 것만큼 그렇게 약한 분이 아니야."

"그건 모르는 거예요. 자식이 보는 엄마와 남편이 보는 아내는 다른 법이니까. 아버님 눈에는 어머님이 약하게 보였을 수 있죠."

"그런 분이 밖에서 낳은 애를 데려와?"

이안은 이에 대해서도 언젠가 두 부자가 허심탄회하게 말할 기회가 오리라 믿었다. 이안은 주철에게서 조금 떨어졌다.

"아버님도 당신이 행복하길 바라신대요."

"아버지가 그러셔?"

"응."

주철이 이안의 눈가와 광대뼈 부근을 살짝 훑어주었다. 아마 방금 전까지 엄청 울어서 눈이 빨갛게 충혈되었을 테고, 주철이라면 놓치지 않고 발견했을 것이다. 주철의 시선이 살짝 일렁였다. 이안은 그를 안심시키려고 일부러 입꼬리를 살짝 올렸다.

"울었어?"

"조금."

"어째서?"

"아버님의 마음이 슬퍼서. 내가 헤아릴 수 없을 만큼 깊어서. 그걸 주철 씨는 지금껏 몰라왔고 아직도 모른다고 생각하니까. 그리고 알게 된다면 당신은 또 상처받을 테니까."

주철은 물끄러미 이안을 바라만 보았다. 이안은 주철의 입술에 가볍게 입술을 부볐다.

"그래도 이건 알아줘야 해요. 아버님은 당신을 정말로 사랑하고 계셨어. 예전에도, 지금도."

주철의 혼란이 손에 잡힐 듯 보였다. 이안은 이 이상 강요할 생각은 없었다. 주철이 바로 반박하지 않고 혼란해한다는 게 주철이 변화해 간단 증거였다. 이만큼으로도 충분했다. 한번 구르기 시작한 톱니바퀴는 아귀가 맞아들어 갈 때까지 계속 굴러갈 것이다. 이안은 그 곁에 있을 것이다.

"네가 하는 말들은 너무 거짓말 같아. 그런데도…… 믿고 싶어지니 우습지."

이안은 결국 또록 눈물 한 방울을 흘렸다.

"그런 건 우습다는 게 아니라 사랑스럽다는 거예요."

"사랑스럽다니……."

주철은 살짝 질린 기색이었다. 다 큰 남자가 사랑스럽다는 데 거부감을 느끼는 모양이었다. 하지만 사랑스럽고, 어여쁜 걸 어쩌겠는가? 주철이 이안을 위해 하는 모든 노력, 변화, 모습, 그 모든 것들과 주철 그 자체가 사랑스러운 것을. 이안은 그렇게 사랑스러운 그를 꼬옥 안았다.

"아버님은 건강해지실 거예요. 너무 걱정하지 말아요."

"건강하게 해드려야지. 아버지도 이제 의사 아들을 활용할 때가 됐어."

이안은 쿡쿡 웃었다.

둘은 사이좋게 차에 올랐다. 이안은 벌써 두 시가 가까운 시간을 보고 한숨을 푹 내쉬었다. 지금은 이렇게 행복한데 이십 분 뒤 들을 팀장 잔소리 때문에 한숨이 나오다니, 인간은 참 복잡 미묘한 존재였다.

제 17 장

"**정**말 이렇게 되다니."

현수의 한숨에 주철이 픽 웃었다. 주철과 이안은 사후 보고를 위해 현수와 이재의 집을 찾았다.

두 여자는 거실에서 재현일 보고 있었고, 두 남자는 식사를 차리기 위해 주방에 들어와 있었다. 주말에는 도우미 아주머니가 안 오기 때문에 밥은 현수 차지가 되었다. 이재가 열심히 배운다고 배우는데 도통 맛이 나아질 기미가 없어, 현수가 말없이 주방 담당이 되어버렸다. 현수는 뭐든 잘 먹는 편이지만 맛없는 걸 먹으면 힘이 안 나는 타입이기도 했다. 이재가 사실 그런 사람이 제일 까다롭다고 핀잔을 줬지만 현수는 정말 맛없는 건 죽어도 먹고 싶지 않았다.

"이렇게 될 걸 알았냐?"

"이재가 바랐지."

"착한 녀석."

현수가 혀를 찼다. 주철은 사실 황설탕과 다시다도 구별하지 못했기 때문에 옆에서 보고 있는 게 다였다. 맛에 관해 짜다 맵다 참견하니 현수가 국자를 툭 내려놓았다. 주철은 냉큼 입을 다물었다.

"양가 부모님께 허락을 받았다고? 장모님이 큰 결심 하셨네."

"의외로 쉽게 허락하시더라고."

"네놈이 예뻐서는 아닐 거다."

주철도 말없이 동의했다. 현수가 만든 건 아귀찜이었다. 이재가 갑자기 매콤하고 개운한 게 먹고 싶대서 부랴부랴 한 마리 사 온 참이었다. 콩나물과 함께 아귀를 뒤적거리니 매운 내가 올라왔다. 현수는 참기름을 살짝 부었다.

"우리 처제 어디가 마음에 드냐? 사실 안 예쁜 구석은 없다만."

주철은 고소한 냄새가 퍼지자 순간적으로 배가 고파왔다. 현수가 만드는 음식을 먹어보긴 이번이 두 번째지만 아직도 현수가 요리를 하는 게 믿어지지 않았다. 눈으로 보고 있어야 믿어질까 말까였다. 예전에도 주말이면 현수네 놀러오곤 했지만 대부분 잠깐 있다 가기 일쑤라 현수가 해준 밥은 거의 먹지 못했었다. 대게가 처음이었고 아귀가 두 번째였다.

주철은 현수의 말에 슬쩍 이안을 흘끔거렸다. 마침 이안이 고개를 들어 두 사람의 눈이 마주쳤다. 이안이 배시시 웃으며 살짝 윙크를 날렸다. 주철은 넋이 나가 이안이 고개를 돌린 다음에도 눈을 떼지 못했다.

"곽주철?"

"아, 응. 어디가 마음에 드냐고. 그냥, 그렇지 뭐."

"얼버무리는 것 좀 봐라. 순순히 불어. 어디가 그렇게 좋아?"

"새로 태어난 기분이 든다고 할까."

주철은 무심코 대답하고는 다시 고개를 끄덕였다.

"그래. 이안이하고 있으면 내가 좋은 놈인 거 같다."

현수는 정말 놀라 주걱질을 멈추었다. 주철이 스스로를 좋게 평하는 걸 정말 처음 보았다. 현수는 남자는 좀 과시하는 면도 있고 허세도 필요하다고 생각하지만 주철에게는 어림없는 일이었다. 스스로에게 스스로가 생각하는 것 이상으로 좋은 평이 내려지는 걸 견디지 못하고 미운 소리를 툭 내뱉어 마이너스 점수를 받는달까, 스스로가 좋은 인간이라는 걸 극렬히 거부했다. 그런 주철이 스스로 좋은 놈이 되는 기분이 든다니, 현수는 저도 모르게 이안을 쳐다보았다. 처제가 대단한 줄은 알았지만 곽주철을 이렇게 바꾸어놓을 정도로 대단한 줄은 몰랐다.

"세상에 변하지 않는 건 없다더니. 너란 놈도 어쩔 수 없구나."

"난들 알았겠어? 근데 정말로, 이안이가 날 지금처럼 지켜봐 준다면 못할 게 없단 기분이 들어. 뭐든 해주고 싶고, 그래서 이 안이가 더 행복해졌음 좋겠어."

현수는 가스레인지 불을 껐다. 어머님이 어디에 넘어갔는지 대충 짐작이 갔다. 어머님처럼 자식들에게 끔찍한 어머니는 별 로 보지 못했다. 그런 어머님이니 당신 딸을 행복하게 해주겠다 는 놈에게 약해졌을 것이다. 세상에서 가장 강한 건 엄마라지 만, 자식의 행복 앞에 가장 약한 것도 엄마였다.

현수는 주철에게 반찬을 나르라고 지시하고 자신은 넓은 접 시에 아귀찜을 덜었다. 두 여자는 상이 차려지자 기뻐했다. 현 수는 슬쩍 이안의 안색을 살폈다. 그러고 보니 이안이 부쩍 더 예뻐졌다. 워낙 꽃 날리는 화사한 미녀이긴 했지만 내면에서부 터 빛이 뿜어나온달까, 사랑받는 여자의 전형적인 모습이랄까. 주철이 반찬을 들고 나오니 깔깔대며 잘 어울린다고 박수를 쳤 다. 주철은 '내가 못하는 게 뭐 있다고'라며 너스레를 떨었다. 눈꼴시었다. 현수는 이재만 보기로 했다.

"상견례는 언제라고?"

현수가 이재에게서 재현일 받아 안았다. 재현인 이제 아빠 품 도 편안하게 느꼈다. 가끔은 밤늦게 들어오는 현수를 보고 빽 울 때도 있었지만 아빠가 엄청 충격을 받는 걸 알았던지 요즘은 고분고분 안겨 있었다. 재현이를 거실에 옮겨놓은 아기 침대에 내려놓고 현수도 자리에 돌아와 앉았다.

이재가 물으니 이안이 날짜를 셌다.

"이달 말쯤? 아버님 상태가 나아지면 바로 하기로 했어."

"위암이셨다며. 괜찮으셔?"

"본가에까지 쉬쉬하고 수술한 데다, 수술한 티를 안 내려고 너무 무리하셨지. 지금은 새어머니도 아버지 수술 사실을 아시니까 이젠 괜찮아질 거야."

주철이 마저 대꾸했다. 이안이 어깨로 주철을 툭 건드렸다.

"게다가 의사 아들이 하루가 멀다 하고 진찰 나가거든."

"얼마나 잔소리신지 알아? 누굴 병자로 아냐는데, 그럼 병자지 뭐야?"

"그래도 만날 간다고?"

현수가 벙쪄서 물었다. 이안이 고개를 끄덕였다. 주철은 여전히 툴툴거렸다.

"아프면 좀 얌전해지실 줄 알았더만. 노친네 기운도 좋지. 갈 때마다 왜 왔냐고 타박이야."

"쑥스러워하시는 거라니까. 그래서 나 요즘에 자기랑 데이트도 못하잖아."

"자기이?"

현수의 젓가락이 허공에 멈추었다. 이재는 뭐가 그리 좋은지 싱글벙글 웃기만 했다. 현수가 보이지 않게 무릎으로 이재를 툭 쳤다. 이재는 그래도 연신 헤벌쭉했다.

"언니는 그렇게 안 불러줘요, 형부?"

이재가 눈을 껌벅였다.

"선배면 됐지. 아님 재현 아빠라고 해?"

"이젠 자기라고 불러줄 때가 되지 않았어?"

주철도 거들었다. 현수는 내심 파이팅을 외쳤다. 하나, 이재
는 팔뚝을 슥슥 긁었다.

"그런 간지러운 건 못해."

현수는 풀이 죽었다. 그럼 그렇지, 정이재 어디 가나.

"넌 이안이한테 좀 배워야겠다."

주철이 한소리 했다. 현수는 그 말에 조금 발끈했다.

"이재가 어때서. 그리고 넌 언제까지 이재한테 너, 너 할 거
야? 처형이라고 해, 처형. 말도 높이고."

"뭘 그래. 우리끼리 있을 때 편하게 부르면 어때서. 엄밀히 말
하면 이안이랑 형 관계보다 나랑 관계가 더 긴데."

"이런 건 초기에 잡아야 해. 이재한테는 처형, 나한테는 형
님."

현수의 짐짓 엄격한 어조에 세 사람이 동시에 푸훗 웃었다.
그래도 현수는 진중한 표정을 풀지 않았다. 주철이 결국 고개를
설레설레 내저었다.

"내가 저놈을 형님으로 모셔야 할 날이 오다니. 이거 다 네 탓
이다, 정이안."

"싫음 물러요."

"이재한테 이혼을 고려해 보라면 안 될까? 그것도 할 만하거

든. 진짜 짝을 만날 수 있으니까."

"응? 그래?"

"곽주철! 너 그게 할 소리냐! 그리고 정이재, 뭐가 또 응, 그래냐?"

발끈하는 현수를 제외하고 남은 세 사람이 소리 높여 웃었다. 현수는 아무리 장난이라도 그런 말은 하는 게 아니라며 으름장을 주었다. 주철은 내심 혀를 내밀었다. 아무리 등 떠밀어봐라, 정이재가 너랑 이혼하나. 역시 저 혼자만 몰라요.

이안이 식탁 밑에서 슬그머니 주철의 손을 잡아 자기 무릎 위에 올려놓았다. 주철도 이안의 손을 꼭 쥐었다.

식사를 먼저 마친 이재가 재현일 데려왔다. 아직 갓난쟁이인데도 눈이 또랑또랑하고 뭔가 알아보는 듯 때록때록 굴려서 너무나 예쁨받는 재현이었다. 엄마를 알아보고 꺄륵꺄륵 웃으니 네 어른의 시선이 절로 재현이에게 쏠렸다.

"다음 주면 백일이지?"

"태어난 지 얼마 안 된 것 같은데 말이야."

"처제네는 어때? 아이 계획은 세웠어?"

이안이 주철을 돌아보았다. 주철이 눈썹을 찡긋했다. 이안은 풋풋 웃었다.

"아직 계획 안 세웠어요. 거기까지 생각할 겨를이 없었거든요. 하지만 재현이한테는 벌써 사촌 누나가 생기네요."

짧은 정적이 찾아왔다. 이재가 조심스레 물었다.

"예지는 예지 엄마가 맡는다고 했잖아?"

"그래도 클 때까지는 주철 씨랑 만나니까. 그리고 나 역시 예지 엄마가 되는 건 사실이고."

주철이 손을 강하게 쥐었다. 이안은 다독이듯 그 손을 덮었다.

"안 그래도 잘됐네. 나중에 예지 보러 갈 때 나도 같이 가요. 예지가 혼란스럽게 하지 않을게. 그냥 아빠 친구라고 하면……."

"새엄마라고 말할 거야. 하지만 네가 이런 생각을 할 줄은……."

"그럼 나 두고 예지만 보려고 했어요?"

사실은 예지 생각을 거의 못했지만, 이안이에게 상처가 된다면 예지를 만나는 횟수를 줄이려고 했다. 그리고 후에 이안이 괜찮다면 예지를 보여주려고 했었다. 이안이 먼저 예지를 만나겠다고 할 줄 몰랐다.

"당신은 나 때문에 예지 포기한 거잖아. 이 이상 어떻게 예지 일을 양보하라고 해요."

"그렇지……."

"좋은 엄마가 될 자신은 없어. 그래도 예지를 좋아할 거예요. 내 배 아파 낳은 애는 아니지만 내가 사랑하는 남자의 아이니까. 그 정도로, 우선은 만족해 줄래요?"

주철은 어금니를 꽉 깨물었다. 코끝이 시큰거렸다. 이안의 결심은 기뻐할 만한 것이었지만, 주철은 슬퍼졌다. 이안이 다른 건실한 남자를 만났다면 이런 고민은 안 해도 됐을 것이다. 이런 상처는 받지 않았을 것이다. 그럼에도 그 모든 고민과 상처를 감내하며 주철의 옆에 있어준다. 주철은 이안의 손이 으스러져라 힘껏 쥐었다.

"미안해."

이안의 미소가 조금 흔들렸다. 그러나 곧 떨쳐 내기라도 하듯 더욱 환하게 웃었다.

"고맙다는 뜻으로 받아들일게요."

"미안해."

이안이 주철의 팔을 다독다독 다독였다. 주철은 결국 이안의 어깨를 끌어안았다.

"에, 음. 상이나 치울까? 옆에서 감독해 주시죠, 마나님."

현수가 이재를 데리고 주방으로 들어갔다. 이안이 코를 훌쩍이며 웃었다.

"아이고, 언니 집에서 이게 무슨 난리람. 뭘 자꾸 사과하고 그래요. 괜히 찡했잖아."

"고맙다고 하지 못해서, 정말 미안해서, 미안하다."

"으응. 나 착한 척하자고 하는 짓 아니에요. 진심이야. 나 그리고 애들도 무척 좋아해요. 게다가 당신 아이잖아. 안 예뻐할 수가 없을 거야."

"예쁜 아이야, 착하고. 널 잘 따를 거다."

"그렇게 말해줘서 고마워요."

고맙다는 말을, 이안이 했다. 주철은 이안을 더욱 꼭 껴안았다. 사랑할 수밖에 없는 사람이다, 사랑받아 마땅한 사람이다. 아마 주철의 사랑만으로는 부족할지도 모르겠다. 이 사람은 그 이상의 사랑을 받아도 부족할 사람이었다.

하지만 이 손을 놓을 수 없었다. 부족하다면 메울 것이다. 덜하다면 분발할 것이다. 이안을 목숨보다 사랑하며, 행복하게 해줄 것이다. 이안이 후회하지 않도록, 주철을 선택한 게 잘한 결정이었다고 생각하도록.

결국 두 사람이 자리에 일어설 즈음, 현수와 이재에게서 놀림을 받고 말았다. 현수가 짓궂은 말을 던져도 주철은 태연했고 이안은 까르륵 웃었다. 이안은 마지막으로 언니를 꼭 껴안았다.

"고마워, 언니."

"내가 뭘 했다고?"

"언니가 반대했다면 난 정말 힘들었을 거야."

"사실 걱정은 좀 했지. 두 사람이 많이 부딪치면 어쩌나. 그래도 항상 둘이 잘 어울린다고 생각했었어. 그런 내가 너희를 반대할 이유가 없잖아."

"응. 고마워."

"조심해서 들어가. 형, 아니 이젠 정말 제부라고 불러야겠네. 제부, 이안이 잘 부탁할게."

주철은 고개를 꾸벅였다. 이재와 현수는 두 사람을 배웅한 뒤

문을 닫았다.

"정말 저 녀석한테 형님 소릴 듣게 됐네."

"이십 년 지기 친구가 이젠 가족이 되네."

"원래도 형제 같던 놈이었는데 말이야."

"근데 생일은 형, 아니, 제부가 빠르지 않던가?"

현수는 이재의 허리에 팔을 둘렀다.

"다 제 팔자지."

이안과 주철은 이재와 현수의 집을 나와 잠시 단지 안 놀이터
를 거닐었다. 찬바람을 쐬고 싶다는 이안의 바람 때문이었다.
놀이터에는 가로등이 홀로 선뜻한 바람을 쐬고 있었다. 가로등
의 노르스름한 불빛이 놀이터를 희미하게 밝혔다. 옛날엔 놀이
터에 모래를 풀어 아이들이 넘어져도 상처를 덜 입도록 완충 역
할을 했는데 요즘에는 폐타이어를 깔아놓았다. 둘은 푹신푹신
한 바닥을 지나 그네로 다가갔다. 희미한 불빛 속에서도 아이들
의 손때가 탄 흔적이 보였다. 이안은 그네에 앉았다. 한심하리
만치 낮았다. 이안은 키득거렸다.

"왜?"

"그네가 너무 낮아서."

주철이 이안 앞에 섰다. 가로등을 등져 그의 얼굴에 음영이
드리웠다. 그의 마르고 긴 손이 바람에 흐트러진 이안의 앞 머
리카락을 치웠다. 이안은 섬세한 손길에 가만히 눈을 감았다.

"느낌이 이상해요."

그의 손길이 멀어졌다. 이안은 눈을 내리떴다. 얌전히 내려가 있는 손이 보였다. 이안은 그 손을 조심스레 쥐었다.

"결혼하는 거 같지 않아."

그의 손끝은 차가웠다. 이안은 살며시 그의 손에 깍지를 끼었다. 그의 손가락이 미미하게 반응하더니 이내 이안의 손을 꼭 맞쥐었다. 손끝으로 연결된 온기가 가슴을 물들였다.

"원래 이랬던 거 같아. 이미 자기가 내 가족이었던 것 같아."

이안에게 결혼은 한 남자와 가정을 만드는 일이 아니었다. 한 남자를 내 가족으로 받아들이고 나 역시 그 남자의 가족이 되는 일이었다. 어른들이 가족 여건이나 성장 배경 때문에 결혼 상대 자를 탐탁지 않게 여기는 이유를 이안은 어느 정도 납득하고 있 었다. 그래서 엄마가 더 반대할 줄 알았고, 그래서 더 이 결혼이 힘이 들 줄 알았다.

그리고 주철과 같은 아픔과 고통이 가득한 사람을 선택하지 않을 줄 알았다.

결혼할 마음도 없었거니와 만에 하나 결혼하더라도 시댁과 친정의 구분없이 다같이 한가족임을 아우를 만한 남자와 하려 고 했다. 주철은 이안의 이상형이 아니었다. 친아버지와는 오랜 골이 있고, 친어머니에게는 아픈 상처를 남겼다. 이미 한 번 가 정을 깬 경험이 있고, 한 아이에게는 무책임한 아버지이기도 했 다. 도저히 이안의 가족이나 이안의 눈에 찰 상황이 아니었다.

하지만…… 이 사람이 아니면 안 돼.

그 사실을 인정한 순간부터였을까, 아니면 처음부터였을까. 이 남자는 이안의 벽 안에 들어와 있었다. 가족이 아니고선 거의 들어오지 못했던 벽 안을. 원래 그 자리가 이 남자의 자리였던 것처럼.

주철이 이안을 일으켰다. 이안은 엉거주춤 일어났다가 그의 품 안에 갇혔다. 그가 가늘게 호흡을 뱉었다.

"자기?"

"더…… 기쁠 수 없다고 생각했는데……."

낮고 깊이 갈라진 목소리였다. 그는 가늘게 떨고 있었다. 추워서가 아니었다. 이안은 놀라 그를 올려다보려 했다. 그가 억지로 이안을 더 꼭 보듬었다. 이안도 괜스레 콧잔등이 저려왔다.

주철은 이안의 머리카락을 부드럽게 쓸어내렸다. 이 머리칼을 이 손으로 쓰다듬을 수 있을지 누가 알았을까. 처음 만났을 때보다 짧지만 여전히 감미롭고 아름다운 머리칼이었다. 이 머리칼에서 나는 향기가 좋았다. 검고 윤기 있는 머리칼이 좋았다. 이 머리칼에 하얀 서리가 내리고 새하얗게 바래도 좋을 것이다. 주철은 가볍게 숨을 삼켰다. 그는 이안을 조금 떼어내고 이안의 뺨을 더듬었다. 일렁이는 한 쌍의 눈동자가 주철을 응시했다. 그녀의 가는 손가락이 그의 눈가를 다독였다. 그 손으로 주철의 마른 손을 넓게 감쌌다. 그녀가 지그시 손바닥에 기댔다.

그의 손가락이 뺨을 보듬으니 이안의 입술이 가만히 열렸다. 이안이 다시 눈을 들었다. 이 그늘진 입술 안쪽을 맛보길 바랐다. 영영 닿지 못할 신기루처럼 보였었다. 그러나 그를 위해 열린 입술이, 향긋한 숨결이, 지금은 오롯이 그의 것이었다. 그의 전부가 이안의 것이듯. 그녀를 향한 사랑도, 믿음도, 행복해지길 바라는 소망까지도 모두 이안의 것이었다.

이런 나라도 너는 너의 일부로 받아준다. 이안에게 '가족'이 어떤 의미인지 잘 알고 있었다. 이안에게 '가족'이란 이안의 영혼의 한 조각 같은 것이었다. 지금의 이안을 있게 하고 이안을 이안답게 해줄 굳건한 반석. 그를 가족으로 받아들인 건 그 역시 이안의 한뿌리로 받아들였다는 뜻이었다. 동시에 이안 역시 그의 영혼의 일부, 그를 그답게 있게 하고 그답게 하게 해줄 반석이 되어주겠다는 약속이었다.

이 사람은 어쩌면 이토록 놀랍고, 감사한지…….

너는 마치 하늘에서 보내준 천사 같다. 엄마가 내가 너무 가여워 보내준 천사. 돌아가셨어도 엄마는 날 사랑하시겠지. 네가 내 곁에 있는 게 증거겠지. 그럼 언젠가…… 나 자신을 용서할 날도 오겠지. 그 모든 순간을 너는 함께해 주겠지.

"……"

무언가 말하고 싶었다. 이 마음을, 이 기쁨을, 이 고마움을. 하지만 무슨 말을 해야 할지 몰랐다. 말로 옮기는 순간 모두 휘

발될 것 같았다. 대신 이 모든 마음을 담아 그녀의 입술을 포갰다. 사랑하고 사랑하는 그의 이안에게.

"사랑해요……."

그는 입술을 열어 그녀의 혀를 얽었다. 그녀의 고백을 꿀꺽 목구멍 깊숙이 밀어 넣었다. 그리고 그가 그녀를 얼마나 사랑하는지 표현하기 시작했다.

에필로그

예지는 일곱 살이었다. 내년에 초등학교에 갈 예정이었다. 지금은 왜인지 모르지만 아빠랑 따로 떨어져 살고 있었다. 하지만 아빠랑 살 때보다 더 많이 아빠를 만나고 있었다.

아빠 곁에는 되게 예쁜 아줌마가 있었다. 예지는 예쁜 아이였다. 새로 이사 간 동네에서도 예쁘기로 소문이 자자했다. 근데 이 아줌마가 더 예뻤다. TV에 나오는 아줌마들보다 더 예뻤다. 예쁜 아줌마가 '안녕?' 하고 인사했다. 예지는 너무 수줍어서 아빠 뒤에 숨어버렸다. '내가 무서운가?' 아줌마가 조그맣게 중얼거렸다. 그게 아닌데, 생각하면서도 예지는 선뜻 말하지 못했다.

유치원 햇님반 선생님이 예지보고 '내성적이구나' 하셨다. 내성적이 무슨 뜻인지 묻고 싶었지만 혼자 알아보기로 했다. 아빠가 그랬다. 모르는 건 책을 보면 알게 된다고 했다. 아빠는 의사다. 의사는 무지무지 똑똑한 사람만 되는 거라고 엄마가 그랬다. 그러니까 아빠 말씀 잘 들어야 한다고. 예지는 알았다고 분명히 약속했다. 예지는 어렸지만 약속은 잘 지켰다. 엄마랑 아빠랑 같이 살 때 엄마가 혼자 우는 걸 아빠한테 말하지 않기로 한 약속도 지금까지 지켰다. 그러니까 아빠 말씀대로 책을 찾아보기로 했다. 예지가 생각하고 또 생각하고, 새아빠가 선물해준 책을 읽으면서 알아낸 건 '내성적' 이라는 건 하고 싶은 말을 숨기는 일이었다.

아빠가 '아줌마한테 인사해야지' 라고 하셨다. 예지는 우물우물 '안녕하세요' 인사했다. 아줌마는 웃으니까 더 예뻤다. 예지를 보고 '응, 반가워. 정이안이라고 해' 라더니 예지에게 손을 내밀었다. 예지는 머뭇머뭇 아줌마 손을 잡았다. '곽…… 예지예요. 일곱 살이에요' 아줌마는 예지 손을 잡고 가볍게 흔들었다. 아줌마는 '그렇구나. 정말 반가워' 라고 했다. 예지는 그제야 배시시 웃었다. 아줌마가 두 번이나 반갑다고 했다. 예지를 만난 게 정말 반가운 것 같았다.

원래는 아빠랑만 노는 날이었는데 오늘은 아줌마랑 더 많이 놀았다. 아줌마는 예지 손을 꼭 잡고 여기저기 걸어다녔다. 아줌마는 예지가 제일 좋아하는 음식이 뭐냐고 물으셨다. 예지는 소시지를 제일 좋아했다. 근데 엄마가 소시지는 건강에 좋지 않기 때문에 많이 먹지 말라고 하셨다고 덧붙였다. 아줌마가 예쁘게 묶은 예지 머리를 쓰다듬었다. '예지는 참 착하구나' 라고 하셨다. 예지는 더 신이 났다.

아줌마는 소시지 대신이라면서 오므라이스를 만들어주셨다. 오므라이스라고 했는데 유치원에서 먹었던 거나 엄마가 해주신 거랑 모양이 달랐다. 아빠를 쳐다보니까 아빠가 '이건 스크램블 아냐?' 라셨다. 예지가 알기로도 얘는 '스크램블' 이라고 불리는 계란 요리였다. 예지는 엄마랑 주방에서 많이 놀았기 때문에 요리 이름은 백 개는 알고 있었다.

'계란이랑 밥이랑 먹으면 오므라이스지. 우선 먹어보고 얘기하라고요'. 아줌마 말에 아빠가 인상을 썼다. 예지는 조금 겁이 났다. 아줌마, 아빠 화나게 하면 안 돼요. 아줌마 가라고 하면 어떡해. 아빠한테 미안하다고 해요.

아빠는 한입 먹더니 눈이 이렇게 커졌다. 아줌마는 예지한테도 빨리빨리 먹어보라고 했다. 예지는 밥이랑 스크램블을 한입 먹었다. 예지도 눈을 동그랗게 떴다. 아빠랑 아줌마가 똑같이 예지를 쳐다보고 있었다. 예지는 자기도 모르게 크게 외쳤다.

"맛있다!"

아줌마가 웃었다. 아빠도 웃었다. 예지는 아빠가 활짝 웃는 걸 처음 보았다. 예지도 아빠랑 아줌마를 따라 웃었다. 아빠가 웃으니까 행복했다. 예지는 아줌마가 준 밥을 다 먹었다.

"······정말 죄송해요."

예지는 잠에서 깼다. 주변이 깜깜했다. 겁이 났다. 예지는 엄마를 불렀다. 바깥에서 들리던 소리가 딱 그치고 문이 열렸다. 방이 환해졌다. 예지는 또 엄마를 불렀다. 곧 엄마의 따뜻한 손이 예지의 이마에 닿았다.

"깼어? 괜찮아? 물 줄까?"

예지는 '응'이라고 대답했다. 엄마가 일어나기 전에 새아빠가 예지 전용 보리차를 내밀었다. 예지는 새아빠 품에서 따뜻한 보리차를 마셨다. 예지는 칭얼거렸다. 엄마가 얼른 예지를 받아 안았다. 예지는 엄마한테 매달렸다. 엄마가 땀으로 범벅이 된 예지 얼굴을 쓸어주었다.

"많이 아팠어?"

예지는 고개를 끄덕이려고 했다. 근데 조금 떨어진 곳에 예쁜 아줌마가 있었다. 아줌마는 아까처럼 예쁜 모습이 아니었다. 얼굴은 빨갛고 옷은 여기저기 구겨져 있었다. 깨끗한 하얀 옷을 입고 있었는데 누렇게 얼룩이 져 있었다. 그리고 아파 보였다. 예지가 아파서다. 예지는 알고 있었다. 아줌마가 해준 오므라이스를 먹고는 아줌마 옷에 다 토해 버렸다. 예지는 너무 미안했다. 혼날까 봐 무섭고 너무너무 미안해서 막 울었다. 근데 아줌마는 예지를 꼭 안아주었다. 괜찮다고 몇 번이나 말해주었다. 정말은 아팠는데 아줌마가 더 아파 보여서 예지는 고개를 저었다.

"예지야, 괜찮니?"

아줌마가 물었다. 예지는 고개를 끄덕였다. 엄마가 있으니까
더 괜찮았다. 엄마는 의사인 아빠보다 예지를 더 잘 고쳤다. 예
지는 엄마 품을 더 파고들었다.

누가 머리카락을 쓰다듬었다. 아빠였다. 예지는 아빠한테 손
을 벌렸다. 아빠는 예지를 꼬옥 안아주었다. 아빠가 조그맣게
'많이 아팠지?' 하고 물었다. 아니라고 해야 되는데 예지는 그
냥 가만히 있었다. 아플 땐 아빠가 다정해진다. 여기는 예지의
새 집이었다. 곧 아빠는 아빠 집에 갈 거다. 아픈 척하면 아빠가
자고 가지 않을까? 예지의 새 집은 방이 세 개나 있어서 아빠랑
예쁜 아줌마가 자고 갈 곳도 있었다. 계속 아픈 척해서 자고 가
라고 졸라볼까?

졸린데 자꾸만 뒤척거렸다. 아빠는 좋은데 아빠가 안아주면
잠이 잘 오지 않았다. 예지는 다시 엄마를 불렀다. 아빠가 예지
를 꼭 껴안아주곤 엄마에게 돌려주었다. 예지는 무거워서 엄마
는 아빠처럼 예지를 번쩍번쩍 들진 못했지만, 엄마가 안아주니
잠이 솔솔 밀려왔다.

아빠랑 예쁜 아줌마한테 자고 가라고 해야 하는데. 자꾸만 눈
이 감겼다. 예지는 엄마한테 소곤거렸다.

"엄마, 아빠랑 아줌마 자고 가라고 해······."

엄마가 바로 대답하지 않았다. 예지는 엄마가 못 들은 줄 알

고 다시 말했다. 엄마가 예지를 침대에 눕히고 가슴을 토닥거렸다.

"아빠랑 아줌마는 자고 가지 못하셔. 대신 내일 또 놀러오시라고 부탁할게."

"그래, 예지야. 아빠랑은 원래 내일까지 있기로 했잖아. 아빠랑 아줌마는 내일 또 올게."

아빠가 약속했다. 아빠는 약속을 잘 지키신다. 예지는 안심하고 푹 잠들었다.

"미안해."

혜정은 퍼뜩 눈을 들었다. 사과한 사람은 전남편, 주철이었다. 놀란 건 혜정만이 아니었다. 규식 역시 놀라워했다. 혜정은 저도 모르게 손을 뻗었다. 규식이 얼른 그 손을 맞잡았다.

"명색이 아빠면서 애를 잘 돌보지도 못하고……."

"아뇨. 제 잘못이에요. 예지가 잘 먹기에 자꾸 퍼주는 바람에……."

"아니야. 예지도 맛있다고 했잖아. 이건 내 책임이야."

"예지가 웃어줘서 신이 났었어요. 예지는 착해서 내가 좋아하니까 더 먹어준 거예요. 정말, 정말로 미안해요."

혜정은 머뭇머뭇 두 사람 사이에 끼어들었다.

"예지가 절 닮아서 위가 약한 편이에요. 먹은 건 우선 토했고 약도 먹었으니까 이제 괜찮아질 거예요."

눈앞의 두 남녀는 동시에 깊은 한숨을 내쉬었다. 아이가 먹은 걸 토한 뒤에 울다 지쳐 잠들었단 말에 혜정은 잠시 정신이 없었다. 아이를 돌려받아 한동안 안아주고, 깊이 잠든 걸 확인한 다음에야 아이 방에서 나온 차였다. 혜정을 본 여자는 몇 번이나 사과했다. 혜정은 여자의 사과를 받느라 정작 여자가 누구인지 소개 받지 못했다. 거실에서 아이 아빠와 여자를 상대했던 규식도 마찬가지인 것 같았다.

딱히 누군지 묻지 않아도 알 수 있었고, 소개 받을 입장이 아닌 것도 알지만 혜정은 정말로 여자가 누군지 궁금했다. 여자는 단지 전남편의 새 부인이 될 사람이 아니었다. 오늘 일에서 봐도 알 듯이 예지의 새 보호자였다. 예지의 새엄마가 될 사람이었다. 아무리 바람나 이혼한 전 부인이라도 아이 일에선 뻔뻔해질 수밖에 없었다.

"그런데 이분은……."

혜정이 주철에게 물었다. 대답은 주철이 할 줄 알았는데 여자가 선뜻 자기소개를 했다.

"정이안이라고 합니다. 아직까지 제 소개도 못했네요."

"이안 씨, 옷을 버려서 어떡하죠."

"아니오. 전혀 신경 쓰지 않아요. 예지가 엄마를 찾는 바람에 정신이 없어서 이 꼴로 그냥 왔네요."

"차라리 예지 엄마를 부르자니까."

"가만히 기다릴 순 없잖아요. 그렇게 울면서 엄마를 찾는데."

주철과 이안이 다시 툭닥거렸다. 혜정은 두 사람을 멍하니 보았다. 주철이 툭 내뱉은 한마디는 여전히 가슴이 쓰렸다. 그에게 그럴 의사는 없다지만 듣는 이를 탓하는 듯한 말투라서였다. 혜정을 향한 말이 아니었는데도 옛일이 떠올라 반사적으로 흠칫 굳어졌다. 한데 이 정이안이라는 아가씨는 주철의 말에도 아랑곳없었다. 언뜻 보면 얌전하고 약해 보이는데 말이다. 오히려 주철 쪽에서 졌다는 듯이 나왔다.

"차라도 내올게요. 놀라셨을 텐데 좀 쉬었다 가세요."

규식이 제안했다. 규식이 주철을 보는 눈길이 안쓰러웠다. 혜정의 가슴이 욱신 저며왔다. 주철은 손목시계를 흘끗 보더니 고개를 저었다.

"이안이도 집에 가야 해서. 쉬어."

주철과 이안이 떠나려 했다. 혜정은 예지의 부탁이 떠올랐다.

"내일 또 와주시겠어요? 예지가 전해달라고 부탁했어요."

"예지가요?"

이안이 놀라워했다. 주철이 이안에게 묻는 듯한 시선을 던졌다. 이안은 고개를 끄덕였다. 무척 안심한 듯했다.

"물론이에요. 내일 꼭 올게요."

두 사람은 혜정과 규식의 배웅을 받았다. 이안이 먼저 나가고 주철이 잠깐 현관문을 잡았다. 주철은 혜정과 규식을 보더니 툭 던지듯 한마디 했다.

"나중에 정식으로 인사하자. 예지한테 정식으로 인사도 시켜야 하고."

"선배님……."

이번엔 주철 쪽에서 눈을 마주쳤다. 혜정은 눈물이 핑글 돌아 시야가 일렁거렸다.

"저 사람 맞아도 달라지는 건 없어. 예지는 네 아이도 돼. 그러니까 두 사람, 잘 부탁한다."

규식의 코앞에서 문이 쿵 닫혔다. 규식은 석상처럼 굳어 있었다. 혜정이 살그머니 그의 등을 감쌌다. 규식의 어깨가 가늘게 떨렸다. 혜정은 그의 등을 쓰다듬었다.

"다행이에요……."

규식이 숨을 깊게 들이쉬었다. 그는 몸을 돌려 혜정의 뺨을 닦아주었다. 혜정은 그 손길에 더 눈물이 나 눈을 꼭 감았다. 감은 혜정의 눈꺼풀 위로 규식의 입술이 닿았다. 조심스럽고 애틋한 포개짐에 다시 눈물이 솟았다.

"많이 변했어요. 난 이제 따라잡지도 못하겠어."

규식이 말했다. 혜정도 수긍했다. 주철이 변했다. 차고 무심해서 언제나 섰던 사람인데. 오 년을 함께 살았어도 마음 한 귀퉁이 비치지 않던 사람인데.

미안하다고 했다. 예지 일 때문이었지만 주철이 먼저 사과했다. 나쁜 사람이었는데, 남의 마음에 상처를 주고도 태연하던 사람이었는데, 아니, 상처 준 자체를 모르던 사람이었는데. 사과란 건 남의 마음을 헤아려 나오는 말이 아니던가. 주철은 이기적이진 않았다. 그저 이해받으려 노력하지 않았고 그만큼 이해하려고 애쓰지 않았을 뿐이었다. 그가 세운 벽은 너무 높아 오 년을 살 붙이고 살았어도 여전히 곽주철이라는 인간을 알 수 없었다. 그랬던 주철이 사과를 했다.

잔뜩 흐트러진 차림으로 아이를 안아 든 그를 보고 혜정은 순간 섬뜩한 생각을 했다. 애가 죽은 건가 싶어서, 그게 아니라면 저 사람이 저렇게 흐트러질 일이 없을 테니까. 너무 무서워 아이를 당장 받아 안을 수가 없었다. 아이는 하지만 엄마를 알아보고 칭얼거렸다. 뒤이어 이안이 나타나 아이에게 무슨 일이 있었는지를 설명했다. 그리곤 몇 번이나 미안하다고 했다. 아이를 침대에 눕히기 전까지 아이 손을 꼭 잡고 있기도 했다.

예지는 착한 아이였다. 예지가 착한 이유는 어린데도 상대방의 마음을 예민하게 읽기 때문이었다. 엄마의 마음을 알기 때문에 아빠와 떨어져 살아야 했을 때도, 새아빠와 새 생활을 시작할 때도 받아들여 주었다. 새아빠의 마음을 알기 때문에 새아빠가 예지를 안아주면 낯선 품이라 불편해도 새아빠한테 얌전히 안겨 있었다. 오늘처럼 아플 때가 아니면, 요즘에는 곧잘 새아빠를 찾아 안기기도 했다.

상대방의 마음을 섬세하게 더듬는 건 상처가 있어서였다. 다치고 싶지 않은, 아프고 싶지 않은 순수한 본능 때문이었다. 이렇게 어린 나이인데, 벌써부터 상대의 마음을 읽고 상대의 눈치를 보게 만들었다. 유치원 선생님이 예지가 내성적이라고 했을 땐 꼭 자기 탓인 것 같아 혜정은 마음이 아팠다.

그런 예지라서 누군가를 받아들이기까지 시간이 오래 걸렸다. 예지가 내성적이라고 한 데에는 친구들과 쉽게 어울리지 못한 것도 있었다. 그 또래 애들은 특유의 친밀함으로 쉽게 친구가 생기는데 그 과정이 더디다는 것이다. 유치원 선생님의 말을 규식에게 전하니 규식은 모두 자기 탓인 양 미안해했다. 그리고 같이 노력하자고 했다. 예지에게 상처를 주었으니 그것을 낫게 하는 것 역시 자기 몫이라고.

그런데 예지가 오늘 처음 만난 이안을 따랐다. 먹은 걸 토하고 열이나 끙끙 앓았으면서 아프냐고 하니 안 아프다고 했다. 이안 때문이었다. 아프다고 하면 이안이 마음 쓸까 봐 어린 마음에 이안을 보호한 것이다. 아파서 엄마 품만 찾았으면서도 이안을 염려했다. 그리고 이안에게 자고 가라고 했다. 예지는 가장 좋아하는 친구 진이 말고는 엄마에게 재워달라고 조른 적이 없었다. 예지는, 오늘 처음 만난 이안이 좋은 것이다.

착각이 아니라면, 이안 역시도.

아이를 침대에 눕히기 전까지 아이 손을 놓아야 하는 걸 알면서도 손을 떼지 못했다. 아이의 토사물이 묻은 옷을 갈아입을 생각도 못하고 아이를 위해 혜정에게 한달음에 달려왔다. 아이에게 직접 요리도 만들어주었다. 아이의 부탁에 주저없이 승낙하기도 했다. 그 모든 게 단지 주철에게 잘 보이기 위한 수작이라고 생각할 수는 없었다.

저런 사람이 예지의 새엄마가 된다.

혜정은 규식에게 따뜻한 쟈스민 차를 권했다. 규식을 거실에 남겨두고 차를 끓이러 부지런히 움직였다. 규식 앞에 은은한 귤색의 차를 내려놓았다. 규식은 향을 음미하며 한 모금 맛보았다.

"선배님이 변했어요."

규식은 처음 만났을 때부터 지금까지 줄곧 말을 높였다. 존중받는다는 느낌, 혜정은 처음 알게 되었다. 규식은 혜정을 사랑해서 존중했다. 혜정 역시도 사랑하기 때문에 존중한다는 느낌을 규식에게 알려주고 싶었다. 혜정은 규식에게 언제나 말을 높였다.

"그 여자 분, 정이안 씨 덕분인 것 같아요."

"아마도요."

혜정은 자기 몫의 찻잔을 가볍게 그러쥐고만 있었다. 혜정의 긴 한숨으로 찻물이 일렁였다.

"정말 안 변할 줄 알았어요, 그 사람만큼은. 내가 어떻게 노력해도 무심하기만 했으니까."

"혜정 씨가 잘못한 게 아니에요. 혜정 씨랑 선배님이 너무 달랐던 거죠."

그 사실을 받아들이는 데 오 년이 걸렸다. 이 세상에는 정말로 화합할 수 없는 사람이 있다는 교훈을 새기기엔 충분한 시간이었다. 그리고 그 사실을 받아들이게 해준 건 규식이었다. 끝끝내 인정하지 못하고 지쳐 가던 혜정을 번쩍 정신이 들게 해주었다. 지금과 같은 말로. 혜정의 잘못이 아니다, 그저 두 사람은 너무 다를 뿐이다. 그 차이를 인정하면 훨씬 행복해질 거다. 혜정은 주철과 자신이 다르다는 사실을 인정했다. 그리고 진실된 행복을 찾기 위해 주철과 자신을 괴롭히던 결혼이란 억지 인연을 끊었다. 덕분에 지금은 진심으로 행복했다. 혜정은 부드러운 미소를 그렸다.

"고마워요. 당신이 그렇게 말해주면 발 디딜 곳을 찾은 기분이 들어요."

자신이 공허하게 부유하는 게 아니라 두 발로 온전히 땅을 디디고 선 기분이 들었다. 그럼 뭐든 할 수 있으리란 자신감도 찾아왔다. 동시에 마음에서 우러나오는 미소도. 이 모든 것을 규식이 주었다. 이혼 이전부터 지치고 메마르던 혜정은 훗날 이렇게 자신이 변하리라, 다시 웃게 되리라, 자신감을 얻게 되리라 조금도 예상하지 못했다.

그래, 그런 거구나.

혜정은 알 것 같았다. 이 사람이 내게 맞는 사람이었다. 내가 그동안 잘못 살았던 게 아니라 그동안 내게 맞지 않는 사람과 살았던 거였다. 이제야 내게 맞는 사람을 찾았고, 찾아내서 행복도 발견하게 되었다. 이 과정을 주철도 밟고 있는 것이다. 이안을 만남으로서 변화하고, 그 변화를 통해 행복을 찾아낸 거겠지. 주철도 이제야 그에게 맞는 사람을 발견한 것이다.

혜정은 문득 눈물을 톡 떨어뜨렸다. 규식이 혜정의 눈물을 보고 곁에 다가왔다. 규식은 혜정을 보듬었다. 규식은 혜정이 울면 그만 울라고 하지 않았다. 눈물을 닦아주지도 않았고 눈물을 닦을 티슈를 주지도 않았다. 그저 곁에 있었다. 혜정이 눈물을 다 그칠 때까지, 눈물이 다 흘러 후련해질 때까지, 몇 분이고 몇 시간이고 함께 있어주었다. 그의 온기가 느껴질 때면 혜정은 문득문득 놀라곤 했다. 그 역시 바쁠 텐데, 피곤할 텐데, 할 일이 있을 텐데, 혜정이 울 때면 다른 일은 모두 젖혀두고 혜정 곁에 있었다. 이 사람의 마음은 어디까지 깊고 얼마만큼 넓은지, 혜정은 정말 이런 사람이 내 사람인지 하늘에 묻곤 했다.

혜정은 규식의 손을 다독였다.

"당신이 해준 말을 이제야 알 것 같아요. 예지 아빠는 정말 나와 맞지 않는 사람이었던 거죠. 이 세상에는 아무리 노력해도 맞춰갈 수 없는 사람이 있었던 거예요. 그걸 인정하면 내가 너무 게으르고 비겁한 사람이 될 것 같았는데……. 예지 아빠가 변한 걸 보니까 새삼 또 인정하게 돼요."

눈물은 서서히 그쳤다. 혜정은 손등으로 눈물을 말끔히 닦았다. 혜정은 규식을 보고 희미하게 웃었다.

"좋은 사람인 것 같았어요, 이안 씨."

"마음이 복잡하진 않나요?"

혜정은 고개를 저었다.

"복잡했었는데 지금 정리가 됐어요. 예지 아빠는 이번에야말로 맞는 사람을 찾은 거고 예지에게는 새엄마가 생긴 거죠. 그게 다예요. 오히려 정리가 잘됐어요."

규식이 혜정의 손을 꼭 맞잡았다. 그의 눈동자가 다정하게 빛났다. 혜정은 더욱 활짝 웃었다. 함께 지내보며 알았다. 규식 역시도 말이 많은 사람이 아니었다. 하지만 혜정을 바라보는 눈빛, 마주 잡은 손, 맞닿은 온기로도 충분했다. 충분히 행복했다. 이 사람이 내게 맞는 사람, 내 하나뿐인 진짜 인연이었던 거다.

혜정은 주철과 이안도 이런 행복을 알고 있으리라 기대했다. 두 사람이라면 이런 행복, 발견하고도 남으리라고. 그렇게 그 두 사람도 행복해졌으면 좋겠노라고.

아침이었다. 예지는 눈을 반짝 떴다. 친근한 목소리가 들렸다. 예지는 눈을 반짝거렸다. 이윽고 목소리가 커지더니 예지의 방문이 살짝 열렸다. 예지는 벌떡 일어났다. 문 앞에는 예지의 모습을 보고 환하게 웃는 사람이 있었다. 예지는 침대에서 폴짝 뛰어내렸다.

"아줌마!"

아줌마가 약속을 지켰다. 오늘 아침에 온다고 했는데 정말로 왔다. 아빠도 있었다. 엄마도 있었고 새아빠도 있었다. 예지가 다다닥 달려가 아줌마 허리를 와락 껴안았다. 아줌마가 비틀거리더니 소리 높여 웃었다. 예지도 웃었다. 아빠도 웃고 있고 엄마, 새아빠도 웃었다. 예지는 행복했다. 좋아하는 엄마, 아빠들, 아줌마가 활짝 웃고 있었다. 예지는 정말로 행복했다.

작가후기

　'이안'이는 연재 당시에 정말 예쁨을 많이 받았습니다. 제 여주인공들 중에서 가장 사랑받지 않았나 싶어요. 그래서 상대적으로 더더욱, 이안이가 아깝단 말도 많이 들었습니다.

　'주철'이는 상처가 많은 사람이지요. 실제 이런 사람을 만나면 전 움츠러들 것 같습니다. 까칠하죠, 못됐죠, 음울하죠, 봐줄 건 생긴 거나 직업이나 재산 정도? 음, 이 정도면 로설계에선 많이 빠지는 조건이지요.

　주철이 같은 사람은 무섭습니다. 한 사람의 영혼에 새겨진 상처란 건 그 사람뿐만 아니라 그 사람을 사랑하는 사람마저 파괴하니까요. 그만큼 상처란 건 무서운 거니까요. 주철인, 상처를 떠안고 살아가는 사람이니까요.

　그래서 전 가정교육 잘 받고 부모님 사랑 듬뿍 받아 잘 자란, 그런 남자를 만나고 싶었습니다.

　그런데요, 참 웃기지 않나요? 세상에 상처 없는 사람을 본 적 있으세요? 전 없어요. 내색하지 않는 사람은 봤어도 상처, 생채기, 흉터, 하나도 없는 사람, 못 봤어요. 삶이란 상처 없인 살 수 없도록 만들어진 시스템이란 생각마저 들 정도로요.

이안에게도 분명 상처는 있었어요. 결혼을 마다하고 부모님과 평생을 함께 살 생각이었다지만 처음부터 그랬을까요? 부모님의 결혼 생활을 보았고, 주위 사람들이 '사람이란 결혼하는 게 당연하다'고 주지시켰을 텐데, 조금도 결혼을 고려하지 않았을까요? 이안이 부모님께 더욱 헌신했던 건, 더욱 부모님의 행복을 자기의 행복으로 삼았던 데는 어떤 이유가 있지 않았을까요?

이안이의 상처는 삶이 만든 생채기라고 생각해요. 맛있는 밤을 먹으려면 뾰족뾰족한 껍질을 까야 하는 것처럼, 행복을 찾기 위해서 입은 생채기요. 이안인 용기가 있었죠. 생채기를 입더라도, 흉이 깊게 지더라도, 행복을 찾으려는 노력을 멈추지 않았어요.

주철인 아니었죠. 행복해질 자격조차 없다고 생각했어요. 그래도 자살을 생각하지 않고 산 데는 그 나름의 이유가 있지 않았을까요. 아마도, 행복해지고 싶다는. 인정하고 싶진 않지만 정말은 행복해지고 싶다는, 그런 바탕이 깔려 있진 않았을까요.

글을 쓰며 제 주인공들을 이렇게 바라본 건 처음 같아요. 예전에 그저 다 제 얘기였어요. 좀 더 부풀려지고, 좀 더 극적으로 변해도, 다 제 얘기였어요. 그래서 같이 울고, 같이 웃고, 같이 기뻐했어요. 근데 이안이와 주철이는, 제 주인공들이면서도, 저에게 말을 거는 것 같았어요.

'넌 날 어떻게 생각하니? 내가 어떤 사람 같아? 내가 어떻게 반응할 것 같아? 내 마음은 어디로 흘러갈까? 넌, 짐작할 수 있겠니?'

그래서 필사적으로 쫓아가 봤어요. 이안이와 주철이를, 두 사람이 어떤 생각으로 어떻게 살아가는지, 앞으로는 어떻게 살아갈 건지를.

이 글은 수많은 갈래 중 한 갈래를 잡아낸 것에 불과하지 않을까, 생각해요. 글 쓰는 건 언제나 선택의 문제라고 생각했어요. 하나의 완성된 매듭을 만들기 위해 이 색깔의 실, 저 색깔의 실, 이런 재질의 실, 저런 재질의 실, 이렇게 끄고, 저렇게 마는 것. 그런 것들을 하나하나 선별해 가는 것이라고요. 그렇게 하나의 형태를 만들고 나면 선택하지 않았던 것들에 대한 미련은 싹 가시고 없었는데. 지금도 '미련'은 없는데 '호기심'은 있습니다. 이 애들이라면 다르게도 살 수 있었으리란 호기심이요.

글을 쓸 때 3개 악조건이 있다면, 첫 번째는 밤, 두 번째는 비, 세 번째는 한참 울고 난 비 오는 밤이라고 생각했는데, 하필 작가후기를 쓸 때 세 번째 조건이 맞춰질 게 뭐랍니까.

덕분에 정말 주절주절 많은 얘길 썼네요. 글을 다 읽고 난 다음 방해받을 정도는 아니었길 바랍니다.

항상 강렬하고 지독하고 질척질척한 글이 쓰고 싶었는데…… 갈수록 원하던 목표에서 멀어지는 건 저만의 상상일까요. 나름 좌절 중입니다. 하지만 꼭, 꼬오옥! 강렬하고 지독하고 질척질척하고 그러면서 웃기기도 하고 감동적이고 가슴 쩌릿쩌릿한 글을 쓸 겁니다. 언제? 언젠가는요.

제 부족함을 참아주시고 끝까지 함께 작업해 준 청어람 출판사 분들, 정말로 감사드립니다.

이 글은 '그와 결혼하다'의 후속쯤이랄까요. '그와 결혼하다'의 '이재' 동생 '이안'이의 얘기거든요. '이안'이 이야기까지 출간이 될까 싶었는데 (워낙 짧았거든요), 출간하자고 제안해 주셔서 정말 기뻤습니다. 새삼 감사 드립니다.

20대 동안 20대 여주인공은 실컷 썼습니다. 30대 때는 30대의 여주인 공을 실컷 쓰겠죠? 40대 때는 40대 여주인공을, 50대 때는 50대의 여주인 공을……. 한 90대 여주인공까지 쓰고 좀 쉬어보죠 뭐. 그때까지 함께해 주 시겠어요?

비가 시원스레 좍좍 쏟아지는 밤입니다. 드라마 보고 한 시간 내리 펑펑 울었더니 눈알이 조금 쓰리기도 한 밤이네요. 이 글을 읽으신 모든 분들께 감사를 드리며, 사랑하는 하느님, 가족, 친구, 지인들, 모두모두 좋은 밤 되 기를, 좋은 하루 되기를, 즐거운 한 해 되기를, 앞으로도 계속계속 행복하 고 건강하기를 바랍니다.

2008년 5월의 끝자락을 붙잡고
—평생 글쟁이가 되고픈, 이미연 올림.

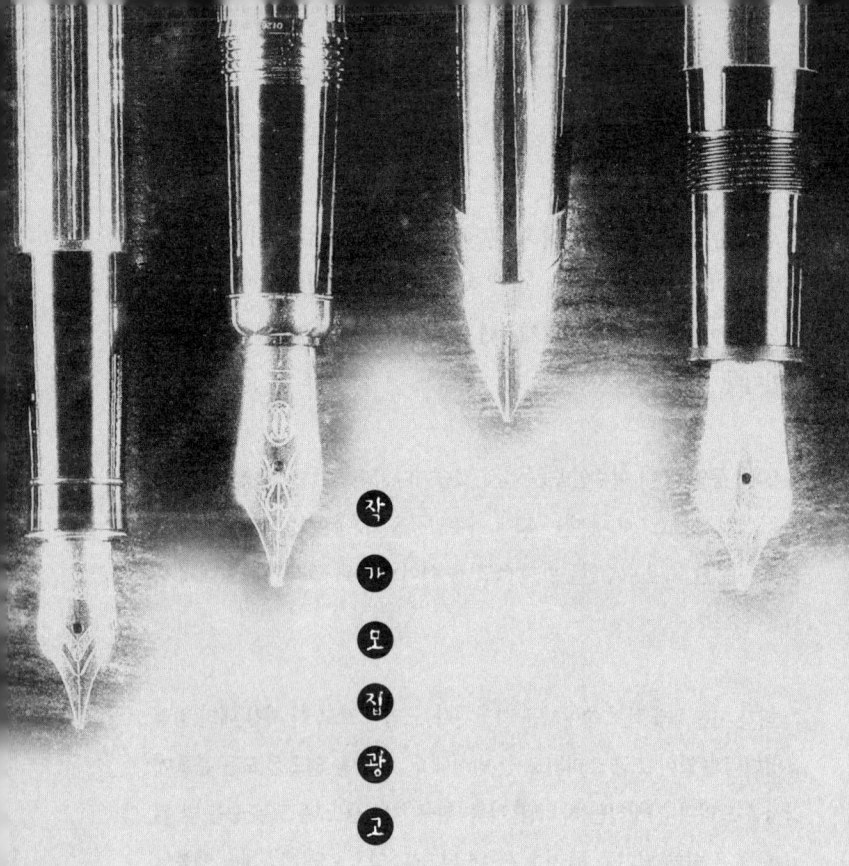

작
가
모
집
광
고

도서출판 청어람의 문은 항상 열려 있습니다.
실력있는 작가 분들의 많은 관심 부탁드립니다.

TEL:032-656-4452 • FAX:032-656-4453
http://www.chungeoram.com
http://chungeoram.egloos.com
e-mail:romance-eoram@hanmail.net